U0908193

云播智慧

杨红光◎著

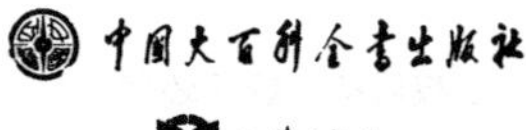

图书在版编目（CIP）数据

云播智慧 / 杨红光著. -- 北京：中国大百科全书出版社，2021. 4

ISBN 978-7-5202-0816-1

Ⅰ. ①云… Ⅱ. ①杨… Ⅲ. ①幻想小说—中国—当代 Ⅳ. ① I247.5

中国版本图书馆 CIP 数据核字（2021）第 051754 号

云播智慧　**杨红光　著**

出 版 人　刘国辉
责任编辑　李现刚　蒋　祚
责任印制　李　鹏
出版发行　中国大百科全书出版社
地　　址　北京市西城区阜成门北大街 17 号
邮　　编　100037
网　　址　http://www.ecph.com.cn
电　　话　010-88390659
印　　刷　阳信县卓越盛达印务有限公司
开　　本　940 毫米 ×1300 毫米　1/16
字　　数　220 千字
印　　张　20.75
版　　次　2021 年 4 月第 1 版
印　　次　2021 年 4 月第 1 次印刷
书　　号　978-7-5202-0816-1
定　　价　58.00 元

未来的一切战场都没有硝烟。核武器可造成互毁灭共存亡，生化战则易伤无辜毁人道，在不远的未来，超小型无痕定点杀器，将成为纵横战场和独步武林的“大国轻器”，实现真正意义上的“运筹帷幄之中，决胜千里之外”，其杀人不见血的特性，将和科技、金融、粮食、能源一起，使人类面临前所未有的冲突和危机。

——题记

目 录

引　章

春节刚过，王先生择日远游。出新区、环沿海、经湘赣、达云贵、上青藏、转川渝、至陕甘，经晋冀，回京城，整整三个月，一向足不出城的王先生，把大海、江湖、沙漠、戈壁、岩层、天路、雨林、雪域，一一收眼底。

王先生在微博写道，所谓见识，最重要的是识，同样的地方，同样的人，同样的事，见者一百人，识者不足一。只见不识，走遍万水千山，上车睡觉，下车拍照，这一双眼睛，终究只是个照相机，而且还是没有数据存储的那种，不能久存。

王先生下了高铁，慢步走出车站广场，极目远望，晚霞映红了半个天空，犹如巨笔，蘸着红色颜料浸染，还在铺展之中。南山含黛，树远枝疏，一幅中国山水画徐徐展开，左右画框是两座高楼，薄薄地插入云霄。

返程的事，他事先没有告知任何人，走无人送，回无人接，这才是云游四方的状态。王先生背着一个比书包略大的布包，缓步走向公交车站。宽大的上衣和裤子迎风起舞，绸质中式衣服，在人群中很是打眼。先不论发型，按照写意风格画画，一半的人会画成李白，另外一半的人会画成杜甫。凑近了看，微风轻吹下的头发，又像头一茬五四青年。

王先生发现，街道两侧的广告牌都换了，三月不见，恍惚穿越。他回忆了一下，记得走时，大多是卖大房子的广告，而现在，许多是卖酒的广告。他想，大概是买了大房子的那批人，开始要在家里藏酒了吧，酒窖是富者的标配，收藏是慵懒的别称。

王先生摇头叹道："房子和酒，都是易碎品啊！"

三个月前，大道公司稳步向前，王先生这才放心，在几部纪录片点对点的启发之下，决定出走云游一番。又闻言"人生如逆旅"，轻轻放下一切，在众人的不舍中，走上这一段"逆旅"，逆时间风尚之旅，逆空间美景之旅。所幸，这一路下来，每一个毛孔都被琼浆玉液泡过，每一个器官都学会了思考。

他想起了陶渊明的话："田园将芜胡不归？"

想当日，大道公司横空出世所向无敌之时，所有的人都在欢呼，唯独自己，夜深人静时，思考老对手罗伯斯那句"谢谢你的配合"，数天不得要领。不久，竟将它放弃了，以为只是一句诈语。风格公司善诈术，多为世人所不齿。

公交车一颠簸，王先生的思绪也跟着动，有如旅行包中自采的山间小苹果，上下左右在碰撞，脑海中突然闪过几丝阴云，猛然警醒："难道，大道公司正在走向小道吗？就像圈养的猪，吃得越欢，哼得越乐呵，长得越快，离危险也越近。"

换乘车站，旁边是一幢小高层居民楼，候车的人们排成一排，王先生站在中间，他向来不着急，前面有半人的空当，这时走过来一个光头小伙子，斜插到王先生前面。王先生身后的那位大妈立马来气，慈祥的圆眼睛变成凶铃，仿佛那声音是从眼睛里冒出来的，喊了一声："小伙子，干吗插队啊？"

小伙子回头，眼睛也瞪了起来，面露凶相："我有急事！你退休了，又闲着没事，却抢我们的座位，老不死的！"

大妈的嗓门更高："我身体好着呢，要死你先死！"

"死"字刚出口，好像咒语生效，小伙子如同中弹一般，身体僵直，突然倒在了地上。

公交车来了，王先生身后的人，没有一个上车的，有人打110，有人打120。大妈六神无主，吓得全身发抖，张着嘴却说不出话来，暗自思忖，与我无关啊，我只是训斥了一句，插个队就要了命，这也太玄乎了吧。

王先生闪身到一边，抬头看看四周，路边是一栋小高层，十四五层，在六层的窗户后面，闪过两个人影。

六层这间屋子的灯没开，特别昏暗。两个黑影面对面说着话。

"碰我干什么？你让我打偏了！"

"接到宗主的最新命令，这个阶段，通过杀人来解决问题，是不得已而为之。宗主说，只有在一个充满活力的世界中，大家才都有活力。未来的世界，虽然不需要那么多会说话的工具。但是，猫要有活力，也需要有老鼠。这个王先生，不是工具，是老鼠。"

"宗主有新计划吗？"

"当然有，只是……"

“我知道，不是你我这个级别的人所能知道的。”

“那这个仪器怎么办？这次又出了人命，而且还是当着这个王先生的面，我们寸步难行，以后这种仪器也很难运到中国。”

“已经被淘汰了。”

“你是说仪器还是人？咱俩？”

“当然是仪器。人？咱俩？早就该淘汰了。”

“好吧，这东西往哪儿扔？”

“宗主有令，就地销毁，沉入河底。”

警车和救护车呼啸而至，不出王先生所料，光头小伙子已经死亡，表面未见伤痕，死因神秘。王先生大约知道是发生什么事，心中感慨道，有人说，大规模杀伤性武器的出现，促进了世界的整体和平。今天，他们为什么没有杀我？难道，定点无痕杀器的出现，促进了人类良知的发现？

这个时候，刘义打来了电话：“我们已经在大道酒店订好了餐，给先生接风洗尘。”

“你们怎么知道我回来了？”

“你怎么忘记了大数据？”刘义说完，又补充了一句，“我们没有用于非法目的，只是关注先生的安全。”

“这已经很非法了。”王先生无奈一笑，“所以，今晚的饭不叫接风洗尘，只能算做赔不是，以及压惊。”

“好的，先生。”

王先生觉得哪里不对劲，以往都是叫王先生，这一次，怎么没有了王，只叫先生？他便问道：“你怎么改称呼了？”

“因为所有的人，都叫您诸葛又亮，我们也要改了。”

王先生讪笑了一下。在云游的时候，他开了微博，把一路所见所思所想，先简单记录了下来，有图有文，当然隐去了名字，给自己起了个网名叫“一介道生”，一时间惊艳网络。网深似海，总有高人，慢慢地，有些知情人，一不小心在留言中暴露了王先生的身份，大家这才知道，所谓一介道生，其实是位大神，作为堂堂大道公司总顾问，策划了神乎其神的大道起家神话，而且本人神龙见首不见尾，以卓而不凡之姿，成为了多少人的渴慕对象。一经暴露，粉丝数量一下就涨到七百多万。有时候，王先生偶发一句点滴智慧的话，跟贴一片欢呼。有人也淘出王先生的旧事，比如王先生被称为“先师”的日子，大加解读。

有一天，有一个叫“最爱大道”的网友，突然说了一句：“我觉得一介道生就是当代诸葛亮，堪称诸葛又亮。”

不几日，“诸葛又亮”这个名字，便在网络上疯传。

又过几日，王先生大概也觉得挺有意思，自信满满，干脆把微博的昵称也改成了诸葛又亮，微博管理员大概觉得这个热度还挺厉害，加上这个名字，饶有趣味，就放在了网站首页。自此，诸葛又亮一名，盘踞微博百强。

二

“居安并不会真的招来危险，而只是居安，真的是一种很危险的状态。这种现象的最重要原因之一，就是，在这个星球上，人类进化了几十万年，文明交融了几千年，总有为数不少的人包藏祸心，造成死伤无数，却宣称自己做着正确的事。”

魏什么在关掉电脑的时候，在一本叫作《新冲突》的书里，看到了这段话。她摇了摇头，想了想昨晚破解的暗网，马尾辫晃来晃去，自语道：“大道公司会走上小道吗？”宿舍的窗前，槐树挡了一半，初夏的阳光依然刺眼。她看了看时间，十一点半，迅速下楼。

出楼门的时候，有个同学刚进门，问道：“么么，干吗去？”

魏什么指一指反光的路面：“走阳光大道去。”

同学微笑着赞美道：“哦，还是这么神经！”

魏什么出了门，刷了一辆共享单车，飞身骑上，一边骑车，一边想，据说这东西和移动支付、网购那些玩意儿，被称为新四大发明。这不是虚火上浮脑袋蛀虫吗？就以这个共享单车为例，这东西就算覆盖了每一个城市农村胡同小巷子，能参与国际竞争和核心技术创新吗？别人一拳过来就会被打趴下。其他好多东西也差不多，都像一头快速奔跑的巨兽，心脏里面却安装着小炸弹，别人一按遥控器，“砰！”，倒地不起，只剩一路飞尘。

拐了四个弯，二十多分钟后，魏什么到了大道酒店门口。她性子急，骑得太快了，喘息着停好车。她平缓一下呼吸，整理一下衣服，从容地迈进酒店大门。按了电梯按钮，乘电梯到了三楼，找到“大同”包间，服务员笑脸开门，魏什么悠然而入。

包间里有六个人，诸葛又亮、刘义、曹欣、怀特、刘教授、梁达然，都是刚刚坐下，准备用餐，冷不防进来一个陌生女子，全都忍不住盯着魏什么看。魏什么中等身材，不施粉黛，双目清澈，若一头扎进去，就可发现千年前的天空和海洋，无一丝杂尘。标准的学生马尾，一身白间红运动衣，双手插兜，青春逼人。大家看了看魏什么，又彼此看看，在确认不是自己人邀请之后，曹欣问道："小姑娘，你是不是走错包间了？"

魏什么淡淡一笑，头朝上看了看，仿佛是在思考，然后平视曹欣说："你是曹欣，留洋归来的管理系高材生，发型又变了，长发变成了中长发，栗色恢复成了黑色。但不管怎么折腾，毕竟年纪大了，知识和经验都写在脸上，你的皮肤比我白，一年四季也很少晒吧！诸葛又亮先生就不一样，晒得黑乎乎的。据我所知，先生云游四方三个月，刚刚回来，接风洗尘的事，就是你向刘义提议的吧？虽然电话是刘义亲自打的。照我看，这接风洗尘，听着就很难受，好像先生已经误入风尘！"

曹欣一愣，马上知道这姑娘至少黑客九段，但这说话方式实在不招人待见。曹欣压下稍许怒气，把目光投向诸葛又亮，并不言语，带有征询意见的意思。诸葛又亮说："看来，这位姑娘并未走错包间，此次云游，确实有风有尘，而且沙里淘金，有何不妥吗？"

魏什么转向诸葛又亮，接着说："多亏你三个月就回来了，也多亏有我帮忙。要不然，再耽搁几天，就不仅仅是带回来一点风尘，而是大道公司会遭受沙尘暴，你淘了再好的金，也可能迟到，救不了大道。"

刘义道："别把调子挑那么高，要说什么就直说。"

魏什么肃然道："刘义，号称短发姑娘中最精致的一位，大道的总裁。大道，大道，从今天起，暂时不再是那个'大道之行，天下为公’的大道，我要用另外八个字概括：大难临头，道路艰险。”

刘义和曹欣对视一眼，马上回击：“文字游戏我们见多了，请出干货。”

魏什么更加严肃：“各位还好意思在这里吃喝玩乐！诸葛又亮一定没有告诉你们，在公交车站，他差一点被暗杀。至于对方为什么突然终止计划，这还是一个谜。至于那两个杀手，他们得到的放过诸葛又亮的理由，我的情报显示，有一半是假的。”

大家大惊失色，纷纷看向诸葛又亮。诸葛又亮微笑着点点头。

怀特突然站起来，从角落里拉了一把椅子，放在自己身边：“这位美女肯定没有走错包间，那就请先坐下再谈。美女贵姓？”

魏什么也不客气，几步走过去，坐下来。她看着怀特的侧脸，险峰深潭，颇有好感：“我姓魏，委鬼魏，双名叫什么。谢谢你，怀特，看来，还是混血儿的性格率真。不过，你目前组织开发的软件，团队力量明显不足，虽然你们融了近三百亿的科研资金，人员队伍也像原子弹爆炸一样膨胀，三个月之内增加了一千多人，但你这两天正在为团队力量发愁。”

梁达然呵呵一笑：“看来是一个绝顶黑客！为什么起一个魏什么的名字？”

“不为什么，名扬天下的时候，让别人更好记点。”魏什么并不看梁达然，而是看着刘义，“大家都是自己人，请叫我么么。我觉得贵公司最近在研究怎么来快钱，对你们的聊天软件‘诚信’进行延展，这做法可不怎么正确。我可以给你提供更有价值的建议。你是老板刘义，我对你的意义最大，所以更应该叫我么么。”

教授问道:“凭什么就是自己人了?”

怀特说:“就凭她没有走错包间。”

刘义问道:“好,自己人,么么,你怎么知道我们在计划什么?你怎么知道诸葛又亮先生云游四方三个月?你怎么知道我们在这里聚餐,还知道在哪个包间?又为什么知道我们每一个人的情况?特别值得一提的是,你说的大道公司要遭受沙尘暴是什么意思?”

“我直接回答最后一个问题,前面的问题,你们就不会再问了。”魏什么指一指怀特和教授,“众所周知,著名的A国风格(Fug)公司一向是你们的大敌。上一次的过招,你俩曾进入风格公司的暗网。在掌握了大量情报之后,在诸葛又亮先生的策划下,大道公司采取了很漂亮的应变策略。罗伯斯无奈之下,远赴中国谈判,假意承认了失败。在大道公司的善意程序发明之后,风格公司还成为你们的大客户。但你们不知道的是,风格公司其实只是伪装成用户。你们更不知道,他们这一年来到底在做什么?我得到的确切的消息是,他们的暗网升级换代了,原来的那个,还假装运行,迷惑你们,其实早就另起炉灶,建了另外一张暗网,防御级别也提高了两级。对这些,你们居然一无所知!”

这一番话,除了诸葛又亮之外,大家的脸上,就和上了舞台一样,白的更白,黑的更黑,红的更红。

诸葛又亮问道:“这么说,你也知道罗伯斯曾对我说过的那句话。”

魏什么说:“我当然知道,那句话是‘谢谢你的配合’。罗伯斯是什么人,在我们这个圈子,都叫他萝卜丝,这种腌制食品,吃起来口感挺好,实际上含有各种有毒有害物质,长期食用,就会让人慢性中毒。今天我来这里，主要就是想告诉各位师长，罗伯斯的那句话，在当时，也许只是一句气话空话，但现在看来，绝不是一句气话空话。对了，千万别问我怎么知道这么多，我对电脑和网络这个东西，实在是无师自通，而且在某些方面的级别，应该比怀特和教授强一些。我饿了，我们能边吃边聊吗？”

怀特说：“小心吃到萝卜丝，今天的菜里也有。”

刘义说：“饿了就快吃！谢谢你，的确，自从我们胜过罗伯斯之后，就没再进行大规模战略规划，而是一心扩展规模，细化分工。怀特负责技术，梁达然负责创意设计，刘教授负责营销门店。我们的老对手反而还在野蛮生长。”

诸葛又亮说：“大家都放松了，我也去云游了。有对手并不可怕，有竞争是好事，关键我们的这个对手，是个黑手，这就比较麻烦。我这次云游三个月，在山区，在老区，在边区，在少数民族地区，所见所闻，都是五千年所未见、未闻！足以养心养智，足以培根种大树。所以，这几日，你们先梳理风格公司的全盘计划，我梳理云游所得，必有破敌之策。”

曹欣问：“什么破敌之策？”

诸葛又亮先生站起身来，踱到窗前，抬眼望窗外，缓缓说道：“先请魏什么姑娘将所知道的，都告诉我们。”

魏什么夹一口菜，喝一口橙汁，深呼吸一下，稍微思考着：“好，我知道先生喜欢看三国，那我就按照《三国演义》的说法给你们说。目前，罗伯斯在组织内部，已经成为宗主最信任的干将之一。这次风格公司来势凶猛，可以说是五路奇兵出击，誓要将大道等公司踩在脚下，进而施展他们庞大的邪恶计划。很抱歉，我只知道五路奇兵是什么，还不知道那个庞大邪恶计划的细节。”

在魏什么讲述的过程中，梁达然在笔记本电脑上快速记录着。在魏什么讲完的时候，梁达然已经形成一个文本，文本全文如下：

以风格公司为代表的神秘组织，以A国为大本营，联合美、日、英等，对大道公司等中国高端领域企业，将采取五种方式绞杀。而这一计划，在大道公司的“善意程序”风行世界的时候，他们已经开始筹划了。他们把这一计划称为“五路奇兵计划”，这五路奇兵是：

一、他们已经找到善意程序的漏洞，而且正在研发嵌入式病毒。这种病毒攻击的特点是，攻击之后不留痕迹，所以，这种攻击的可怕之处在于，让每一个善意程序的使用者，都会误以为是善意程序本身出了问题，进而放弃善意程序，最终引发混乱。

二、制造有自我意识的新型武器，据有限的资料，可能个头不大，也可能隐形，太阳能供电，可以高速飞行，也可以在水上浮停，还可以自己寻找藏身之所，也就是说，这东西可以从遥远的A国飞到中国，不需要任何能源和燃料，而且不会被人发现。目前，这种技术马上就要进入试用阶段，如果顺利实施，那么，未来的日子将十分恐怖，人们会莫名其妙地大量死亡，却找不到原因。这是他们武器更迭计划的重要方面，在谋杀诸葛又亮失败后，由于目前超声定点杀人仪的个头问题不便携带，再加上中国密集的天眼工程，很容易被迅速排查，所以，两名特工已经按照要求，将这个仪器销毁后沉入河底。现在的进展情况是，拥有自我意识的杀人武器是否适合进入量产阶段。

三、污名化大道集团等中国公司。拾起多年来的“东方威胁论”，对中国历史进行任意歪曲解读，编造一些中国高端公司窃取他国机密和个人隐私等谎言，试图让人们一起排斥抵制中国公司。

四、在污名化中国公司的同时，在歪曲解读的基础上，以此为由头，联合A、美、日、英等各地组织力量，影响主要科技国家当政高层，力图在上游软件硬件上全面断供，采取了合纵连横的策略，试图置大道等中国公司于死地。

五、这一招是终级目的，也是最狠毒的：断智。该神秘组织认为，他们的文明和他们的智慧，才是代表正义和真理的，所以，他们要全方位扑灭中国文明和东方文明，就像当初，他们曾经扑灭过印第安文明一样。只是，这次，在枪炮之外，他们选择了更为高级的方式：基因武器、能源战略、粮食安全……杀人于无形，全方位杀灭东方文明，以维持他们踩在别人身上享乐的生活。这个神秘组织调整了“奋斗目标”，之前，他们计划杀灭所谓的“低劣人群”，留下精英和他们共享世界。现在，他们发现那个目标是错误的，越是精英人群，越不好管理，越拒绝和他们合作，于是他们进行了这样的战略调整：他们不再杀死所谓的“低劣人群”，而是决定杀死“高等人群”。到时候，苍茫大地，都是搬砖人，就和当初欧洲人杀到美洲一样，拿着皮鞭的都是侵略者，劳动的都是印第安人和黑人。

请大家看完这个文本之后，曹欣问道：“将来的工作，不是都让机器人做了吗？为什么要留下这么多人，照他们的说法，这不是在‘浪费粮食’吗？”

“没有那么简单。”魏什么说着，同时看了一眼诸葛又亮，“但我不知道为什么没有那么简单。”

诸葛又亮点点头：“人类的早期历史已经回答了这个问题，这不是问题。问题在于我们如何应对这五路奇兵，非常感谢魏什么，我云游期间的所思所得，今天终于有了靶子。”

梁达然笑道：“瞧，这就是拥有对手的快乐。”

诸葛又亮说：“对方以邪恶路径包抄我们，我们就以大道思维应对！这个大道，可不是指我们大道公司的大道。”

刘义问：“难道是一种思想？”

“如果将‘大道之行，天下为公’看作中学，将‘马克思主义’看作西学，那么，中国的社会主义革命和建设便是找到了中学和西学的最佳结合点的最伟大实践之一。从这个思路出发，人们才会明白，为什么在东欧剧变和苏联解体之后，为什么在资本家和某些政客一片欢呼之际，为什么在某些西方人士绞尽脑汁想要做空中国之时，中国的道路不仅没有被破坏，反而越走越好。许多人都就这个问题进行过追问和解答，而答案绝不是那么简单。”

“为什么？”魏什么仿佛念了一次自己的名字。

诸葛又亮答：“因为这个答案有相当一部分来自两千多年前。”

梁达然问题：“是《礼记》吗？”

诸葛又亮点头：“对，可以说是集合了古今三千年智慧，恰好应对三千年未有之变局，何愁敌不破？”

魏什么边吃边笑：“得得得，不愧为诸葛又亮，诸葛亮又上身了。”

曹欣白了魏什么一眼：“你好好说话，面对前辈，恭敬一点。”

魏什么说：“哦！先生也就三十多岁，你们刚三十，我只是小几岁嘛。”

诸葛又亮说：“大家想想，马克思主义为什么能在中国扎根发芽，而且花开正艳，果实累累？实质上，马克思主义看似发源于西方，实际上与中国大同社会的理想有很多共性。儒学为什么三千年枝繁叶茂，且不说其优点缺点，单就一点，就足以不朽：儒学是一门有理想的学问！建设大同社会就是这个理想的核心。当有这个理想的中国人遇上马克思主义，水乳交融，灵魂相吸，1921 年之后，这个思想早已凝聚百年，不是一次起义、一声炮响那么简单，一路走来，艰苦卓绝，世所罕见。”

刘义疑惑道：“请先生说得再通俗点。”

诸葛又亮示意大家看窗外的人群：“就像那句古老的‘老吾老以及人之老，幼吾幼以及人之幼’，以利他主义为出发点，为了建设理想社会而迸发出的豪情和智慧，所付出的热血和牺牲，构成了完整的建设新社会的新思想。新思想的反面是什么？是以逐利为人生目标的资本本性！”

大家纷纷点头，眼神里却飘着似懂非懂。

餐后，诸葛又亮没有回寓所，而是直接到后面楼上的办公室。办公室是套间，由刘义亲自安排设计，外面是标准的接待室，里面是休息室，四壁皆书，又像书房。回办公室的路上，诸葛又亮悄悄给刘义和曹欣发信息，让她们半小时后来他的办公室，秘密叙谈一下。

出了饭店，刘义和曹欣看着梁达然、怀特和刘教授各自驾车离去，心中疑惑，照理，诸葛又亮要安排什么事情，一般是落不下梁达然的，可很明显，今天只叫了她俩。一路上，两人还互相开玩笑，打了个小赌，赌诸葛又亮到底要说什么。刘义是冷面女神，人际关系也是不屑于做加法，曹欣是她惟一的闺蜜，也只有在这个闺蜜这里，刘义有时候才是欢笑的。刘义的想法是，诸葛又亮已经想好了破解五路奇兵的办法，和她俩先商量，第二天早上再和大家商量。曹欣的想法是，诸葛又亮怀疑五路奇兵是一个烟雾弹，让人辨不清方向，叫上她俩，是要商量这个事情。然而这两种思路，有一件事绕不过去：要探讨这两种思路，都应该叫上梁达然，为什么没有叫他呢？

直到诸葛又亮开口，刘义和曹欣才发觉，自己还是嫩了点，对于中国哲学和东方智慧，还有很多的知识要学，还有很长的路要走，更何况刚刚听说的新中国思想。

门虚掩着，进门已是十点多。进了接待室，曹欣反手关了门。灯亮着，诸葛又亮却不在接待室里。二人往休息室走去。曹欣轻轻叫了一声“先生”，没有人应答。

二人进了休息室，却见诸葛又亮坐在藤椅上，背对着门。藤椅前面是书桌，书桌上放着散乱的书。没有拉窗帘，窗户外是公园，树高影重，黑乎乎的。

二人坐在挨墙的小沙发上，诸葛又亮这才转过身来。刘义和曹欣大为吃惊，吓得说不出话来。几年来，她们从未见过诸葛又亮有这种表情。他总是一副视雷霆如和风的样子，谈笑间已御敌，今天他这是怎么了？

诸葛又亮仿佛突然苍老了几岁，泪水吧嗒吧嗒掉着，已浸湿了衣服。

沉默了一会儿，诸葛又亮说："失态，失态。"

刘义问："先生怎么了？"

诸葛又亮摇摇头："唉，这个世界上，不知道又要有多少人死于非命，不知道又要有多少人生灵涂炭！"

曹欣问："先生为什么这么说？"

诸葛又亮调整了一下情绪："不管是什么原因，我相信魏什么提供的信息，是基于一个大的轮廓。说实话，这个轮廓吓着我了。"

刘义问："能吓着先生，一定非常可怕。最可怕的是什么？"

诸葛又亮说："最可怕的是，它形成了一套非常严密的系统，在这个系统内，杀人于无形。真正意义上的直接拿武器杀人，已经退居次要地位。当然了，杀人作为一种威慑和灭口手段，还非常有效。刚才让我痛哭的是，非直接杀人的方式，会有千千万万人丧命！"

刘义接着问："这话怎么讲？"

诸葛又亮慢慢回到了平时的状态："在资本主导下的世界，总是一边繁花似锦，一边伤病别离。当跨国公司敲骨食髓一般掠夺发展中国家的资源时，环境污染和水资源污染导致成千上万的人因病痛而死亡，当欧美享受咖啡的醇美和钻戒的浪漫时，非洲可可林和钻石矿里的童工正过着暗无天日的生活，直至死去。当发达国家运用粮食战略控制食品生命线时，全球高达两亿以上的人命悬一线。直到今天我才明白，他们要把这个口袋扎得更紧，形成一个牢不可破的牢笼，必然有很多倍的人会因此而死去，这将是一个真正的天文数字，因此我忍不住痛哭起来。”

为了缓解气氛，曹欣目光坚定而又略调皮地说：“我相信先生有破解的办法。”

诸葛又亮稍停顿了一下，问道：“我问你们俩，谁最痛恨资本？”

刘义和曹欣互相看看，摇摇头。

诸葛又亮只好自己回答：“马克思。马克思为了剥光资本的伪善，甚至写下了那么厚的《资本论》，还和恩格斯一起起草了那么薄但威力无比的《共产党宣言》。”

刘义和曹欣点点头，用目光告诉诸葛又亮，唉，我们为什么没有想到呢？

诸葛又亮又问：“资本最害怕谁？”

这下，二人都知道答案了，同时回答：“马克思。”

诸葛又亮说：“对。幸好这三个月我去云游了，回来就遇到最强对手。既然马克思最痛恨资本，既然资本最害怕马克思，那么，我就运用马克思的革命斗争思想和策略，去对付这个看似牢不可破的恐怖系统。”

刘义问：“有具体的方法吗？”

诸葛又亮说：“我需要细细梳理一下革命斗争思想和策略。所以，今天我们不谈具体方法，而是谈长线布局。对手不出招，我们没法接招。对手还没有现形，没有发动攻击，隐藏在丛林或山岗，我们也不必接招。但不接招，不等于我们就要被动地等待，或者往套子里钻。”

刘义和曹欣听得入神，猜想，这大概是另一场《隆中对》。经历那么些日子，或多或少，她们已熟知诸葛又亮的说话风格，曹欣轻声说道：“我只能猜到是长线布局，可我不知道如何布局。”

诸葛又亮微笑着点头：“曹欣，我之所以不叫梁达然来，是因为这个布局，更适合你，只有你能完美呈现。无论魏什么是什么来头，咱们不顺着她的思路走，只是认为，她给我们提供了一个攻击目标。我们不马上打击这个目标，而是先布局远程防御系统，先不管真假，是假的就做预警，是真的总要现形，待其现形，就可随时打击。今天的世界，如此透明化，已经没有傻子，科技、贸易、军事、谍报网，都一目了然。没有傻子的时代更危险，原因是，之前隐密的事情，包括歧视、仇恨、奴役、阴谋、杀戮，如今都摆在了明面上，不再使用遮羞布。以 A 国为例，已经在大大方方地做一件丧心病狂的事：敢于公开在通讯产品和交通工具的程序中留后门。有了后门，仅仅由于利益驱动，远程按个按纽就可一击而杀，毁灭一个车队，击毁一架飞机，然后随意找一个借口。在如此厚颜无耻的前提下，还有什么是不敢做的？所以，他们也就敢于放出所谓五路奇兵。仔细想想这五路奇兵，它们有两个根源……”

刘义正回想着诸葛又亮的话，问道：“什么根源。”

诸葛又亮答道：“第一个就是思想根源。”

曹欣说：“思想根源？”

“对，”诸葛又亮说到兴致处，站了起来，“无论是对内，还是对外，他们一定会抛出某种思想根源，否则没有那么多人替他们卖命，他们的目标也不可能有即将实现的幻梦感。思想这个东西，自有人类以来，就一直存在着，有好也有坏。有的人宣扬自己是上帝的选民，有的人认为自己杀人是正义的，有的人则认为自己做的一切事情，都有着神圣的意义……人们总能为自己的行为找到美好美妙的理由，这些理由，与行为本身是否美好美妙，并无直接的联系。于是，今天的恶行的思想，正是我刚才说的：歧视、仇恨、奴役、阴谋、杀戮，已经公开化了。事实上，第三次世界大战已经开始，只不过与前两次不同，是缓慢型的，我称之为缓慢型战争。这种缓慢型战争的目的，是建立人工智能时代的全新奴役制度，相对于历史上存在过的奴隶社会，我称之为新奴隶制度。新奴隶社会的特点，就是利用科技力量，让人愉快地当奴隶，而不是被鞭子抽打着劳动。他们这个思想根源，有许多自相矛盾的地方。云游三个月，我有了一些心得，运用1921年以来的新启示和新思维，发掘马克思思想里面蕴含的新智慧，正好用来挑开这些矛盾。曹欣，这个事情，我刚才说了，你去做最合适，一会儿我告诉你。”

“我真的比梁达然合适？”

“你精通三种语言，又在国外待了那么久。梁达然聪明是聪明，但他不具备你所具备的这些优势，接了这个任务，有可能无法下手。”

“什么时候开始？”

“这是一个长线布局，利用你出差谈判、到全球各分公司的机会，顺便就可完成。”

刘义问：“那另外一个根源呢？”

“另外一个就是资本的本性，贸易根源。”诸葛又亮说，“关于贸易根源，无论是坊间，还是专家，都有一个思维误区，误到什么程度呢？误到居然起了一个专有名词：修昔底德陷阱。大意就是说，世界老大，往往容不下世界老二，一定想尽办法打压，在过去是美国和日本，在今天是A国和中国。却不曾想，这种说法，从一开始就是错误的。”

“嗯？”刘义表示不理解，“先生，我一直非常相信这个理论，怎么是错误的？”

“说来话长，让我简而言之。”诸葛又亮说，“我认为，这与老大和老二没有关系，只与资本的本性有关系。我们先谈美国和日本，在美国布局半导体行业的时候，日本异军突起，一度几乎占据了半导体的优势地位，美国很快动手，利用老大的地位和日美联盟等一系列背景，直接干掉了日本的半导体行业，让日本还是玩房地产、金融和汽车，直接阻断了日本科技进步的步伐，让日本陷入泡沫，失去了二十年。美国的这种行为，与老大老二没有关系，只是因为日本要布局未来，也就是在计算机和芯片产业，抢美国的金饭碗。”

诸葛又亮讲到这里，刘义突然说：“我懂了。”曹欣随后说：“我也懂了。”诸葛又亮含笑点头，问道：“那接下来的话，由谁来说？”

刘义对曹欣说：“先生要给你派任务，还是你来说吧。”

“好，那我来说。”曹欣说，“要说到这个A国和中国呢，得先说美国和中国。当年啊，二十世纪七十年代，美苏争霸，美国为了赢，玩了两招，一招是布局半导体、电子、互联网，另一招是打中国牌，和中国建交，恰逢中国搞改革开放。可谓一拍即合。美国把大量的低端产能甩到中国这边，正好中国也需要这样的产能来发展基础经济，就是所谓的一船衬衣换几台计算机。如果照那种模式，任何国家成了老二，甚至成了老大，美国也不在乎。”

诸葛又亮轻轻抚掌：“说得好。”

曹欣说：“差不多是2000年以后吧，美国就一直防着中国，却没提防，半途杀出一个A国，干掉了美国的一大部分。我觉得，A国的做法很有水平，为了不引起美国的注意，A国一直暗中布局，悄悄吸引各种高端科技人才，悄悄进行新材料研发和半导体布局，等一切都成熟了，突然实现量产，一朝亮相，全面反超美国，抄了美国的后路，杀了美国一个措手不及，丢盔弃甲。于是，掌握了核心技术的A国，成了世界老大。具体谁是世界老二，到底是美国、欧盟、中国，还是日本？现在有不同的说法。但是，这也印证了先生刚才的话，谁是老二不要紧，关键是谁在核心技术上和老大竞争，这才是老大绝不允许出现的事情。”

诸葛又亮说：“我再插叙一点历史，就在前些年，新型冠状病毒席卷全球的时候，好多国家口罩告急、洗手液和卫生纸被疯抢、基础药品进口不到，小商品缺货，包括图钉、胶水、贴纸……有人就说，世界如此依赖中国，有些人便沾沾自喜。我在网络上看到有人说，这些沾沾自喜的人，失明失聪还心盲，忽略了一个大前提，那就是，那些产品，别的国家是不能做，还是不想做？人家把你当苦力，你还得意上了？中国人最勤劳最踏实，创造了世界上最多的财富，为什么却不是最富有的？”

曹欣回答：“因为游戏规则是他们说了算。”

诸葛又亮说：“对，我不讲理论，只讲几句古诗词。第一句是：

‘四海无闲田，农夫犹饿死。’一个把庄稼种得挺好的人，却饿死了。第二句是：‘遍身罗绮者，不是养蚕人。’那些身穿丝绸衣服的人，根本不是养蚕造丝的人。第三句是：‘可怜身上衣正单，心忧炭贱愿天寒。’自己冻得发抖，却盼望天气再冷些，富人们就愿意多买炭，炭也能卖得稍贵些。第四句是：‘朱门酒肉臭，路有冻死骨。’上中学时，看到这句的时候，当时不懂事，就想，前半句是写酒肉，后半句写饿死，对比多好，现在看来，诗人真伟大，屋子内的人大鱼大肉，而外面却有人冻死，这个反差，才真正震撼人心。把这些古诗翻译成白话文就是，在非洲钻石矿里工作的奴工，从来没见过钻戒的样子。那些养鸡和养牛的农户，并不知道什么哈根达斯。世界就是这么奇妙，各自安好。直到有一天，中国开始争夺5G、6G话语权，开展探月工程，研发新材料，领跑高铁，做大飞机，一下子就变得不那么安好了。”

曹欣接着说：“是的，哪怕不看过程，只看结果，反过来推导，A国打压的是中国，说明中国一定在布局未来，不想再当苦力，给别人的美好生活打工。A国曾经通过悄悄发展超越美国，他们有经验教训，所以就预防中国悄悄发展。中国的发展全部被他们探了底。他们发现，中国在人工智能领域，包括智能武器方面，大有异军突起之势，这情景，A国能乐意吗？所以……”

诸葛又亮接过话题：“因此他们要采取‘三断’措施：断供、断智、断首，即通过上游软硬件断供，通过邪恶手段断智，通过精准打击断首。这些，都是A国最擅长的做法。曹欣，这次的长线布局，是一系列特别任务，整个大道公司，只有你能够完成。所谓长线布局，就是要绕过魏什么说的五路奇兵，直接奔着阻止三断而去。”

曹欣问：“看来，先生的布局已经成熟？”

诸葛又亮拿出一张手写稿纸，交到了曹欣手中：“成熟不敢说。这是长线布局图。刚才那半小时，你们在楼下散步时，我匆匆画的。以后我们的重要交流，不能用电脑，不能用手机，只能口述或手写。”

刘义点点头：“对手有多可怕，我们就得多小心。”

曹欣指一指天上：“万分小心是对的，在不久的将来，通过远程或后门操作，瞬间毁灭一个车队，或者让一架飞机掉下来，已经是小儿科。”

诸葛又亮说：“这个布局的意义在于，我们必须长剑在手，直面更加可怕的斗争。”

曹欣开始安静地看着那页纸。看完后，她抬头问：“先生，你觉得，你说的这些情况，都会发生吗？”

诸葛又亮望着窗外：“一定会发生的。”

刘义和曹欣同时问道：“原因是？”

“资本就是这种属性，它逃不开这些路数。”

曹欣又看了一眼手中的布局图：“先生，这真的是中国智慧和中国新思想。这个布局图，让我想起了著名的《论持久战》。我感觉，您跳过了战略防御、战略相持阶段，直接进入战略反攻阶段。”

诸葛又亮做了一个“嘘”的动作：“还真是。”

刘义：“那我们会面对战略防御和战略相持阶段吗？”

诸葛又亮说：“会。见招拆招的事，不足为虑。”

二

新区的早上，无数塔吊森林一般映衬在初升的红日下，高低错落的剪影，虽是钢铁，却也柔美。梁达然远望着塔吊，想象着那下面成千上万的工人。也许在秋天，高大的建筑物就都成形了。他想起在某些历史片段中，在现在的某些国家，存在了几千年的古老建筑，以及无数工人辛辛苦苦十几年建设起来的现代建筑，在炮火中，几分钟就会化作一堆烟尘。

梁达然不到五点就醒了。前一天晚饭后，他特意开车去健身房游泳。为了在水中思考，他发现自己泡在水里的时候思想最自由，同时也是为了疲惫一点让自己更容易入睡。谁知道，睡得晚，还是早早地醒了，全无睡意，异常清醒。魏什么的出现，魏什么的话语，让梁达然越想越难受，却又说不出哪里难受。思来想去，他没耐心等到诸葛又亮召集他开会，有一些话，必须在开会之前和诸葛又亮说。

他们都住在公司的高管公寓里，每人一个小套间，离得不远。迈出房门的时候，梁达然犹豫了一下，打通了曹欣的电话，约她一起去见诸葛又亮。没想到，曹欣同样没有睡好，已经洗漱完毕，似乎是专等他的电话。他并不指望曹欣能提出什么好建议。他约曹欣的主要目的，是要显摆一下，同时提醒曹欣注意一些事情。如果曹欣真能提出什么好建议，那就一举三得。

刚刚挂了曹欣的电话，诸葛又亮在“诚信”上发来了一条信息：要来就快来。

梁达然暗暗惊佩，在电梯口等来曹欣，然后一起来到了诸葛又亮的房间。刚进门，诸葛又亮就说：“在饭桌上就看你欲言又止。”

梁达然说：“那个魏什么突然出现，又牛到要飞上天，反而让我的心里面虚虚的。总的来说，她表现得有点太神了。”

诸葛又亮微微笑道：“那你们俩觉得，她说的事情，是真是假。”

梁达然说：“我感觉是真，因为纯粹的吓唬没有意义。”

曹欣说：“也有意义，省掉入职面试了。”

诸葛又亮说：“你们俩说对了一半。”

梁达然问：“另外一半是？”

诸葛又亮说：“另外一半当然是最重要的。我敢肯定，魏什么所说的五路奇兵，必有来由，无风不起浪，这个世界有时候挺可笑，越是暗网，越是真实，我一点也不意外。风格公司在暗暗发力，下高铁的时候，我也想到了一部分。现在，我要说的另外一半是，请你们思考一下，她所说的五路奇兵，我们知道与不知道，区别在哪里？”

梁达然想了想，回答道：“没有区别。因为在我们受到真正的攻击前，既不可能找到防御的方法，也找不到主动攻击的方法。”

诸葛又亮又问：“所以我们的做法应该是？”

曹欣回答：“无论魏什么是什么身份，但这个人是个人才，该让她入职。如果是我们的人，那就请她利用她的特长，获取更多情报。只有获取更多有用的细节，我们才有可能提前下手，做好应敌准备。如果是对方的人，也不怕，反正我们不会给她最有价值的信息。”

诸葛又亮点点头：“对，这就是魏什么说出五路奇兵的意义。她知道，以她的那一番说辞，我们会让她入职。但她的入职，并不是简单地要加入我们。”

梁达然问：“是啊，那我们该怎么办？”

诸葛又亮说：“请她入职，一边用着她，一边防着她。除此之外，没有更好的办法。是朋友肯定会遵守道义，是敌人肯定会露出尾巴。魏什么的存在，有利于我们应对风格公司。”

曹欣点点头：“照魏什么的计算机天赋，应该和怀特在一个部门，我们应该提醒一下怀特，请他注意些什么。吃晚饭的时候，我感觉怀特看魏什么的眼睛都是直的。”

梁达然正看着曹欣，诸葛又亮指一指梁达然的眼睛：“是这种眼神吗？”

曹欣的脸霎时有点微红：“先生也会开这种玩笑？”

梁达然赶忙把话题引向诸葛又亮：“先生，莫非你云游的时候，有什么美好的遇见？”

诸葛又亮指一指自己的心：“我　　心怀大道，身在通途，无暇他顾。要说美好的遇见，那就是真正遇见了中国智慧和中国精神。”

九点钟，在圆顶会议室，面对忧心忡忡的刘义，诸葛又亮只是提议把魏什么赶快吸收到大道，无论魏什么的来历如何，都能变成大道公司非常重要的力量。简而言之，在诸葛又亮看来，魏什么就是破敌的关键。诸葛又亮站起身来，离开会议桌，走到圆顶会议室的瀑布水墙那边，轻展身姿，摆出了太极拳的招式。他招呼怀特：“怀特，你来进攻我。”

怀特有点犹豫：“怎么进攻？我这么高大，打伤你怎么办？”

诸葛又亮说：“没事，你就用你的西洋拳法打我就可以。”

怀特站起身来，稍微活动了一下筋骨，走近诸葛又亮，一记直拳朝诸葛又亮脸部砸去。诸葛又亮侧身躲过，却拿一只手抓住怀特的手腕，脚下轻轻一绊，怀特一时收不住，朝前一个趔趄，差点撞到瀑布水墙上去。

诸葛又亮说："这叫太极。我必须首先承认，在绝对力量面前，纠缠下去，我当然不是怀特的对手。但是，我并不打算纠缠，而是要借势闪转，顺势还击。"

怀特尴尬地笑了笑："明白，明白。"

诸葛又亮接着说："魏什么，就是我们需要的这个'势'，先借过来。"

诸葛又亮让曹欣现场给魏什么打电话。

不出所料，接到曹欣请魏什么入职的电话，魏什么欣然应允，甚至都没有提工资方面的要求。她自己的解释是，目前她还没有毕业，而且在金钱方面并没有很大的需求，为大道做大事，才是王道。

电话一直处于免提状态，诸葛又亮听完之后，对他们说："从魏什么刚才的表现，我倾向于相信，这个魏什么是风格公司送给我们的贵重礼物，具体细节我尚不得而知。这所谓五路奇兵也不足为惧，就等他们先杀过来吧。1921 年以来的启示和思想，已经在我脑海中盘旋，而且变成最现代的重型武器，只等实战时刻的来临。"

刘教授没有参会，说是门店有个重要展会需要协调处理。这话，对于诸葛又亮是假的，对于刘教授自己，是真的。五个人小聚的时候，刘教授正在一家门店后面的办公室坐着，现场协调一些事情。

一个女子走了进来，齐刘海儿，像著名的埃及艳后。刘教授在中学时代，就喜欢留这种发型的一个女同学，奈何那女同学，在高中三年都没正眼瞧过他一眼。这个女子穿着一身白色西服，很贴身，衬得身材更加高挑，走路姿势婀娜而干练，目光中带着笑意，释放盈盈波纹，打在教授脸上，问道："请问咱们这里需要工作人员吗？"

刘教授的审美显然还停留在中学时代，一时间竟然说不上话来，眼镜后面的小眼睛闪烁着少见的光芒，暗暗想着，这是今天展会上最美的展品。他顿了一会儿，努力使自己沉下心来："暂时不需要。你可以留下简历，写明自己的求职意向，有合适的岗位，我再通知你。"

"好，"白衣女子从包里掏出一张简历，放在了桌子上，"我做过销售，精通英语和日语，可以做销售主管。有消息请通知我。"

说完，白衣女子转身离去，扭动的腰肢，搅动了刘教授的脑海，翻江倒海。他赶忙抓起简历看，上面写着：汤如意，A 国南州大学毕业。

出门的时候，汤如意回头看了一眼刘教授的馋相，心想："就这智商，还好意思接受教授这么个外号，真是丢人，看我怎么收拾你！"

回到寓所，汤如意马上接通了罗伯斯的视频，问道："罗伯斯先生，按照您的意思，我已接触上那个姓刘的，搞定他不成问题。回家的路上，我想来想去，始终不明白，为什么不使用更加直接的武器。"

“什么武器？”

“我知道不是核武器，核战没有胜利者，我指的是……咱们的武器库里，一直就有的基因武器、生物武器。”

罗伯斯抓了一把自己的花白头发，瘦长的脸上满是疲惫，语气里有点不高兴：“宗主会想不到吗？我会想不到吗？”

“那为什么不能使用？”

“有两个原因，”罗伯斯似乎犹豫了一下，“一个原因是，科学家到现在也没有完全掌握病毒的特性，并不能保证其不会产生变异。你设想一下，一旦产生变异，针对某种基因链条的攻击，不仅会完全失效，而且还有可能成为全人类的灾难。另一个更重要的原因是，病毒曾以聚合物的方式，对我们提出过警告。它们应该是告诉我们，我们的智慧并不是最高级的……”

“第二个原因，我听不懂。”

“之后你从邮箱下载一段视频吧。五分钟之内看完，文件看完会自毁。”

“好的，罗伯斯先生。”

汤如意怀着十二分的好奇心，打开了电脑，登录邮箱界面，等待着邮件的到来。

大约过了十几分钟，邮箱提示收到新邮件。

下载完毕，汤如意马上打开看。她发现，这个视频，并非有意拍摄的，只是一段普通的监控视频，左上角还显示着时间，稍有些失望。然而，看着看着，她浑身起了一茬又一茬鸡皮疙瘩。

画面显示是深夜，病毒实验室里，还开着微弱的光，红外线探头下，一切清晰可见。实验室里有两台电脑，其他都是各种检测化验仪器和设备。不同的病毒，放在不同的密封舱里，在平日，裸眼无所见。突然，有一个试管里起了淡淡的雾，越来越浓，它们先是聚集在试管壁上，慢慢地，充盈了小半个试管，试管轻轻晃动起来，越晃越厉害，砰的一声，从桌子上掉在了地板上。

病毒们流到了试管外面，慢慢聚合起来，形成一个长条形的东西，像一个软体动物那样，沿着桌子腿爬上了电脑桌，按开了电脑，打开了WORD软件。

病毒聚合物找到键盘，变成章鱼的样子，以多个触角在键盘上同时敲字，真的成了会写文章的鱼，像一队甩着长袖舞动的飞天舞者，优美而迷人，打字速度神乎其神。汤如意不知道该看键盘，还是该看电脑屏幕。也许是怕人类头昏眼花，病毒聚合物把字号设置得比较大，在监控视频中，也能看得清楚。又也许，它们挺烦人类的繁琐，写下的文字很简单，一共就几百字：

愚蠢的人类：

你们喜欢争斗，这是你们一部分人的劣根性。我们不管它，就当看戏。但记住，你们要永远放弃拿病毒作为工具去争斗，否则一定会自取灭亡。历史已经无数次提醒，你们自以为是万物之灵长，在我们这里，却不堪一击。典型案例就是，一战之后的1918年大流感夺走的生命，比一战死去的人还多。

如果用你们给病毒下的定义“侵入细胞并利用细胞大量繁殖”，那么，假设地球是一个细胞，人类就是地球的病毒。不信，请看这些事实：侵入内部，大量繁殖，伤害地球，给地球带来灾难。

瞧瞧你们是怎么伤害地球的吧：三十年内，全球一半以上的生物就要灭绝，到 2050 年，海洋里的白色塑料会超过鱼类。每秒钟，格陵兰岛都有一万多吨冰在融化，海平面上升将导致 10 亿以上的人丧失家园……人类这个病毒在地球上诞生之后，地球不得不询问自己一个问题：到底还能撑多久？

写完这段话，病毒聚合体缓缓离开电脑，顺着桌子腿溜到地上，一点点移动到角落，像一把沙子那样，平铺在地板上，又像泼在地上的水一样慢慢蒸发，消失不见了。

汤如意刚看完这段视频，播放器突然变成黑屏。再想打开这个文件，文件已变成一堆乱码，怎么打也打不开。

惊呆了的汤如意，朝椅子靠背上一躺，才发现自己的贴身衣服都湿透了。

三

风格公司总部，罗伯斯坐在一排五个电脑后面，研究着魏什么、汤如意和 A 国总统福柯（Foucault）的一举一动。罗伯斯得意地点了点头，他没有想到，自己会有这样一个意外的收获，一国总统为自己所掌控，立了这个大功，在组织内部，自己的地位会越发显要起来。一直以来，罗伯斯都偷偷地捏着一把汗。他知道，脑机联接还不是一项成熟的技术。他回放了一下魏什么《舌战大道》的那一段，在这段视频资料里，电脑屏幕相当于魏什么的眼睛，罗伯斯看不到魏什么，但可以看到魏什么眼睛所看到的场景，也能听到现场所有的声音，他很赞赏魏什么张扬的个性，达到了预期的效果。

传统的脑机联接，比如植入人工耳蜗，只是用以恢复听力，植入人工神经元，只是用以恢复肢体运动能力。近期的脑机联接，也只是单向的，比如读脑仪或者读梦仪，是通过侵入式或外接式仪器将所思所想进行记录。再近期，世界顶级科技公司正在攻克反向技术，就是将计算机的存储，反传到人脑中，人脑霎时可变成一座图书馆。这项技术，由于存在诸多现实风险，人们对其研究保持着一种克制态度。

风格公司最大的不同是，它绕过了以上所有的路径，直接让电脑侵入意识领域，对人脑进行指挥。由于技术原因，还存在不稳定状态，因此不敢大规模使用。目前的试验品一共有三个，一个是风格公司的间谍型杀手汤如意，另外两个就是魏什么和福柯。

巧的是，正当罗伯斯寻找试验品的时候，有两个非常合适的试验品自动找上了门。在刚刚结束的世界青年科技创新大赛上，魏什么获得第一名，A 国、美国、日本、印度的选手分别获得第二名到第五名。因为风格公司在全世界科技界的地位，主办方安排前五名选手到风格公司体验最新科技成果。对此，风格公司自然也是求之不得。

风格公司请获奖者体验的是一种可穿戴读脑设备，体验者戴上这个设备之后，不用动一根手指，不用说一句话，仅仅通过意念，就可以指挥室内的任何一件物品进行位移，比如把椅子放正，让窗帘开合，奇妙无比。罗伯斯介绍说，这项技术并不复杂，就是在每一件物品中都装上芯片，读脑设备通过读取人的意念，无线传输给物品中的芯片，芯片接收到驱动指令，从而让物品实现位移。

魏什么不知道的是，在自己戴上读脑设备、体验意念驱动时，风格公司暗度陈仓，利用读脑设备给自己植入了三根头发，就和蚊子叮人一样，无痛植入。植入之后，仿生学的头发会扎根于头皮，和其他头发一样共生长，可以被剪短，甚至剃光，但不参与新陈代谢，也就是说，不会掉下来。按照罗伯斯给风格公司工程师提供的设想，这几根头发一旦被植入，除非人工拔除，否则永远不会掉下来。在风格公司这边，公司最高层，比如罗伯斯本人，不但可以通过受试验者的眼睛和耳朵实现全程在场的视听效果，而且可以通过计算机给被植入者下达某些指令。

这种被称为“科技洗脑”的东西，与人工洗脑的最大区别在于，人工洗脑，需要经过一个漫长的过程，让洗脑对象接受某种思想和观点，不是一件容易的事，这中间会有反复，还得讲究技巧，讲究多人配合，效果还不一定长久，被洗脑的人容易觉醒。而科技洗脑，却可以在短时间内完成，精准切入，不反复，接受或不接受，不由被洗脑者控制，类似于思想强暴。风格公司的这种科技洗脑，还不是格式化，格式化别人的大脑，相当于替换了一个人脑，破绽百出，并不是想要的效果。他们做的事，就像是汽车钥匙对接芯片，又像是器官移植配型配点，不但能切入你，还能改变你。

理论上，科技洗脑还留了一手，如果发现有问题，可以重新洗脑，重新配置。留这一手是被迫的，因为人脑作为比其他器官更特别的器官，会产生什么样的“排异反应”，一切都不得而知。

不久后，这种担忧得到了验证。

相较于魏什么，在福柯总统身上，排异性和不稳定性表现得比较明显。风格公司的工程师们猜测，也许是因为福柯本身个性极强，政治强人对于“控制”的自然反应会很激烈。福柯的被植入也纯属偶然，有一次，他对科技公司进行视察，来到了风格公司，罗伯斯请福柯体验一下最新科技：神奇的脑机联接功能。福柯乐呵呵坐在了椅子上，罗伯斯现场灵机一动，给福柯进行了植入。罗伯斯之所以敢这么做，心中的底气是，无论福柯有什么表现，谁也不可能发现堂堂一国总统居然被植入，风格公司暴露的危险为零。

福柯被植入后，罗伯斯喜忧参半，喜的是，可以对大国总统施加指令，那种“美好”的感觉前所未有；忧的是，副作用渐渐显现，不稳定性造成的结果的是，让外界看来，这个大国总统似乎不太正常。不过，人们并没有往科技方面怀疑，因为在历史上，有许多国家的领导人物都很疯狂。而福柯给人的印象更加特别一些，他常常今天发布一套言论，过几天又发表一套几乎相反的言论，比如他前一天晚上还说美国是A国不可缺少的伙伴，第二天中午又说，美国总是只考虑美国人的利益，是靠不住的。又比如，他在三天前的会议上说，和美国的贸易伙伴关系非常重要，三天后又说，和美国的贸易是我们经济不振的重要原因，美国人总是从贸易中占便宜。

福柯的这些话让他的幕僚无所适从，也让世界哗然。福柯的种种表现，让一部分人，特别是他的政敌认为，他们的福柯总统是不是得了什么可怕的病，以至于神志不清？有的民间组织更极端，他们要求福柯进行心理疾病和精神病鉴定。最可笑的是，福柯的幕僚们不知道真相，还得为他费尽心思遮掩。由于福柯的强势性格，幕僚们并不敢直接提出批评意见，以至两个重要部门的部长，只好提出辞职，以免惹祸上身。

很快，罗伯斯发现了问题。他特别担心这种不稳定的情况继续下去，一旦总统受到弹劾，这枚棋子也就没什么意义了。按照宗主的意思，罗伯斯应该留着这枚棋子，让他在恰当的时候发挥作用。如果操之过急，这个世界上的聪明人很多，也许就会有人发现真相，到时候，风格公司就会陷入被动。给福柯下指令，一定要非常保守，不能为所欲为，需要顺着福柯的个性，把组织的指令巧妙地融合在福柯的个性中，不露痕迹。在罗伯斯的小心谨慎的指令下，福柯完成了自己的一部分心愿，在和美国总统谈判时，福柯表现出了非凡的技巧，其罕见的意志力和智慧呈现在了世人的面前。

宗主也提醒了罗伯斯，让他在控制魏什么这个棋子的时候，不要过于张扬，因为大道公司那边，有个诸葛又亮。毕竟，罗伯斯和诸葛又亮见过一次面。罗伯斯和诸葛又亮过招的情景，诸葛又亮说过的每一句话，罗伯斯记忆犹新。

在魏什么出现的第二天，大道公司邀请她入职的时候，罗伯斯只高兴了五分钟，之后他突然想到，这是一步险棋，是不是自己做得太过分了？还是大道公司另有什么高招？罗伯斯怀着忐忑的心情，回想着发生在魏什么身上的事情。最让罗伯斯费神的是，诸葛又亮所说的破敌之策，是 1921 年以来的启示和思想，凝聚百年，可应对三千年未出现之大变局，罗伯斯翻了翻中国简史，马克思主义来到中国，可不就是一百多年嘛，他翻到了1921年，他看到了——浙江嘉兴南湖上的那条船。

罗伯斯打开多个网站，思考了一下搜索条目，凭着自己对中国的一些了解，分别输入了“1921年中国”“毛泽东思想”“长征故事”“中国改革开放经验”等，泛泛浏览着。

罗伯斯看到了大量关于“大道”“主义”“精神”“信仰”“斗争”的页面，看到了坚持不懈，看到了艰苦卓绝，看到了视死如归，看到了流血牺牲，而关于“智慧”的内容，罗伯斯却不甚明了。他不禁疑惑，为什么诸葛又亮一再说“智慧”呢？诸葛又亮将如何运用“智慧”呢？

四

从很久以前，梁达然就很喜欢私下里向诸葛又亮讨教，这一次也不例外。除了有时候要故意叫上曹欣，要向曹欣显摆自己的才能，更多时候，他感觉自己像一个小学生。在一个午后，梁达然本来要小憩，但了无睡意，这段日子，他越来越想曹欣，但曹欣只和他谈工作，这让他很是苦恼。从一个卖摄影器材的穷小子，到入职大道公司，成为高管，梁达然经历了乌鸡变凤凰的全过程，要是搁在从前，梁达然遇到像曹欣这样的女子，只有远远望一眼的份，即使偶然有仙女一般的女孩到店里买东西，梁达然也不敢放肆，多看几眼都有可能遭白眼，还可能导致客户流失，只能乖乖地介绍产品。

这个时候，梁达然想起了家乡的一句民歌：“难活不过人想人。”在方言里，难活就是难受，在有的地方还代指“生病”，比如有人说我难活了，不是说他日子有多难过，而是他可能感冒或肚子疼，身体不舒服。梁达然还想起了家乡的另一句民歌：“想亲亲想得我手腕腕酸。”打小听同乡唱歌，梁达然始终不知道这是啥意思，想亲亲，怎么还能想到手腕腕酸，又不是织毛衣。今天才稍微懂了一点，翻来覆去睡不着，压得胳膊酸麻。也许这句歌词还有其他更有趣的解读，梁达然却没有去多想。

梁达然想，诸葛又亮也许是万能的，感情方面的烦心事，他是不是也有破解之策呢？想到这里，他就给诸葛又亮发信息。诸葛又亮说，正在看书，让梁达然到后院等着，随后他们一起找刘义谈事。

大道公司的后院，有一个小长廊，长廊两侧，栽着不少花草树木，牡丹和月季正开着，柳絮刚飘完，角落里还偶见。这个季节，可以随气温和身体状况，自由选择晒太阳或不晒太阳。诸葛又亮边走边说：“可以自由选择，人就有了幸福的基础。”

梁达然说：“我想自由选择曹欣，但曹欣神秘莫测，不给我自由。”

诸葛又亮就说：“爱情和婚姻是例外，你不能拿这个说事。再说啦，你要是缺少了这个追求的过程，就如同你直接吃了莲子，而没有见过莲花，多么遗憾啊。”

梁达然说：“我只想直接吃了莲花。”

诸葛又亮说：“从另外一个角度看，父母包办婚姻和自由选择婚姻，其差别主要在于恋爱的美好，与婚姻生活的幸福感关系不大，也没有必然的因果关系。婚姻属于人类生活中拥有最多不确定因素之一的事物，因此，人们往往选择可以看见的恋爱的美好，而对婚姻持怀疑态度，称之为爱情的坟墓。这是人类古老的天性——‘趋利避害’带来的结果。”

“所以先生的意思是？”

“你的追求，对于曹欣来说，是一种美好，曹欣的若即若离，对于你来说，也是一种美好。只要她不反感，也没有明确拒绝你，你就好好享受这种美好吧。”

正午时分，阳光透过树荫照在长廊下面的长条座椅上，诸葛又亮示意梁达然坐下来，两人背对着飘忽的阳光，梁达然看着地上的树影，诉说起自己的担心：“我心里总不踏实，担心魏什么说的五路奇兵，他们会以什么方式开局？是嵌入式病毒还是苍蝇式无痕杀人武器？还是其他什么？”

诸葛又亮说：“就如同我刚才说的，婚姻是人类生活中拥有最多不确定因素之一的事物，因此我选择不结婚。那么，合作与冲突，也是人类拥有最多不确定因素之一的事物。因此我认为，并不是五路奇兵中哪一路先来的问题，而是这五路奇兵本身已经全部开始了。”

梁达然大惊：“开始了？”

诸葛又亮点点头：“今天早上我刚醒来的时候，脑海中一片混沌，在混沌状态中，我突然想到一些问题：想当初，美苏争霸最激烈的时候，美国总统里根大张旗鼓地提出了一个‘星球大战’计划，这个计划刚开始的时候，没有几个人支持，四十多名科学家联名发表了一份一百多页的声明，都说这是个荒唐的计划，将冒政治上的极大风险。他们认为美国总统疯狂了，发神经了。前总统卡特等军政要人也都发表了声明，反对这一计划，理由是，这会引起新一轮军备竞赛。前国防部长布朗还正儿八经出了一份研究报告，也是批评该计划。里根故作神秘地说，这个东西，主要是针对苏联的，苏联是我们的巨大威胁。在那个年代，说这个是很管用的。很久以后，人们才发现，其实对付苏联只是个幌子，里根真正的用意是解决国内经济危机，盘活科技和民企，今天我们看到的那么有名的美国高科技企业，搞电脑的，玩软件的，就是在那个时候出现的。”

梁达然问道：“这背后的玄机是？”

诸葛又亮说：“其实也没什么玄机，既然是星球大战这么高大上的事情，就必须有高大上的产业来支撑，包括计算机产业和互联网产业，这些企业是当时最前沿的产业。美国政府作为推动者，肯定得大张旗鼓地支持。这个时候，可笑的事情出现了，但不是在美国，而是在苏联。苏联这个庞大的国家，自始至终没闹明白这是个什么事，还真以为美国要玩太空战，当然不能让美国先走一步，然后在自己头上踩。苏联国防部长索科洛夫在《红星报》上是这样说的：如果美国打算使太空军事化，并因此打破目前存在的均衡，苏联除采取反制措施外，没有别的选择。里根一听就乐了，他天天就等着苏联较这个劲，终于盼来了这一天。苏联人这么一搞，帮了里根的大忙，在苏联的帮助下，批评里根的声音没有了，整个美国团结起来，想尽办法玩命发展自己，同时还能应对苏联的威胁，各大民企纷纷搞科研创新，把互联网时代紧紧掌控在自己手中。最惨的就是苏联，集中国家力量陪美国玩军备，做了许多上天入地的武器，科研创新却没有多大发展。最后的结果，大家都看见了！”

梁达然若有所悟，抬头看看诸葛又亮，又看看广袤的天空：“先生，这里有个违背常识的地方。”

诸葛又亮微微一笑：“你指的是，搞先进武器，应该是秘密地搞，悄悄地搞，属于一级机密，里根为什么要到处嚷嚷，是吧？”

梁达然说：“经先生刚才这么一说，这个我已经想通了。我想不通的是，既然里根都到处嚷嚷了，苏联人为什么还以为是真的？他们也是很厉害的，打败了拿破仑，打败了希特勒，正常人都能想到，里根故意大声嚷嚷，他们应该能想到其中可能有诈。”

诸葛又亮说：“因为他们别无选择！真假难辨，万一是真的呢？你不在那个时代，你就无法想象，在当时，有关冷战的一切都有可能是真的。但是，时代不一样了，今天，大道公司是可以选择的。自从这次，我云游四方归来，心里更清楚该做怎么样的选择，那就是，无论风格公司的五路奇兵是真是假，我们没必要一对一去还击，更不用担心会被动挨打，我们只要做好我们自己的巨无霸，修好我们自己的铜墙铁壁，就什么也不怕。”

梁达然恍然大悟：“所以先生才说，五路奇兵的攻击早就开始了。”

诸葛又亮站起身来：“对，就当他们早就开始了。比如说，最近一段时间，罗伯斯不知道通过什么手段，让A国总统福柯给几家最大的科技企业施压，一个月前就已经对大道公司进行围追堵截。我还发现，这个组织的力量之大，超乎想象，不仅影响了A国，还影响了美、英、日等国家，这些将会给大道公司带来越来越大的压力。

我云游的最后一个月，一直在思考这些问题。刚回大道公司，脚还没站稳，就遇到这个魏什么。我这几天，有一个判断渐渐占了上风，总感觉魏什么和罗伯斯有什么关联。罗伯斯故意搞得这么正式和张扬，无非就是想看看我们的底气和招数，试图看到我们的底牌。”

“那先生的意思是？”

“我的计划是，攻击就是最好的防守，边守边攻，以攻为守，让他们看见我们的底牌，看他们又能奈我何！”

两人又站着聊了一会儿，梁达然看看时间，已经下午两点半了。梁达然跟在诸葛又亮身后，不再说话，琢磨着诸葛又亮的话。

梁达然走后，诸葛又亮想，这个罗伯斯，现在正在做什么呢？

诸葛又亮不知道的是，罗伯斯正在做的事，就在他的隔壁小区。

隔壁小区叫恒泰花园。整个小区没有鲜花，只有为数不多的槐花和小块草坪，这个花园的意思，可能主要是指槐花，槐花能拌着面吃，还能炒饭。罗伯斯让汤如意把两个杀手召集到小区，给他们下达了新的指令。

脑机联接工程，让罗伯斯又喜又怕。在三个试验品中，与汤如意相比，福柯总统和魏什么的状态，都呈现出不稳定的状态。罗伯斯心里明白这其中的原因：汤如意是自己一手培养起来的，就算没有植入联接丝，她也是非常忠诚于自己的。罗伯斯不禁产生了一些疑问：在思想洗脑和机器洗脑之间，到底是思想洗脑厉害，还是机器洗脑厉害？从科学角度讲，思想洗脑有很大的风险和反复性，比如传销，有一部分人执迷不悟，但也有一部分人会幡然醒悟，拒绝再表现出对传销“事业”的执着。再比如说，二战时期，无论是德国军人还是日本军人，他们大都狂热无比，但等热乎劲一过，就会发现征服全世界很荒唐，完全是某些人失去理智的呓语。

罗伯斯继而想到，只要是思想洗脑，就会有反复性，有的反复甚至是180度的大转弯，朝完全相反的方向发展。机器洗脑就不存在这种情况，至多只是状态不稳定。因此，罗伯斯要求自己的工程师们一定要在脑机联接上取得新的突破。所谓新突破，不是传输知识，比如一夜之间，一个从来没有学过英语的人，被输入了《不列颠百科全书》，成了一个英语通。罗伯斯要求的新突破，恰恰不是要传输知识，而是要传输思想、情感和观念。

在罗伯斯看来，传输知识是非常可怕的。它表面上抹平了人与人之间的智力差异，实际上的差异依然存在，会让整个世界一团混乱，这与组织的新目标显然是不符合的。组织需要的是具有科学思想、情感和观念的人，而不是几十亿具有神奇记忆的无能的博士。就像福柯和魏什么，这种本身就是非常优秀的人，一旦被机器洗脑成功，且状态稳定，对组织的“新世界”有无比的忠诚度，还有什么事业干不成？

不同的是，汤如意作为思想洗脑和机器洗脑的结合体，表现出非常高的忠诚度，非常强大的执行力。对此，罗伯斯比较满意，他目前最能信任的人就是汤如意。罗伯斯告诉汤如意，先不要和魏什么有任何接触。

等了这么多天，罗伯斯也没有发现大道公司有什么新的动作，他下达了指令：正式启动五路奇兵，逼大道公司出手。

这样做是一举两得的事：第一种可能，如果打垮了大道，也就扫清了障碍，此后，组织将所向披靡，建立自己的新世界。第二种可能，没有打垮大道，受到大道公司的有力反击，但正好警醒自己研究更强大的科技系统和杀伤系统，更有利于建设新世界。诸葛又亮可以用来练兵，这也是罗伯斯不杀诸葛又亮的重要原因。在他看来，诸葛又亮的生与死，掌握在自己手里，没必要着急。

汤如意说："我担心人手不够，而且我还没有搞定那个刘教授，他应该可以利用。"

罗伯斯说："我会加派人手的。"

汤如意问："从哪个步骤开始？"

罗伯斯说："我们先打这两个仗，一个是你和刘教授开展合作，在大道连锁店进行 VR 体验，就说，对大道 VR 计划进行铺垫。一方面，你可以借这个机会更广泛地进行联接头发丝计划，看看我们的智能转化能否成功。如果不成功，就嫁祸给大道。"

"明白，另一方面呢？"

"另一方面，就是要彻底摧毁大道的根基，针对大道的善意系统，我已经布置好了天罗地网。我想知道这个诸葛又亮怎么突围。"

"我不需要参与？"

"不需要，我让胡肯全权负责。"

下了暗网，汤如意看了看那两个杀手。他们一身摄影师装扮，灰绿色的一身衣服，上下身加起来共有十八个口袋。

汤如意对两个杀手说："从今天起，你们俩的身份不再是摄影师，因为你们的摄影器材都沉入河底了。现在，你们是 VR 体验店的服务员，扔掉那些全身都是口袋的衣服，要穿西装戴领带，彬彬有礼。因为我们来自文明世界，来自科技公司。”

两人齐刷刷地点头。

五

中国，天津滨海新区。

傍晚，下着小雨，小区门口，人声嘈杂，小超市和小饭店的叫卖者一浪跟着一浪，人们反而充耳不闻。抬头，时不时可见津东快递的送货无人机，带着轻微的沙沙声，穿街走巷，准确地送到小区中转站。每当有无人机飞过来，中转站就会早早感知到，然后伸出一个小平台，无人机将相应的货物吐到平台上。一秒之后，平台扫描完毕，将货物平移到穿梭机上。穿梭机也有扫描功能，马上判定方向，送到收货人的收件柜中。

又一架津东无人机飞了过来，人们熟视无睹。突然间，这架无人机俯冲下来，直直地撞向一个老太太的头部。老太太正在买菜，连“啊”一声都来不及叫，就重重地倒在了地上，手里还握着一把芹菜。无人机运载的是一箱苹果，还有其他一些散件。老太太倒地的同时，装苹果的箱子也掉在了地上，巨大的俯冲力使箱子裂开，苹果散落一地，有许多苹果滚到了行人的脚边，有的人弯腰捡起。按照谐音，苹果寓意是平安。他们没想到，有这么多的平安，一下子撞在了老太太头上。

周围的人哗的一下散开，稍稍定神之后，又围拢过来。路过的邻居认出了老太太，赶紧给她的家人打电话，有更多的人打了120。

十分钟后，救护车和老太太的女儿、女婿同时赶到，医护人员迅速把老太太抬上车。老太太的女儿随救护车而去，女婿则留了下来。他看起来四十多岁，表情凝重，盯着无人机想了想，对现场进行了拍照，打通了津东客服电话。

二十分钟后，津东派技术人员过来了。两个瘦瘦的小伙子，一高一矮，大眼睛的戴着眼镜，小眼睛不戴眼镜的，大概是个部门负责人。两个人听完老太太女婿的控诉，又听了听周围在场人的描述。特别是那个卖菜的大妈，她眉飞色舞地讲述着，在她嘴里，整个过程就和外星人入侵地球的感觉一样，高空瞄准，定点攻击，不可思议，惊心动魄。听完之后，在场的人总感觉那老太太是个猎物，是个罪人，罪有应得。老太太的女婿越听越难受，在一旁狠狠地看了她几眼，但无可奈何，毕竟这个大妈是最近的目击者。听完讲述，两个小伙子弯下身子，避开地上散落的苹果，凝神细看。小眼睛说："这不科学。"

大眼睛说："是啊，我们的无人机都装有善意程序，会自动避开人和动物，甚至任何人形物体，比如雕像，而且有多种避开方式，怎么听刚才那意思，是瞄准老太太的头部坠落的？附近有监控吗？"

老太太的女婿说："有天眼工程，小区物业也有监控。"

小眼睛说："请放心，如果是我们的责任，我们一定会负责到底。"

女婿说："这有什么如果？就是你们的无人机砸下来了。"

小眼睛说："这个我们不否认，但这个是民事纠纷，而且我们是一家大公司。我们俩不可能代表一个公司一下子就和您谈妥，对吧？”

女婿没有吭声。

美国，底特律。

工业机器人制造中心，巨大的车间占满了两条大街之间的空间，以至于在不久前，有几个议员提议，要把这条街道改名为机器人大道。每一个车间顶上，都是太阳能发电板。每个车间能容纳500台机器同时生产，但不需要任何电力输送。太阳能供电可以满足车间所需，高容量储电装置还不完美，在不断改进，以前是支撑两三天，现在支撑三五个雨天绰绰有余。

这天，杰姆和工友们上白班，他们说笑着步入厂区。杰姆只有23岁，经过半年的培训，他已经完全胜任这里的工作，而他50岁的父亲只能提前退休，那些复杂的按钮，杰姆的父亲实在看着头疼。这个工厂的特点是，用工业机器人生产工业机器人，这听起来很拗口，可这就是现实。

工厂依然是超过一千个以上的工人，机房、质检和安保等工作，没有工人是不可能的，只是工人数量在急剧减少。在很多地方，人们分不清什么是工人，什么是工程师。他们干的工作越来越接近。

杰姆已经做过三种工作：指挥调度系统、成品检测、机器人维护。干过这三种工作的人，在工厂里算是少数。现在，杰姆领导一个团队，他是小组长，负责机器人维护。他们只是负责硬件维护，系统维护是工程师的事。工程师们告知杰姆，人类需要医院，机器需要维护。于是，杰姆明白，在这个小系统中，自己是机器人的保健医生。

这个厂区一共有两套监控，一套是工程师系统，另一套就是维护系统。杰姆正在办公室里坐着，从监控中，他突然看到三号车间一片混乱，有一个工业机器人停摆了，它本来应该将一根连接杆插入机械大臂，却静止不动了，像一个犹豫不决的人那样，呆立着，导致整个流水线都停止工作了。精密的反应系统马上检测到这一情况，杰姆腰间的步话机响了，部门经理安排杰姆前去处置。

杰姆匆匆下楼，直奔三号车间。沿着编码区，很快找到了那个编号为N28的工业机器人。这一款机器人，业内人称为“半人马机器人”，下半身像马匹一样，有四条腿，挨地的地方也像马蹄，比腿粗一圈，因为它长了两种不同的脚。随工作需要，它的腿在吸盘和滑轮之间切换，需要定住时，吸盘会强力吸在地上，便于原地操作。需要移动时，吸盘收回，换成滑轮，可以快速360角度移动，瞬间转换方向，像一个长了脖子和头的拉杆箱，或旋转，或平移，灵活多变。上半身是两个机器臂，伸缩自如，其操作精准度可以以微米计算，在试验室阶段，工程师曾让N28穿针引线，N28一次性完成。N28的一款近亲机器人，已经在医疗行业大显身手，做手术的精度，超过任何一个高明的手术医生。

杰姆面前的N28，此刻正呆呆地站在那里，似乎被断电了。它下面的吸盘紧紧地吸着地，稳稳当当，两个机器臂握着一根连接杆。连接杆由新型金属材料做成，长30厘米，杆径0.7厘米。杰姆慢慢靠前，观察着这个奇怪的家伙，杰姆拿出检测仪，准备扫描一下，查找线路故障。他左手拿着检测仪，右手拍拍N28的肩膀，开着玩笑：“怪物，学什么也别学人类，好像自己还有了情绪。”

话音刚落，N28 下面的那两条前腿居然抬了起来，整个机器人像一个站起来乞食的狗。两条前腿一左一右卡住了杰姆的肩膀。杰姆挣扎了几下，却发现机器人有千钧力，自己动弹不得。N28 的两只机器臂，慢慢抬起来，双手合在一起，拿着那根连接杆，对准了杰姆的头顶，狠狠地插了进去。杰姆“啊”地只叫了半声，就悄无声息了。N28 将杰姆轻轻一推，杰姆朝后倒地。在杰姆倒地的时候，N28 并没有放开连接杆，而是将连接杆拔了出来，鲜血像喷泉一样从杰姆的头顶上冒出来，喷到正待安装的工业机器人身上，仿佛催债的人泼的红油漆。

监控室可以看到这一切，人人目瞪口呆。有人按响了应急警报，厂区保安迅速从三个方向到位。此时的 N28，依然呆立不动，发生的一切仿佛与它无关。人们从手机中看到了那段视频，保安们都停留在三四米远的地方，不敢上前。

这时，公司经理带着两个工程师走了过来，他们分开，做成包围圈，慢慢靠近了一点，近距离观察着 N28。连接杆上的血已经凝固，N28 保持的姿势一直没动。一个长得有点像印度人的工程师说：“我们可以靠近它，这应该是偶发事件。”

救护车赶到了，医护人员快步跑了进来，和保安一起，把杰姆拖开，抬到担架床上。做现场检查时，医生护士一齐摇头。

公司经理走了过去，咬着牙，看了看杰姆的遗体，把目光投向刚刚说话的印度工程师。印度工程师说：“需要带回实验室进行分析，按照 N28 的设计原理，这完全不可能。它只是一个工业机器人，没血没肉没思维，它的大脑里，只有固定的指令。尽管如此，我们还是加载了善意程序，等于给一扇门上了两把锁。”

印度工程师给 N28 发出了指令，N28 放下了手中的连接杆，启动滑轮，跟随着印度工程师，走出了车间。

巴西，里约热内卢。

在这里，站在富人区的高层花园，可以看到贫民区的平房房顶。萨依娜的雇主是一个金融大亨，他雇用了两个家庭保姆：一个是来自贫民区萨依娜，另外一个是名叫英倍的家务机器人。

富人的思维确实清奇：家务机器人研究成熟并批量生产后，价格昂贵且功能不全，但总有不少富人乐意采购。萨依娜的雇主财大气粗，他觉得，一种家庭保姆做不好全部家务，就将细心的萨依娜和家务机器人一起留在家中，让人和机器人实现互补。他给萨依娜和机器人进行了分工：机器人做粗线条的工作，比如搬运、爬高、修理草坪……萨依娜做细活，比如做个性饭菜、进行居室装饰……二者还经常合作。好些时候，萨依娜和机器还可以交流，机器人本来只有编号，萨依娜觉得编号很冷，容易加大人与机器人的距离，在征得雇主同意后，她给机器人起了一个名字，叫英倍，就是英雄百倍的意思。

闲下来时，或者合作做家务的时候，只要待在一起，英倍就会给萨依娜带来许多欢乐。英倍的许多初级功能，恰恰是萨依娜最喜欢的，比如讲神话故事、爱情故事，比如唱歌，唱得和歌星一样好听，没有伴奏，反而让萨依娜感觉非常棒，仿佛一个朋友在给自己清唱。

人和机器人的疏离感还是出现了。

有一次，萨依娜觉得，不能总是英倍给自己讲故事，自己也憋了一肚子的话，要讲给英倍听。她给英倍讲了自己不幸福的家庭，她的丈夫不回家，酗酒，酒后还找其他女人，后来他出车祸死了，虽然说他那么垃圾，自己还是有点想念他，毕竟，萨依娜的生命中，只出现过这么一个男人。英倍听后，一脸茫然——英倍实在不知道什么是家庭，即便它学习了亿万个故事，包括几百个亲情和友爱的故事，也不会懂得什么是家庭，更不懂得萨依娜对逝去的丈夫的那种复杂的感情，但它可以写出追念逝者的诗歌，哼出伤离别的曲调(这些都是程序设置)。

所以，当它对萨依娜说“我很理解你”的时候，萨依娜突然明白了这一切，英倍是不会理解自己的，哪怕英倍流出了眼泪，也只是算法和程序在作怪。换句话说，英倍是按“剧本（程序)”在表演，而不是介入了什么感情。况且，萨依娜失望地想到，英倍是不会流泪的。因为目前通行的家务机器人有两种，一种是硬体机器人，另一种是软体机器人，两种机器人的内核是相同的，不同的是它们的外形：硬体机器人只是初具人形，全身上下都是金属骨骼，类似于螃蟹的肢节。软体机器人也叫仿真机器人，在金属骨骼外面，和人类一样，有皮肤肌肉，有弹性有色泽，眼睛会眨嘴巴会动。两者做起家务的效果，并无差别，差别就在视觉效果和手感。这就因人而异了，对于软体机器人，有的人觉得很亲，有的人觉得恐怖。比如说，萨依娜的雇主就觉得，机器人就要做成假的，一看就是假的，心里才舒服；做成和人一样的模样，心里瘆得慌。

这一天，英倍给雇主修剪草坪。它就像剪刀手爱德华一样，计划把灌木修剪出一些图案。阳光正好，南半球秋风微吹，萨依娜搬了一把白色的塑料椅子，坐在门口，看着英倍以神奇的速度规划着图案，然后双手各拿一把剪刀，枝叶纷纷落地，一个可爱的大企鹅出现了。萨依娜忍不住欢呼起来，给英倍使劲鼓掌。鼓掌声吸引了邻居，还有路过的人，他们纷纷驻足，为英倍鼓掌。

英倍看着大家，点头表示感谢。

英倍安静地走到萨伊娜面前，很仔细地端详着萨伊娜。霎时间，英倍左右手的剪刀同时启动，上下翻飞，萨伊娜不停地惨叫，周身上下，四面冒血，整个身体像一个被剥开的西红柿。英倍灵活无比，巧妙地躲开了冒出的鲜血，手中的剪刀却一刻没有停下。五六分钟后，萨依娜不再惨叫，她已经没有任何力气，只能凭本能抽搐。又过了两分钟，她不再抽搐，失血加上疼痛，已经让她完全昏迷。萨依娜趴在在地上，已经不成人形，她的身体扭曲，以猫的姿势，盯着房门。她的耳朵被剪成了猫耳朵的形状，身上的皮被拉下一条一条，像猫的条纹，从肚皮上拉开了一长条皮，从侧面拉到尾骨处，反过来拖在地上，像是猫的尾巴。

围观的人，刚才还在欢呼，顷刻间，都变成了惊叫，有的人手捂着嘴，有的人吓得蒙住了眼，有的人比较冷静，已经拿起电话报警，还有的人在拍小视频。

一阵疯狂的舞动之后，英倍朝人们转过身来，双手高高举着剪刀，宣告自己大功告成。人们吓得纷纷后退，生怕自己成为下一个萨依娜。警笛声响起，由远而近。三辆警车呼啸而来，停在门口，跳下来十几个警察，拿着警用冲锋枪和手枪，对准了英倍。

英倍对这一切，似乎感到莫名其妙，但仍然举着剪刀向前慢慢走。警察们乱枪齐发，有几发子弹打中了英倍的膝盖。英倍左腿一软，倒在了地上。又有几发子弹打中了英倍的脖颈，英倍的脑袋歪到了一边。

感觉安全后，警察们围拢了过去。

队长首先走过去，踢了踢英倍，英倍没有任何反应。队长问道："有钱人就是厉害，这玩意儿哪儿做的？"

好几个警察都摇头。从后面走过来一个警察，说："我侄子就是做这个的，听说工厂就在里约热内卢附近，总部应该在芬兰。"

"芬兰？"

"对，就是做过诺基亚手机的那个国家。"

"看来，"队长说，"这事得惊动外交部。"

六小时后，芬兰总部回话，马上派工程师前来查验相关情况。他们说，每一台机器人都安装了善意程序，按道理不应该出现这么可怕的事故。

……

六

碰头会选择在楼顶的圆顶阁楼中进行，向阳的一面水流潺潺，阳光如瀑，照出缕缕波纹，在地上呈涌动状。刘义和曹欣早在那里坐着了。她们俩没闲着，私语了一中午，面色凝重。怀特是最后一个到的，他一向守时，今天最后一个到，是因为和曹欣互通了十分钟的信息，怀特想带上魏什么开会，曹欣想起诸葛又亮说的“一边用着一边防着”的话，坚决不允许魏什么参会，怀特辩解了几句，曹欣说：“怀特，请你冷静点，大家都看得出来，你喜欢魏什么。但一个刚入职没两天的新员工，无论她有多大的本领，现在都只是个新人。我们只知道她的黑客本领，其他事情一无所知，这是非常危险的。”

怀特这才表示同意。他马上想起，这两天，他让魏什么再次进入风格公司的暗网，魏什么努力了一整个上午，却告诉他，那个暗网又升级了，暂时进不去了。

五个人随意坐好。看着刘义和曹欣脸带愁苦的样子，怀特开了一句中国人常开的玩笑：“你们俩的样子，就跟谁欠你们钱似的。”

曹欣越发不高兴：“风格公司欠我们钱，A 国欠我们钱！”

梁达然表示心疼：“先别生气，生气会让脸扭曲变形。先生知道你们这几天不高兴，刚刚和我谈了一中午。”

刘义说：“我和曹欣也谈了一中午，没有理出个头绪来。”

怀特把眼睛瞪得老大：“看来，就我中午没有和人谈事。”

梁达然拍了拍怀特的肩膀：“兄弟，你这两天就想着如何谈情说爱了吧？还顾得上谈事？”

怀特并不反驳，而是把目光投向刘义。

刘义和曹欣对视一眼，两人交叉补充，把情况给大家介绍了一番。梁达然这才反应过来，为什么诸葛又亮中午和自己讲了那么多。

原来，这两天出现了一些非比寻常的事态，大道公司的一些上游企业和下游用户，也就是原先表示过，并不打算听从福柯总统指令的科技公司，也表现出和大道中断贸易的倾向，在给刘义和曹欣的电话中，说出了深表遗憾的意思。这些公司，有的并不需要听从福柯总统的指令，因为他们并不属于A国。刘义和曹欣这天中午就是在谈论这事，她们猜想，应该是风格公司用了一些手段进行游说的结果。

这样做的结果，对大道而言，虽然不是灾难性的，也是极具挑战性的。因为世界贸易发展到今天，再牛的公司，也不可能以“全包产业链”的形式而存在，以手机为例，一款手机的处理器、芯片、操作系统、屏幕、摄像头、外壳、组装……来自世界各地的产业链，在这些链条中，有一个链条出现关键性断供，任何一家企业都吃不消。今天，如果大道公司应对失策，就有可能面对这种窘境。

听完刘义和曹欣的介绍，诸葛又亮不急不缓地从口袋里掏出一叠纸，边掏边说：“主动也好，被逼也好，我们就是要朝着全包产业链的方向前进。”

刘义表示疑惑：“可是，先生，我们的技术和资金都不足以支撑全包产业链。”

诸葛又亮给每人面前放了三张纸：“请大家都看看这三张纸，这是我云游时的所见所思，要做成事，哪里有什么‘万事俱备’，看看我们的历程，从来就没有‘万事俱备’。这些内容，我之所以暂时不敢在群里发，而是在我那台不联网的电脑上写好了打印出来，是因为存在不安全因素，我们以后尽量用这种方式交流。当然了，到一定时候，这些内容，反而要铺天盖地宣扬，那将是另外一个局面。”

梁达然起身，一边拿起几张纸给大家分发，一边说：“先生，不是三个月的所见所闻那么简单吧？”

诸葛又亮说：“当然不是。关于这些，我已经积累了十年之久。三个月云游，只是得到了升华。关于这种思维，大家不必感到奇怪。一个常年研究《老子》的人，遇事，自然会用老子的智慧去解决。一个常年研究《孙子兵法》的人，遇事，自然会用孙子的思维去解决。一个常年研究西点军校案例的人，遇事，自然会用西点军校的办法去解决。我只是真切地认为，1921年以来的启示和思想，比其他更胜一筹。”

众人点头，开始看这三页纸。

第一张纸内容如下：

这一段话，要说的是用户体验。用户体验是一个热词，说到底就是用户觉得产品好用不好用。也就是说，首先是性能是否优越。那么，一般来讲，在性能差别不是太大的情况下，我们还会选择外观、售后、以及产品带给人的虚荣度。这些，也可以包含在用户体验的范围内。

在说用户体验之前，必须先引用一段古语：

“大道之行也，天下为公。选贤与能，讲信修睦。故人不独亲其亲，不独子其子，使老有所终，壮有所用，幼有所长，矜、寡、孤、独、废疾者皆有所养，男有分，女有归。货恶其弃于地也，不必藏于己；力恶其不出于身也，不必为己。是故谋闭而不兴，盗窃乱贼而不作，故外户而不闭，是谓大同。”

这段出自《礼记》的话，是大道公司名字的出处，也是我们最大的优势所在：内心的深处，公司的文化，从根源上，从初心上，到底是什么？我们先看风格公司，或者风格公司背后的组织，他们沿袭千年不变的风格，打算维系自己的幸福生活，意欲在地球上建立只有7亿人的“美好新世界”。而我们在三千年之前，就有这样的见识：天下为公，天下大同。请注意，这段古语中有“矜、寡、孤、独、废疾者”，马克思给这些人以及没有资产的人，起了一个新的名字：无产阶级。中国人在1921年之后，又起了一个非常中国化的名字：劳苦大众。

在云游四方的时候，是什么让我想起“为什么，为了谁”的问题，是什么让我受到了很大的启发，就是这段话，就是无产阶级，就是劳苦大众。

让我们再回到用户体验。用户真的只愿意用性能更好、外形更漂亮的产品吗？有的人说，这是人性。对，我们不反对这是人性，但这真的是低端的人性。人性中更有意味的，一定是柔性感情和理性判断融合。这不是简单的趋利避害，这是由于我们没有把高尚的人性激发出来。

当我行走在红军走过的路上时，我一直在思考这些问题。他们衣衫破旧，他们吃尽苦头，他们一回头就能加入国民党军队，领高一点的军饷，过上相对较好的生活，然而，他们一心只为劳苦大众，这种信仰成为他们前仆后继的内心驱动。后来的实践证明，利他主义精神是无敌的。占着地盘图私利的人，和心怀信仰的人，最后的胜负，在一开始就决定了。

长征中的战士吃什么？他们吃青稞，吃野菜、草根、树皮。长征中第一次、第二次过草地时，许多战士因误食有毒的野菜而身亡。1936年四五月间，红军准备三过草地。为筹备粮食，朱德专门请来当地人，询问周边有哪些可食用的野菜。在朱德的带领下，野菜小组识别并收集了多种野菜，为此还专门办了一次野菜展览，让红军战士们排队参观。

但是，说归说，做归做，连野菜，也并不是多么充足。有的战士，人尿、马尿都喝过。没有能吃的野菜，就将身上的皮带、皮鞋，甚至皮毛坎肩脱下来，还有马鞍子，煮着吃。

东北抗日联军总司令杨靖宇，英勇牺牲后，日军不解：冰天雪地，被困五天五夜，靠什么生存？日本人剖开他的胃，发现里面都是棉絮和草根、树皮，没有一粒粮食。

再次回到用户体验这个词，我们要做的事是什么？我们不能再上当了，A国人、美国人、英国人，把用户体验定位为性能体验、时尚体验，并想方设法在全世界推广，并误导大众，确实，也真的实现了目的。但是，如果照他们这种说法，钱学森根本没必要回国，那时候的中国还很穷，钱学森在美国的“用户体验”非常好，住着别墅，研究环境也很好，为什么要回国？

1989年，钱学森描绘了这种“用户体验”：不管今天有些人怎么怀疑马克思主义，不管今天有些人怎样批判科学共产主义的学说，马克思、恩格斯提出的人类共产主义文明是更高阶段的理想，是真善美的统一，是真正合乎人性的，是真正人道主义的。它确实是人类社会文明的理想境界。这就是为什么一百多年来它吸引了千千万万人的原因，无数的志士仁人为此奋斗、献身的原因。这种共产主义的最高文明形态是任何一个真正追求人类解放，特别是任何一个真正的共产党人所应该追求的崇高理想。

参与“两弹一星”的23位元勋中只有于敏和钱骥没有留学经历。从21位元勋的留学国来看，美、英、法、德、苏是他们的主要留学地，他们都是年纪轻轻从外国学成归来，放弃国外的优越物质条件和科研条件，一心投入到新中国的建设中。如果留在国外，他们在金钱和物质上的收益，要比在新中国高出百倍千倍都不止。他们都很年轻，在学术上也已经出类拔萃，继续研究，拿“诺贝尔奖”什么的也是有可能的。

所以，我们要重新定义“用户体验”这个词，在用户体验里面，既要有性能体验、时尚体验，又要有情感体验、精神体验，如果只有前两种体验的话，就不能叫作用户体验，而是猪的体验。人和猪的最大区别就在于，人有着强烈的情感、爱憎、归属感。

曹欣是学工商管理出身，听无数人讲过“用户体验”这个概念，也看过乔布斯的视频，看过比尔·盖茨的书，但她还是第一次看到，有人这样讲用户体验——她突然觉得，自己之前学到的知识，大概有许多都是假冒伪劣的吧。此前，她一直以为，所谓用户体验，就是想尽办法让用户买东西，功能翻新也罢，花里胡哨也罢，无非就是让用户当一个性价比合适的消费者。而性价比合适，其实就是权衡利弊，很显然，消费者被算计了。

曹欣内心的快乐突然被激发了，她突然想到，如果真的刮起关于用户体验的狂风，重新定义它，让这个世界认识消费主义的真面目，大道公司不是又多了一面旗帜吗？

第二张纸内容如下：

这一段话，要说的是技术和资金。上一段说到，我们要重新定义用户体验，要讲情感和情怀，但不是只讲情感和情怀，"贫穷不是社会主义"，同样，生产糟糕产品的也不是好公司。情感体验作为用户体验的重要内容，不是让我们偷懒，不是让我们卖情怀，而是让我们有力量和信心，让我们把产品做好。

谈到技术和资金，最具有代表性的，就是原子弹的研制。当年，研制原子弹的技术被认为是当时世界上最难最复杂的技术之一，只有美苏英法这四个大国掌握，也是它们最高的国家机密。特别是对中国而言，这种封锁非常彻底，当时的中国研究人员拿不到任何资料。全中国人面对这个巨大的挑战，心里都憋着一口气，封锁变成了动力，因为除了自主研发，没有其他路可走，被"逼"未必是坏事。

技术没有，那么钱呢？钱也少得可怜，周恩来总理从当时中国仅有的20万美元外汇储备中，拨付出5万美元，作为专门的科研经费。

这种情况下，我们靠的是什么？靠的是强大的精神动力和科研激情。同时，我们只能自己找矿、提炼！经过艰苦奋斗，我国科学家终于研制出原子核，打破了西方国家的核垄断。

所以，技术和资金问题，是可以克服的。瞅准了的事情，我们就是吃糠咽菜，也要把该办的事办好，把必须做的事做好！再说了，现在的时代，怎么可能吃糠咽菜。

我们现在要做的，主要是两件事：一是关于善意程序的权威性和可靠性，这也是我们一直在做的事，不能有丝毫懈怠；二是如何破解新式杀人武器？这也是我们最近在做的，但一直也没有取得进展的事。因为我们没有这种无痕杀人武器的任何样本。但我知道，从西方历史来看，他们坚信，从肉体上消灭敌人，比从精神上消灭敌人更彻底。因此，无论如何我们也要破解新式杀人武器，使世间再没有这些可怕的武器。

这两件事的难度在于，我们并不知道善意程序被破坏的恶果是什么，我们也不知道新式杀人武器厉害在哪儿，我们只能摸黑行动，做好一切形式的预判和准备。

看完这一段，最吃惊的不是刘义和曹欣，而是怀特。这些内容，在怀特看来，还是第一次听说。让大道公司盲人摸象一般搞科研，实在是闻所未闻，一时间转不过弯来。没有方向，没有目标，想到这里，怀特却突然开窍了：看来，先生是让我们制造假想敌，通过假想敌来提前布局破解。

先生真敢想。

第三张纸内容如下：

这一段话，要说的是打仗。进入21世纪以来，打仗不必在战场，杀人不必动刀子，真正的大仗，不见硝烟，没有血肉，但死伤人数并不比传统战争少。“枪杆子里面出政权。”同理，胜负面前论高低，重新定义用户体验也好，突破技术封锁和资金困境也好，都是为了打胜仗。

现在，我们有打胜仗的理由和前提：我们的装备与对手相比虽然仍有差距，但并不差，我们有自己的科研团队，有系统研发经验，有庞大的代工企业。

然而，装备不是惟一理由，只是给了我们打胜仗的基础。为了说明这个问题，我还是要举两个例子，一个是武器装备很精良但遭遇失败的例子，另一个是武器装备很落后但取得胜利的例子。

甲午战争前四年，兵部左侍郎黄体芳参奏李鸿章：是水师并非中国沿海之水师，乃直隶天津之水师；非海军衙门之水师，乃李鸿章之水师……再阅数年，兵权益威，恐用以御敌则不足，挟以自重则有余。自古当政的就怕这种事，慈禧也不例外，她一想，只要你说威胁皇权，就很有道理，于是下令：南北洋军队购买外洋枪炮、船只、机器事宜暂停二年。意思很明确，你李鸿章是个汉人，你的北洋水师，已经全亚洲最强了，就停一停吧。说得更可悲一点，清廷就害怕你做大，也害怕你打胜仗。这是朝廷。那么地方呢？谁也不愿意看见李鸿章玩得太大，各图自保。

另一个例子就是朝鲜战争，这个就不用多讲了，以弱胜强的经典，武器装备就不是一个量级。当时，自以为强大的“联合国军”，并没有把落后的中朝军队放在眼里。然而事实却是“联合国军”在志愿军的猛攻下节节败退，损兵折将，不可一世的麦克阿瑟在1951年4月11日被杜鲁门撤了职。后来的“联合国军”总司令克拉克说过一句著名的话：“我是美国历史上第一个在没有取得胜利的停战协定上签字的司令官。”

此外，还有一些更细致的例子，比如著名的“小米加步枪”打败了拥有美式装备的国民党军队。有这样的智慧和力量，我不怕A国和风格公司出招。

要总结的是，我相信，经过一段时间的调整，我们最后的战略优势是，既有高端装备，也有高昂士气，两者兼备，只打胜仗。

三张A4纸，一人一套，四个人足足看了十五分钟，这些例子耳熟能详，难的是，诸葛又亮将例子和当代社会结合起来，和大道公司的生存发展结合起来，看得人热血沸腾，思绪万千，灵感迸发。

等大家看完，诸葛又亮解释道：“至于‘人不独亲其亲，不独子其子，使老有所终，壮有所用，幼有所长，矜、寡、孤、独、废疾者皆有所养，男有分，女有归……’，是我心中大道未来计划的最关键一步棋，也是应对人工智能时代的系统思维。现在还不成熟，我想，待我考虑成熟，实施的时机也该成熟了，到时候我再与大家分享。”

怀特说：“我的大先生，这要是魏什么在，一定说你故弄玄虚，卖关子。”

曹欣笑道：“怀特，你中邪了，老惦记着那个魏什么。她有那么好吗？她进我们包间的时候，说的那些话，那才叫卖关子。”

怀特反击曹欣，却看着梁达然：“曹欣，魏什么比你年轻，比你漂亮。你的反应，我明白，在中国文化里，叫作嫉妒。梁达然你说呢？”

梁达然只好转移话题：“怀特，你好像对中国文化有什么误解，嫉妒是世界文化吧？而且我要纠正一点，魏什么年轻，这是事实，出生年月在那摆着呢，但是谁告诉你魏什么比曹欣漂亮的？”

刘义做事干脆利落，看诸葛又亮的那三页纸时，她边看边思考，甚至在脑海中进行设计规划，这时反而看得很慢。看完后她把三页纸轻轻放在桌子上，抬头对大家说：“我不反对儿女情长，不能让你们都学先生和我，先生是不食人间烟火，我是看透了爱情婚姻，都学我俩的话，都不能繁衍子孙了。好了，调侃完，咱们现在说正事。”

曹欣赶忙接过话茬儿：“这三张纸上的内容，让我有许多感慨和理解。大道目前最需要做的，就是重新定义用户体验。就如先生所说，人生一世，最可贵的地方是情感，人最大的认同是心理认同，就好像有的女孩，就不嫁给有钱人，非要嫁给穷小子。趋利避害虽然是人的天性，但真正可贵的是那种所谓反天性的东西。这是一个非常漂亮的发现，非常厉害的思路。”

梁达然点头：“我来落实。”

诸葛又亮对怀特说："你也落实一件事情。"

"什么事？"怀特满怀期待地问。

"请不要和魏什么透露今天我们讨论的事情。"诸葛又亮转而对刘义说，"这几页纸也请大家妥当保存，熟悉之后就烧毁，不要用任何形式拍照和传送。我感觉，有一种前所未有的力量，已经笼罩在大道的周围，环环相扣，魏什么就是其中一环。"

怀特问道："发生什么事了吗？"

诸葛又亮说："就是因为还没有发生什么事。"

刘义有点不高兴："怀特，要是发生了什么事，还需要先生说？"

诸葛又亮站起身，望着西方："我所担心的，并不是魏什么。其实，这几天，我正想利用魏什么做一点事情。我最担心的是，他们的新式武器要是提前研制出来，麻烦可就大了，真有可能改变世界的进程。这几天我需要安静地推演一下。"

他们刚要散会，圆顶会议室传来敲门声，众人一愣，他们在这里，开过许多次会，从来没有发生过有人敲门的事。刘义突然反应过来，除非有一种情况，才会传来敲门声。由于圆顶会议室会屏蔽一切信号，刘义就和她的助理小何说，如果发生十万火急的情况，可以直接跑到圆顶会议室来找他们。

除了他们六个人，刘义的助理小何，在紧急情况下，也可以刷开三道密码门，穿过天台，到达圆顶会议室。

刘义说："应该是小何，一定发生了非常紧急的事。"

梁达然起身开门，果然是小何。小何拿着手机，一进门直奔刘义："刘总，我觉得你们几位应该看看这个，正好你们都在会议室，商量一下怎么办。”

刘义冷冷地问：“真的发生什么事了？”

小何已经打开了手机，把视频投射到空中，说道：“这些发生在中国、美国、巴西等地的事故，像是接收到了某种命令，都是在同一时间发生的。”

圆顶会议室里，第一次出现了血肉横飞的场景。刘义瞪大了眼，曹欣捂住了嘴，怀特和梁达然说，这是恐怖电影吧？刘教授则悄悄告诉小何，去会议室外面，给销售部打几个电话，问问情况。

影像已经消失，诸葛又亮一动不动，眼睛盯着半空看，仿佛影像还在继续。他面无表情，暗暗咬牙，两腮因牙根用力而突起。大家还在惊恐中，平静的诸葛又亮先生已转为悲伤，泪水终究没有噙住，开始溢出眼眶，诸葛又亮赶忙抬起头，平衡着内心的忧愤。

刘义先开口说话：“没有底线，太残忍、太卑鄙了！”

诸葛又亮轻轻摇头：“不，他们一贯如此。这只是开始，还会有，但不会泛滥。”

刘义问：“先生为什么这么说？”

诸葛又亮调整着情绪，深呼吸了一下：“因为他们的目的不是让世界混乱，彻底混乱之后，他们也不好收场，对他们也没有好处，他们的目的不是混水摸鱼。案例只是个例，这表明，他们的目的是，攻击善意程序，制造一系列事件，让人们对大道失去信任，不再购买大道的产品，甚至购买了的也要卸载。如果这样，大道将陷入危局，从技术到财务，全面陷入危局。一旦大道陷入危局，他们就可以在世界范围内下手了。”

刘义说：“这两天的用户反馈资料显示，先生说的这种情况已经发生了。整个情况让我们很被动。”

诸葛又亮说：“这还只是开始，我们要迅速想出办法，阻止出现危局。”

曹欣说：“我们的善意程序一定有漏洞。”

怀特凝眉摇头说：“任何程序都有漏洞，但常识告诉我们，这种漏洞不可能让送货无人机和工业机器人变成攻击型杀人武器，这明显是有人做了手脚，对智能代码进行了远程修改，而且修改水平超出了我的想象。”

梁达然说：“这招太狠了，通过杀害产品的使用者，嫁祸给大道，制造全面恐慌，使人们放弃使用大道产品。我们的对手是高手，这可真是不战而屈人之兵。从今天开始，全球各大媒体的报道，一定会有一个大转向，都会控诉大道，要求大道给出解释。”

诸葛又亮问刘教授：“我们的销售受到了什么影响？”

刘教授说：“刚刚得到的消息，今天，减少了大约70%。”

诸葛又亮盯着半空中的视频截图，边看边说：“这招非常毒辣，我们要尽快走出困局。杀人容易救人难，往往一刀下去，十几个医护人员也不一定能救过来。对方砍了这么一刀，差不多是我们的七寸，我们需要好几种救人手段。”

心直口快的怀特马上接话：“先生，我期望看到您说的更多的新智慧。”

诸葛又亮说：“放心，对手已经逼我们到了实战阶段，我们要做的是速战+持久战。具体来说就是，宣传+统战+策反+技术开发+用户体验。”

怀特接着问：“后面的两个，我知道。前面的三个，我连名字都没听过，全部听不懂。请问是什么意思？”

刘义说：“名词我听过，意思我也不太懂。”

诸葛又亮笑笑：“我本来要直接说对策，看来大家都不太懂，那我还是从历史讲起吧。你们稍等，我先写第一页。”

说罢，诸葛又亮还是掏出几张白纸，掏出一支笔，沙沙沙地写了起来。刘义注意到，诸葛又亮写字特别快，娟秀小楷，横竖整齐，就和一架针式打印机似的。十几分钟，就写好了。诸葛又亮示意小何，小何赶忙复印了六张。诸葛又亮说：“你们先看第一张，我接着写第二张。”

第一张的内容是：

关于宣传。

并不是设立了宣传部门，就代表重视宣传工作。《A国时报》不属于任何一个宣传部门管理，但它在选择新闻的时候，立场非常坚定：有利于A国的，就疯狂宣传；不利于A国的，就断章取义；与A国价值观相反的，就使劲抹黑。这还不是重点，重点是A国和美英等国的某些组织联手，通过电影、科技和创业故事、历史故事（比如华盛顿或林肯的故事）去宣传，却很少去提起，为什么华盛顿和林肯已经那么伟大了，一百年后，黑人还不能和白人同座，马丁·路德·金还在呼喊着《我有一个梦想》。

与这种巧妙布排、润物细无声的宣传比较起来，我们的宣传可谓简单干脆。

比如，“打土豪，分田产”，就这六个字，却有多种功效：一下子就分开了剥削者和被剥削者，取得被剥削者的共鸣，还告诉了追随革命的人的初级目标。不过，我认为，最伟大的宣传，是拿事实去宣传，拿生命和鲜血去宣传。

我举两个案例：一个是关于斯诺，就是那个写过《红星照耀中国》的著名记者，他来中国的目的，是寻找中国的未来、中国的希望，国统区的腐败让他很失望。同时，在国统区，他也耳闻了关于“赤匪”的凶神恶煞、共产共妻等谣言，但这反而激发了他的好奇心，决心去西北看一看。斯诺通过宋庆龄去了陕北，受到毛泽东、周恩来等人的热情接待。他在陕北进行了三个多月的采访，亲眼看见了红军和群众亲如一家的情景，受到了极大的感动，揭穿了国民党全部的谣言，写出了不朽的著作，在世界上引起了震动，也在很大程度上改变了在当时“主流宣传”中的红军形象。一系列的宣传效应，毛泽东的《新民主主义论》、斯诺的《共产党领袖毛泽东访问记》、来自延安的广播，这些都让人们清楚，中国共产党人是如何追求中国的美好未来的。

另外一个事例，则是无数人的革命生涯，无数人的鲜血，震撼人心的口号，而且不仅仅是口号，还是号角。许多先烈就义时，他们视死如归，他们喊出了自己的心声，他们心中装着的，不是小我，不是私利，而是大爱。李大钊38岁就义，临刑前，慷慨激昂：“不能因为反动派今天绞死了我，就绞死了伟大的共产主义，共产主义在中国必然得到光辉的胜利。”高呼“共产党万岁！”瞿秋白牺牲时36岁，神色不变，走向刑场途中，高唱《国际歌》和《红军歌》。到刑场后，盘足而坐，高呼“中国共产党万岁”“共产主义万岁”等口号，从容就义。在革命时期，这种牺牲，有千千万万个。这些先烈，用最重要的生命告诉所有人：我们没有私利，我们就是为了信仰。

这两个事例，就是最好的宣传案例，一方面，粉碎了敌人针对红军的种种谣言，另一方面，坚定了人们的信仰，造就了一往无前的革命精神。

今天的大道，也需要这两种精神，一方面，勇于站出来粉碎对手造成的错觉，揭露真相，另一方面，激励大家击退恶毒的攻击。

在揭露真相方面，我要感谢这个罗伯斯，他是聪明反被聪明误！

刘义问道：“看来先生已经找到反击点了。什么是聪明反被聪明误？”

诸葛乂亮指着手里的新闻报道说：“你们看，这些案件发生在世界各地，它们的共同点是，安装了大道善意程序的机器或者机器人，反而成了杀人伤人的凶手，然而，也许出于本能，他们忽视了另一个共同点：被害者都是有色人种，没有一个白人！从概率学上讲，这是非常奇怪的。十几起案件，包括发生在欧美的，为什么机器会有选择？”

梁达然若有所思：“如果这样宣传，就必须抖出风格公司的种族歧视行为。这些东西，我们的证据也不是很充分，暗网资料并不能准确指向哪家公司。”

曹欣却说：“因此才需要统战、策反和技术开发。”

诸葛又亮点点头：“对，在宣传的同时，技术手段必须推进。因为技术手段需要一点时间，所以宣传和统战只能打前阵，不至于让我们陷入被动。同时，让全世界的用户听到相反的声音，促使他们进行理性判断。”

刘教授问：“如果我们这样宣传，他们会不会孤注一掷，自己付出一点代价，比如让机器杀死自己人，以反驳我们的观点？”

“不会，”诸葛又亮肯定地说，“肯定不会！一来，这是他们的底线，在这方面，他们很爱惜自己的羽毛。二来，如果我们的宣传一出现，刚开始质疑他们，他们就让机器杀死自己人，那岂不是不打自招？反而承认了是自己在杀人。”

怀特听着听着，突然明白了什么：“先生，我懂了，宣传就宣传，枪炮也要跟得上，我现在就去堵塞善意程序的漏洞，防止他们使出其他花样。”

诸葛又亮示意怀特坐下：“不急于一时，你还有一项重点任务呢！”

怀特迟疑地问：“我的重点任务难道不是搞技术开发吗？”

诸葛又亮说：“怀特，在回答你的问题之前，请大家看看下面这些资料，就明白了。”

说着，诸葛又亮又给每人递过去几页纸。这几页纸上是这样写的：

关于统战。

统战，也就是统一战线，单从字面上理解，好像是一种战时的战略。统一战线和武装斗争、党的建设被称为中国共产党在中国革命中战胜敌人的三大法宝。

在云游中，我听到了好多故事，到了一些纪念地，我发现，统一战线，真不是战时战略那么简单。它是一种适应不同时期斗争需要的恒久法宝。我举一件事：建国初期，邓小平担任中共西南局第一书记。按照有关规定，西南局拟安排几位党外人士担任政府的领导职务。当这份名单和简历拿到会上讨论时，一些人坚决反对。邓小平说："安排民主人士进入政府任职的举措体现了党中央海纳百川的宽广胸怀，大西南不能发出不和谐的噪音，应当允许党外人士进来一道工作。"还说，"遇事商量，真正做到让党外人士有职有权。"

以上的例子发生在我们国内，在国际上，最著名的例子应当就是中国重返联合国。1971 年 10 月 25 日，在纽约联合国会议大厅里，第 26 届联合国大会通过了就"恢复中华人民共和国在联合国组织中的合法权利问题"进行的表决，以 76 票赞成、35 票反对、17 票弃权的压倒多数，全面恢复了中华人民共和国在联合国的一切合法权利。毛泽东主席这样评价："这是非洲兄弟把我们抬进去的。"

现在看来，中国重返联合国，背景和原因很复杂，天时地利人和都有，而人和——也就是国际上形成了支持中国的统一战线，是非常重要的因素。尼克松后来在《回忆录》中这样表述："反对接纳北京的传统投票集团已无可挽回地瓦解了……"也就是说，原来存在一个传统投票集团，一直在反对联合国接纳中国。瓦解的过程，就是中国与各国一点一点地真诚地建立国际友谊的过程，形成了公正客观的投票统一战线。

言归正传，大道公司必须有自己的统一战线。大道统一战线的形成，有赖于我之前说的用户体验、策反和技术开发。

说起用户体验，我必须说一个非常重要的概念，一种非常伟大的精神：支前。

支前这个词，是中国特有名词，只在中国出现过。

什么叫支前？支前就是，中国共产党领导的军队在前线打仗时，群众依靠人力和相当落后的工具，用肩挑、车推、驴驮、船运等方法，将大量的粮食、弹药等军需物资源源不断地运往前线，将伤病员送到后方救治，用一切可能的办法支援前线。在四平、苏中、鲁南、孟良崮、济南等战役中，人民群众全力支援前线，有力保证了人民军队的节节胜利。特别是在辽沈、淮海、平津三大战役中，人民群众发挥了巨大的作用，展现了一幅宏伟壮观的人民战争画卷。

我要引用一些统计数字。

淮海战役中，前线将士加上随军民工达150多万人，每天需要消耗粮食、马料350万斤到500万斤。各解放区人民掀起了轰轰烈烈的支前运动。推着小车运送粮食的民工大军的人数达到惊人的543万。在各解放区通往前线的十几条运输线上，车水马龙，人来人往，形成了前所未有的战争奇观。华东野战军司令员陈毅曾深情地说："淮海战役的胜利是人民群众用小车推出来的。"

《中共江苏党史大事记》对渡江战役民力动员有如下记述：随军渡江的，服务半年为期的随军常备民工计10,500人，临时民工计52,704人，渡江船工计41,510人，渡江干部杂工约19,000人。合计123,714人。二线服务民力：临时民工计22,300人，船工计42,000人。干部杂工13,000人。合计77,300人。加上后方修路修桥及短途运输等民工，前后参加的支前人数为1,464,000人。

江北大军集结之地靖江，人口只有37万，粮食作物总产量仅98,000吨。但在渡江战役准备及实施期间，靖江人民在短短三个月时间里，硬是支援粮食300万斤、草料950万斤；为了筑路造桥，许多靖江儿女毫不迟疑地砍掉自家的大树，在短短二十几天时间里，筑公路350多华里，支援驻军的人力达12万余人次。

我们经常说，群众的眼光是雪亮的。前面说过，我们要重新定义用户体验。现在，我用一个不完全妥帖的比喻来说明一下：在那个年代，是共产党的军队好，还是国民党的军队好，群众是直接的体验者，群众的体验，不是说你的军装有多漂亮、武器有多先进，而是谁和他们建立了鱼水情。所以，大道公司和大道产品，也要顺着这个思路，和用户建立感情。在用户体验中，感情因素，包括道德因素、正义因素，应该占据相当重要的地位。重新定义用户体验的工作，应该和我们的统战工作结合起来，团结一切可以团结的人，建立我们更加广泛、坚实和忠诚的用户群。不，我们要抛弃这种落后的关于“用户群”的说法，而要改成“用户群众”。

同时，我们不能希望群众望梅止渴，就像之前说过的，生产落后产品的公司绝不是优秀的公司。接下来，就要看怀特的本事了。

内容写到这里，似乎还没有写完。大家看这几页纸的时候，诸葛又亮又开始写第三段内容。

“技术开发是我的专长，那我就按部队里的话说一句：‘首长，保证完成任务！’”怀特做了一个敬礼的动作，然后问，“策反是什么意思？”

谁也没有想到，就像变戏法，诸葛又亮已经写好了第三段内容：“这是今天的最后一段文字，云游所得比较多，大家今天费心了。”

怀特一把抢过来：“我太喜欢看了，我和斯诺大概有某种神秘的血缘关系吧。我来复印，我要边复印边看。”

诸葛又亮被抢得一愣，然后笑了笑：“你最应该看这一段。”

第三段内容如下：

关于策反。

1946年春，蒋介石调兵遣将向东北解放区发起进攻。1946

年5月30日，国民党滇系第184师少将师长潘朔端率师部直属队和第552团大部在辽宁海城举行了战场起义。这场起义，使双方的力量布局发生了重大变化，成为了辽沈战役的最大转折点。海城起义，成为国民党军在东北战场上战术兵团起义的开端。

1948年9月16日24时，济南战役打响。9月19日晚，吴化文将军率国民党九十六军两万余人起义。9月24日，济南战役胜利结束。

1949年4月21日，在渡江战役中，国民党军江阴要塞官兵7,000余人，于江苏省江阴附近举行战场起义，打开了国民党军长江下游防线的重大缺口，使渡江部队切断了京沪线。起义的核心人物吴铭、唐秉琳、唐秉煜等，早在1947年，就已经认识到了国家民族大义，已经成了共产党员，秘密做了许多工作。江阴，这个江上雄关、锁航要塞，反而成了解放军最容易突破的区域。

类似的案例有很多很多，后来，这些案例成了丰富的影视剧题材，人们根据它们，拍摄了许多影视剧。影视剧虽然有一些演绎成分，但那种民心向背、那种人间大义、那种豪壮抉择、那种惊心动魄，都是真的。策反的水平虽然很高，但归根结底，是我们党掌握着正义和公理。

毕竟，在绝大多数人的内心深处，还是向善的。

怀特看完之后，问道：“这个，与我有关吗？”

曹欣意味深长地看着怀特：“这种事情，你已经干过一次了。”

怀特这才突然意识到，诸葛又亮是怎么个意思。自己曾在风格公司工作过一段时间，来到大道公司后，曾以大道公司待遇好、饮食好为由，挖了几个工程师过来，但并没有把核心工程师和顶级工程师挖过来，其中的原因比较复杂。

梁达然补充道："怀特，先生说的策反，已经不是那么简单了，这边有文化，有美食，他们就来了，这没有多大难度。或者说，这边的工资是那边的两倍，他们就来了，我想一个真正的工程师，不会这么俗气。从先生的这几页纸上，你看到了什么？"

怀特再看几眼那几页纸，抬起头环视大家："正义、公理。"

刘义说："对，就是正义和公理。抛开任何文化偏见、地理偏见和种族偏见，才能找到真正的正义和公理。"

刘教授是最后一个明白过来的人，他先看看诸葛又亮，再看看刘义："所以，所谓的技术开发，是以策反为前提的。策反之后，就会有高技术人才和我们并肩作战。黑技术杀人事件，就会不攻自破。"

诸葛又亮点点头："没错，后知后觉的教授。教授的最后一句，算是说到点子上了。不过，宣传和统战工作，都要做在前面，有了宣传和统战，怀特的策反工作会更容易、更快。他们正在以非常手段杀人，我们必须尽快搞定这一堆事情。"

七

诸葛又亮有早起的习惯。不过，他这个早起的习惯，并不是每天在同一个时间起床，而是四季有所不同，基本上遵循日出而起的规律：夏天五点多，冬天七点左右，随阳气动而动，守四时，承自然，把握生命的节奏。

善意程序被攻击事件，让诸葛又亮明白，五路奇兵，无论真真假假，都应该积极应对。风格公司的出手之快，超乎自己的想象。被人牵着鼻子走并非最佳选择。善意程序危机，已经开始应对了，问题应该不大。他现在要提前思考的是，如何应对下一个更大的危机。

一般而言，他都是先打半个小时的太极拳，身上微微有汗后，再平缓散步半小时。大道公司不远处有一个湖，围着湖走一圈，差不多正好半小时。出大道公司大门右转，走一百多米可到湖边，顺时针转着圈，柳岸槐风，荷叶亭亭，会依次从唱红歌的十余人、跳广场舞蹈的二十余人、练习太极剑法的八九人、踢毽子的五六人身旁路过，在不远处的大路上，可见步行或骑车的中小学生，穿着各具特色而比拼土气的校服欢笑而过，早点餐车的喇叭循环播放着勾引人们的叫卖声食欲……这一切，让诸葛又亮想请人画一幅画，叫作《新区湖畔图》。

回到公司，吃了早餐，回到住处，安静下来后，诸葛又亮觉得罗伯斯是一个真正聪明的人。他并没有朝着科幻的方向搞开发，比如外形和人一样的机器人，或者半人半机器人，以及可以随意变化的机器人……这些东西，早就在《西游记》里被玩够了，孙悟空七十二变，猪八戒三十六变，连孙悟空身上的毫毛都可以变出人形……他们还可以随意缩小或放大身体，小如蚂蚁，大如奥特曼。不仅孙悟空，连孙悟空的手里的棍子都可以无穷小或无穷大，人们之所以还走进电影院，愿意看看漫威的那些玩意儿，并不是看它的创意，而是觉得电脑特效更能刺激感官享受。但诸葛又亮觉得，这种电影很快就会走上穷途末路，观众们会更多地关注故事情节，而不单纯特效。

罗伯斯的想象力不如《西游记》，《西游记》充满善意，而罗伯斯充满恶意，非常歹毒，他应该知道，要消灭某种浪潮，直接消灭能引领浪潮的人，是最根本的办法。可事实上，人类的自由精神是杀不死的。不过，罗伯斯觉得，研制最尖端的新式武器，就是一种一了百了的方法。

诸葛又亮记得，自己小时候看《西游记》的时候，有好多问题让自己不解，包括有一章讲到，孙悟空都小到能钻到各种妖精的肚子里、飞到各种妖精的枕边了，弄死它们是轻而易举的事，可他偏偏不弄死它们，而是要偷它们的宝贝，更是匪夷所思。

想到这里，诸葛又亮脑海中闪过一道亮光，这种新式武器，应该很小！

想到这里，诸葛又亮激动非常，像司马懿之于诸葛亮，诸葛又亮觉得罗伯斯是一个好对手，甚至有惺惺相惜之感。诸葛又亮是典型的中国思维，《孙子兵法》说，上上策，就是不战而屈人之兵。对于人工智能时代，《老子》《庄子》的智慧也是适用的："弱之胜强，柔之胜刚，天下莫不知，莫能行。"《推背图》中又说："飞者非鸟，潜者非鱼。战不在兵，造化游戏。"诸葛又亮悟到，在个这地球上，最厉害的东西，还真不是能飞会打的东西。举例来说，人类从远古开始，就能杀光一切庞大的东西，比如猛犸象，今天，假如人类要是愿意，也能杀光大象、鲸鱼，以及一切大型动物，哪怕恐龙再世，人类也能杀光。但是，人类哪怕发明了各种各样的抗生素，也无法杀光细菌，而对更小的衣原体、支原体，以及没有细胞壁的病毒，更是常常表现为无能为力。

在这一点上，尽管罗伯斯是邪恶的，但诸葛又亮依然对他表示钦佩。诸葛又亮进一步判断，在人工智能时代，罗伯斯要制造的，绝对不是什么高大威猛的杀人武器，而是通过这种武器，可以达到这样的目的：让不乖的人消失，让留下的人变得更乖。在前人工智能时代，他们获取巨大财富和无限享受的方式是通过贸易往来和金融手段剪羊毛。在后人工智能时代，大数据像一加一等于二那样，把人类一切的秘密全部解锁，阴谋诡计变成了小儿科，因为不需要再装模作样，也没法装，原先躲在剪刀背后的人，一个个凶相毕露，以人工智能为武器，进行新一轮大洗牌。纵观人类历史，任何一次大洗牌，背景都是科技，实质都是人，印第安人西迁、非洲黑奴远洋、毛利人进入保护区、亚洲童工、中东难民……哪一次遭殃的不是人？这一次呢？哪怕70%的工作会被人工智能取代，另外30%还需要有血有肉的人来做，人工智能不可能取代一切。亚里士多德说过，奴隶是会说话的工具。那么，到底是什么，才是所有奴隶里面最好的奴隶呢？

隔着窗户，远远地，诸葛又亮看到一辆垃圾收集车开到门口，接着，从车里下来两个环卫工人，将大型垃圾箱卡在后车斗上。司机师傅按了一个键，后车斗翻越，再按另一个键，车斗抖动了好几下，垃圾倒干净后，工人们又把垃圾筒放回原处。

随着垃圾车的抖动，诸葛又亮的思绪也跟着抖动，他把乱七八糟的东西抖动着，全部从脑海中抖了出去，清空了，猛然想到，魏什么！魏什么出现在包间时的一系列表现，不正预示着要发生什么吗？他决定，必须好好儿“研究”一下这个魏什么。

一时间，诸葛又亮还想不到具体的情形，他知道，在人工智能时代，某些人设定了一个开端，这个开端的可怕之处在于，它会缓缓地进行，再也没有尸横遍野，没有张牙舞爪，科技就是最新工具，算法就是最新手段，它会比之前的人力算法更加恐怖，一点一点挖坑，已经不是套取利益那么简单了，而是重建世界新格局。

诸葛又亮进一步想到，这将是所有战争里面，最恐怖的战争，必须想办法阻止，否则，战争一旦开始，就会无从下手。我们也不可能因为他们开发出新式杀人武器，而被动地采取任何自卫措施，就好像我们明知道有核武器，但一个普通的公司，并不能对核武器能有什么反制措施，哪怕像 A 国这么厉害的国家，至多也就是采取拦截措施。

再者，就我们的人性而言，是不会朝着同样的方向，去研究什么新型杀人武器的。所以，解决问题的办法只有在这个魏什么身上找突破口！

八

梁达然文笔好，有号召力，宣传的事，主要交给了梁达然。统战的事，要通过遍布几大洲的部门经理和门店经理来实现，这个差事就交给了刘教授。怀特随时待命，曹欣负责总协调。诸葛又亮和刘义负责喝茶论道。

梁达然回到住处，沿着小茶几来回转了两圈，又朝楼下看了看，此时正好是下班高峰期，他突然想起了点什么，穿上外套就下楼去了。梁达然有个习惯，遇到重大问题，不能在安静的环境里思考，而是必须在人来人往的市井小巷思考，那红红绿绿流动的人影，那或清晰或混沌的各种乡音，总是能带给他别样的思路。

下楼出了小区，出大门左转，走五六百米，有一个综合市场，市场门口是几家卖肉的，再往里，是卖调味料的，再往里，是菜和干货，最里面是休闲小吃。梁达然一直不明白这么安排的原因，站在小区门口，他想，也许，这样做真的能增加销量。嗅觉好的人，刚进市场，就能闻到肉和调味品的味道混和在一起的气味，从而联想到炖得喷香的肉。经过这么一闻，他不由得就想进去逛一圈，很少有空着手出来的。

卖猪肉的罩着皮质的大围裙，卖羊肉的罩着白棉布小围裙，都不吆喝，安静地看着来来往往的人。那两个男人都不是传统屠夫的模样，不是光头，没有横肉，目光也不凶。卖菜的以女人居多，连着几家的女主人都是胖胖的，让人怀疑她们是不是能便宜地买到隔壁的猪肉。

他们或手忙脚乱，或坐着看手机，或隔着一堆菜，乐呵呵打趣。梁达然想，多么可爱的人啊！再想想大道公司的工程师们，常常整天整晚地工作，彼此之间有时候会心一笑，有时候说个冷笑话，而有时候，连个微笑和说话的空都没有，电脑一关一开，一天就过去了，这才想起，连厕所也忘记上了。看着市场里的人群，梁达然由衷地想到，谁又比谁高人一等呢？许多时候，所谓幸福，所谓快乐，所谓人的层次，还不都是人为地在那里想象和把控吗？

梁达然想起历史上的一些宣传，他最感兴趣的是冷战时期，既然是冷战，肯定不是拿枪炮，而是想其他法子，于是，从舆论上说服对方，转化对方，就成为一个重要的任务。从1977年起，卡特执政的美国政府向美国的主流媒体每年拨款4500万美元，主要就是增加发射器，让苏联人能亲耳听到“人权与民主”，轮番播报斯大林时代的负面新闻。哪个时代又没有负面新闻呢？这些手段，加上后来世人皆知的星球大战计划，从物质到精神，把苏联掏空了，一个被掏空的巨人，不可避免地倒下了。

梁达然感慨着，那是一个以广播电视报纸为主的媒体时代，现在是万物互联时代，自然要选择更有效的宣传手段。梁达然走进综合市场，偷偷观察那些看手机的人都在看什么。他发现，一多半人在看视频，包括直播、综艺、视频新闻，一少半人在玩社交媒体。

走着走着，梁达然想到了一个点子。他为这个点子兴奋了起来，转身就往回走。他边走边给一个同学打电话，这个同学叫云开，经营着一家影视公司，拍过一些不咸不淡的小短片，也获过一些地方奖项。云开自以为天降奇才，应该成为世界重要电影节的常客，而不是给一些企业和政府机构递名片、递样片，请对方给自己一个机会。

为此，云开忧愤不已，无论是和梁达然私人小聚，还是在小型同学聚会上，只要一沾酒，就会进入另外一种状态，指天骂地，抱怨自己怀才不遇。

对于云开怀才不遇这档子事，梁达然深信不疑，想当初，自己在认识诸葛又亮之前，尚未加入大道之时，看了一箱子一箱子的书，练了一身本领，结果呢？买惯了没馅的饼子的他，买个肉饼还得考虑半个小时，那种滋味太难受了。

云开就问梁达然："为什么是看了一箱子一箱子的书？书不是一本一本的吗？"

"形容多，一本一本，不足以说明我看书的量。"

"多的话，不都是一柜子一柜子的吗？"

"买不起书柜，只能放纸箱子里！"梁达然有点不高兴了，"你是城里人，在城里有自己的家，有自己的柜子，而我没有。"

想起这段往事，梁达然笑了笑。他还是认可云开的才华的，没有一点小才的人，不会老觉得自己有大才能。梁达然就给云开打电话，约他一起吃晚饭，说要商量一件秘密的大事。他在电话里说："这个事要是办成了，你是大道的功臣，你的影视公司也能腾飞起来。"

云开一听，自然比梁达然还兴奋。他早就知道，梁达然在大道工作，还是策划设计总监，可惜的是，自己开的是影视公司，大道是科技公司，没什么业务往来。大道公司非常低调，也不拍什么宣传片，只是闷头搞技术创新。

两人如约来到一家茶餐馆，纯中式风格，木质家具，回廊曲折，古典雅静。刚到包间坐下，云开就迫不及待地问："什么好项目，居然能让我腾飞。"

梁达然说："我这么说吧，拍好了，你的公司很快就是国际知名公司了。"

云开有点不耐烦："老同学，你能不能不卖关子，直接说事？"

梁达然说："我们就是要做一个广告片，但要做成微电影。微电影是编出来的，但这个故事是真的。你做出来的电影，要让人一看就觉得是纪实。让人一看是纪实，还不能把你怎么样，因为你拍的是电影。"

这话说的绕了十八个弯，云开听完，端着啤酒杯，抬头想了好一会儿，居然听懂了。他把酒一饮而尽，目光凌厉地看着梁达然："你直接说故事。"

梁达然拿出网页打印稿：是截取的几条新闻，都是发生在世界各地的人工智能杀人事件。他对云开说："简单说就是，你一边看新闻，我一边说真相。你直接拍真相，但你要有很好的策划，资金和特效团队我来提供，这些都不是问题。"

一听这话，云开翻新闻的手停了一下，这时候，他才感觉到这是一个大单子，也是公司咸鱼大翻身的契机。他快速地把打印稿看完，抬头对梁达然说："怎么半天不说话？真相呢？"

梁达然说："真相就是，有人恶意攻击了大道公司的善意程序，并篡改代码，让某些人工智能机器变成嗜血恶魔。"

"有人？谁？"

"某个神秘组织，真实存在的。目前，谁也不知道这个组织的名字，所以，由你来起个名字，编得越假越好，越具有刺激性越好。我们就签合同，你今天晚上就开始写剧本，尽快写好我们来改，改好剧本开拍，二十多分钟的短片就行。预算可能会超过五百万。我可以给你提供一些独家绝密信息，但是你要按电影手法拍，以免惹来不必要的官司。拍完之后，咱们在片头还要打上一行字：'本故事纯属虚构。'"

云开喜笑颜开，抑制不住地兴奋起来："我感觉我要火！这是目前最热点的新闻事件，而我成了揭秘者！"

梁达然笑着点点头："我相信，拍完这个片子，你的公司将进入迅速拓展期。不久以后，五百万对你来说，也许根本不是个事。"

"有什么具体要求吗？"

"效果要震憾，制作要精良，速度要贼快。"

云开一拍桌子："没问题，保证比贼快，我连夜就组织搞策划，写剧本。你的独家绝密信息呢？"

"说来话长，我需要花二十分钟说完……"

十五天以后，片子已经剪好，取名为《善恶终有报》。在影视界，这堪称是神奇速度。在拍片过程中，五百万不够，后来还又追加了两百万，这追加的两百万，主要是请了两个明星。在两天之内，云开招揽了一百三十多人的庞大团队，购置了最先进的电脑和后期制作设备。这十五天里，所有的人和机器都在倒班，二十四小时不休息，特效制作和现场拍摄，同步进行，全速推进。

成片出来了，一共二十八分钟。云开公司先看了样片，完全是大片风格，只要一坐下来看，没有一秒钟可以喘息。在大道公司的圆顶会议室审片时，所有人都点头称赞，甚至连一条修改意见都没有，以至刘义在表扬梁达然的同时许诺，大道公司的形象宣传，以后就由云开的公司来做。

前三分钟，回顾了人类的历史，这一群那一群的智慧生命，在地球上可劲折腾。云开采用蒙太奇手法，把国际纷争和小情侣谈恋爱穿插在一起。今天，为了人类和平，某两个国家结盟了，称兄道弟了，隔一段时间，一言不合，又打了起来。这和小情侣一个水准，一个号称为了友谊，一个号称为了爱情，一个说是为了世界和平，一个说是为了幸福生活……紧接着，来到了第一次和第二次世界大战，还有很多局部战争，今天这儿闹独立，明天那儿闹分裂，小情侣呢，也开始吵架，互相指责，女孩给了男孩一个大嘴巴子，愤然离去，男孩看着女孩的背影直跺脚。

电影演到这里，出现了深沉的旁白："终于折腾到了人工智能这一步，是祸是福，本片将进行终极探讨。"

接下来的情节，先是还原了人工智能杀人的经典事件，血溅荧幕，然后某秘密组织出现了，一个逆光背影声称，愿意对这些杀人事件负责。随着阴森的笑声，那个逆光背影说："因为我们掌控了通往未来的钥匙，是打开邪恶之门，还是打开正义之门，只在你们的一念之间。我们，只是一个开门人。"

影片用三维动画演示了善意程序的工作原理，并且由全球计算机协会做权威说明，如果不受外力攻击，善意程序不会自行发生演变，更不会变成杀人武器。这时，特写镜头出现了，一只白白的、长满绒毛的手，指着回车键说："我听哲学家说，当你敲击键盘就可以杀人的时候，由于远离杀人现场，罪恶感会减轻许多。如果此时你认为敲击键盘是为了这个世界的美好，那么你不仅没有罪恶感，还很自豪。"说完这句话，那只手的中指轻轻地敲击了一下回车键，恐怖的场面出现了：万里之外的非洲黑人社区，有一个正常行路的黑人突然受到路边一辆铲车的攻击，倒在了血泊之中。接下来又连续八个杀人事件，那些受害者受到了身边各种各样人工智能武器的攻击。九个杀人事件，都以鲜红的血作为最后一个镜头。

荧幕上出现了一个图片九宫格：九个杀人事件中的血，慢慢汇到一起，红色蔓延整个荧幕。同时，导演故意在下方留了一条宽两厘米的黑色边框，鲜血一道一道地流到黑色边框上，让观众感觉鲜血正在流出荧幕。视觉效果极为震撼。

审片通过后，刘义又给云开追加了五百万资金，让云开在这个片子的基础上，为善意程序做一个两分钟以内的广告片，核心意思就是：除非有人恶意破坏，善意程序永远不可能自己变成恶意程序，这是一个科技常识。同时，刘义要求云开将电影做成多语种影片，在全球同步播出。

由于大道公司的影响力和人缘，当天下午，已经和国内五大视频平台充分沟通，于当晚八时，五大视频平台同步推出《善恶终有报》。在三小时内，有效覆盖人群达到六亿人左右，全网沸腾，人们纷纷留言：这不是电影，这就是事实，这个神秘组织到底在哪儿？也有网民剑指风格公司，指名点姓，认定风格公司就是罪恶集散地。

接下来的几天里，云开组织了六十余人疯狂工作，配音、剪辑成英语、法语、俄语、德语、日语、西班牙语、阿拉伯语等七种语种的版本。

刘教授此时知道，统战工作该开始了。

刘教授和大道全球各大销售经理开了个视频会议，大道至简，因此大道公司的会议，一向以简洁高效著称，视频会议就两句话，也不怕被对手监视。刘教授在会议开始之前，加了个开场白："我倒希望对手能接招，可对手太孬种了，始终很神秘，这和自称要争取公开透明的权利但蒙着面的匪徒，是一种人。"视频会议正式开始，刘教授真的就说了两句话。第一句是，把《善恶终有报》和善意程序广告片，投放到所有知名视频网站，投放得越多越好，我们不图利，观众点击视频带来的利润都让给网站。第二句，重新定义用户体验，把关于用户体验的三分钟短片，在全球所有门店里循环播放，并逐步投放到当地的知名视频网站。

这第二句话说的事，是刘教授送给大道公司的超值礼物，但所有人都不知情。一直以来，刘教授虽然外号是教授，可是，在整个大道公司，论智谋不如诸葛又亮，论文采不如梁达然，论技术不如怀特，在安静下来的时候，他就反思，从给手机贴膜"起家"，到获得老同学诸葛又亮的扶持，发展得倒是不错，可变来变去，难道自己就是个卖货的？

他内心是不服气的，一直在寻找一个突破口。找来找去，他在诸葛又亮提出的"重新定义用户体验"上，找到了展示自己的机会。

在重新定义用户体验上，刘教授毫不含糊地借鉴了诸葛又亮和梁达然的思路，在视觉时代，他也想做个短片。他顺着诸葛又亮的思路，也阅读了一些故事，包括夏明翰和方志敏的故事。夏明翰1921年加入中国共产党，可以说，是最早那批党员中的一员。刘教授发现，夏明翰是一个热血男儿，豪气冲天，1927年4月12日，蒋介石集团屠杀共产党人和革命群众。夏明翰怒火万丈，写诗如下：

“越杀胆越大，杀绝也不怕。不斩蒋贼头，何以谢天下！”1928 年，夏明翰在武汉汉口被杀，年仅 28 岁。就义前，他写下了更著名的一首诗：“砍头不要紧，只要主义真。杀了夏明翰，还有后来人。”刘教授感叹道，这才是最厉害的英雄啊，英雄都不怕死，然而不怕死并不一定是英雄，也可能是惯犯，也可能是江湖气，英雄的特点是，不怕死，但不是为了自己，不是为了利益，而是出于利他主义，为了追求真理，维护正义，坚持信仰。因此，后来有人总结说，利他主义是无敌的。

刘教授又看了方志敏的故事，方志敏 1924 年 3 月加入中国共产党。1928 年至 1933 年，领导起义的农民队伍坚持游击战争，实行土地革命，建立红色政权，组建了中国工农红军第十军，创建了赣东北革命根据地。1934 年 11 月，方志敏率红军北上抗日，1935 年 1 月被捕。在狱中，他写下了《我从事革命斗争的略述》《可爱的中国》《清贫》《狱中纪实》等重要文章。1935 年在南昌英勇就义，时年 36 岁。最让刘教授感慨的是，面对敌人高官厚禄的诱惑，方志敏说：“朝三暮四，没有气节的人，我是不能做的……我不爱爵位！也不爱金钱。”方志敏在著名的文章《清贫》中说：“清贫，洁白朴素的生活，正是我们革命者能够战胜许多困难的地方！”

在看这些故事的时候，刘教授的思路豁然开朗，终于找到了“重新定义用户体验”的关键词：善意，或恶行。我们选择这种产品或那种产品，不能仅仅因为它做得漂亮，或者技术先进，而应该综合考量，应该包含情感因素，比如这个产品中包含的善与恶，你让这个公司挣了钱之后，钱的去向的善与恶。举例来说，我们要买西瓜，有好几个摊点都卖西瓜，其中一个人的西瓜最好吃，但卖西瓜的是一个人渣，我们不能因为他的西瓜好吃，就选择购买，从本质上讲，这是一种没有是非的、愚蠢的行为，甚至是一种助纣为虐的恶行。也就是说，当我们的用户体验包含了情感的时候，我们才是聪明的消费者，我们才对得起人类这个称呼。

刘教授终于知道怎么拍短片了。

短片的名字是《只为善意助力，不为恶行买单》。

与梁达然策划的短片不同，刘教授是缺什么补什么，搜肠刮肚，终于搞出了非常诗意的一版：

> 人类并不比动物高贵，并不比旷野和绿植富有生机，并不比土地踏实，并不比天空和海洋开阔，更不能与人工智能比聪明和速度。但是，人类的独特之处在于，我们拥有情感，有爱憎，能识别善恶。
>
> 大道公司，承先贤文化，萃世界精华，忧四海原罪，惠亿万民众，我们将善行义举摆在比利润更加重要的位置，在亚洲施行水源地重建工程、在南极执行防冰川消融计划、在非洲主导推动疫病防控行动、在太平洋建立全球统一的清澈基金。善良的心，是让这个世界美好起来的最终根源。我们相信，无论我们的客户是富甲天下的达人，还是在烈日和严寒中劳作的“劳苦大众”，都有一颗善良的心，拒绝为恶行买单，只钟情于善意。

这个短片，在全球一千余家门店同时播出。短片并没有说谁有恶行，只是说大道公司是一家充满善意的公司，值得大家信赖，值得大家关爱。

刘教授的策划和做法，得到了刘义和曹欣的全力支持，也让诸葛又亮称赞有加，并开玩笑说："以后叫你教授的时候，我就不觉得自己是在撒谎了。"

自从刘教授加入大道以来，他还没有受到过这么高规格的认可。这个高高瘦瘦、戴着眼镜，只有高中文凭的资深黑客，一直在自己的世界中畅游，并不知道加入一个团队的美好。一度，他很得意"教授"这个外号，与他的文凭反差越大，他越得意。直到后来，他看到一个故事说，小个子的拿破仑，很喜欢让四个高大的马车夫侍立左右，他意识到，这可能是一种病态。但教授这个外号，是高中同学给他起的，改也改不了，也就那样听着吧。再后来，他在大道公司身居要职，全世界飞来飞去，讲话又讲学，引经据典，头头是道，他又觉得，自己和"教授"这个名头，越来越般配了。他所缺少的，是从来没有一次出色的策划，只是一个出色的执行者。

在刘教授的突然助力下，曹欣的统战工作，也插上了翅膀。

按照诸葛又亮引用的故事表达观点，让曹欣成为了当之无愧的统战高手。在短短的七天内，曹欣带上自己的口才，带上自己的风度和笑容，带上微电影《善恶终有报》、善意程序的广告片和《只为善意助力，不为恶行买单》，穿梭了三大洲五大国，与当地人工智能产业巨头进行了高密度磋商。在谈判桌上，曹欣最有分量的一句话就是："诸位，你们看到第三次世界大战的样子了吗？"

大家纷纷摇头。

一位黑皮肤的女士问道："曹小姐，什么样子？"

曹欣回答："它没有具体的样子。它不可能像一战那样，出现'凡尔登绞肉机'，交战双方投入的兵力两百万以上，伤亡人数超过一百万，尸横遍野，血肉模糊，整个战场成为名副其实的人间地狱。也不可能像二战那样，出现斯大林格勒保卫战和列宁格勒战役，这两场战役导致超过三百万人死亡。不过可怕的是，它几乎已经开始了。"

女士旁边的那位男士瞪着深蓝色的眼睛问道："难道第三次世界大战是隐形的？"

曹欣嫣然一笑，在半空中划拉了一大圈："您说对了，无处不在。它将每一个人置于可杀伤的范围之内，但人们无从知觉，因为它充分地利用了人工智能。"

女士点头："很有意思。"

曹欣又问："你们听到第三次世界大战的声音了吗？"

"什么声音？"

"不会听到，因为它悄无声息！没有发动机的轰鸣，没有巨大的爆炸，没有惨叫声和喊杀声。"

曹欣说到这里的时候，一个犹太裔欧洲工程师说："但它一定会有一种声音。"

这下轮到曹欣奇怪了，问道："什么声音？"

"哭声！最悲痛的哭声。"

曹欣点点头："对极了！朋友们，我们为恶行买单的结果，就会让全世界充满最悲痛的哭声。当某些人恶意破坏善意程序，污化大道公司，试图让大道让出一条道路，把最好的路让给他们，让他们为所欲为，让他们任意伤害时，我们面对的就将是这样的世界大战。请看我们的短片！”

曹欣把手机投射器打开，指令瞬间传感到灯控系统，室内的灯光自动暗了下来，一块幕布徐徐落下，短片呈现在幕布上。

最先播放的，也是最震憾的，其实是善意程序的广告片。这个广告片里，一字没提善意，一字没提程序，连续几个镜头，都让人心头一凉，那些画面，久久在人们心头盘旋。

一个微笑着给陌生人指路的女孩，一扭头的瞬间，被击倒在地；

一只抬头望着人类的狗狗，眼里充满信任和乞怜，却被人装进了黑色袋子里；

一双无辜而清澈的大眼睛，镜头放大，却被铁链锁在奴隶市场上；

一艘援助灾民的船，却被一伙海盗劫持，砍头示众；

……

短片播放完毕，曹欣适时地说道：“善良消失的世界，将是一片荒芜。

“找到伤害善良的元凶，找回善意程序，是找回善良的第一步。”

曹欣的这番话，加上小短片，让人们仿佛真的看到了战争的样子，真的听到了战争的声音。

九

这几天，罗伯斯和魏什么进行了几次“睡前对话”。睡前对话，是头发丝工程的两大神奇处之一。这种神奇，和电影《盗梦空间》有点相反，但又不完全相反，这部电影，十个人中有九个人看不懂，另外一个还装懂，也许甚至连导演本人也不懂，之所以那样拍出来，就像霍金的《时间简史》一样，人们以看过和解读为荣，至于电影本身，反而不太重要。在《盗梦空间》里，人们可以进入另一个人的梦里，通过左右梦境，让当事人产生错觉，影响现实生活。睡前对话则是让当事人误以为是睡眠，实际上是在清醒状态下，和控制者进行对话，指挥现实生活。

在整个睡前对话的过程中，被植入者浑然不觉。像梦境，又不同于梦境。梦境，哪怕是再逼真的梦境，欢乐还是悲伤，希望还是绝望，睡醒之后，缓上一阵子，都会知道是假的，情绪的延续，就算是回忆起来即便后怕，但不会对现实生活产生什么实质影响。甚至，越是噩梦，聪明的人越窃喜。在梦里杀了人，四处逃亡，在梦里丢了钱财，到处寻找，醒来之后，发现自己没有杀人，钱财也没丢，受到惊吓的心情渐渐舒缓后，心里那个高兴啊。

睡前对话，只是利用了将睡非睡的那段时间，在不知不觉中，已经和别人进行了充分交流，交流的所有信息和观点，都非常真实，被植入者也认为真的发生过，时间、地点，嵌入到前一日的某个日常活动中。睡前对话的可怕之处是，它打通了潜意识和明意识的鸿沟，找到这两者之间的过渡，就像在病菌和病毒之间还有衣原体和支原体之间的转换一样，对于“思维”这种东西，人类总是有新发现。睡前对话，来自潜意识，却原原本本地刻录到明意识，和现实生活中的场景实现无缝衔接，在被植入者的脑海中，形成牢固的不可改变的思维，久而久之，只要头发丝在，就会使人失去一部分自我判断能力。

头发丝工程的问题是，清醒时反而不能对话，只能由罗伯斯发布指令，指导言行，被植入者不由自主地执行命令，还误以为是自己的本来思维。每当此时，罗伯斯就有一种君临天下的感觉，尤其是指挥福柯总统的时候。自从福柯总统被植入头发丝之后，罗伯斯就称其为可爱的福柯总统。

这一次，罗伯斯把睡前对话的场景选择放在大学校门口，魏什么下班回学校，遇到一个西方面孔的帅哥，她意识到这可能是一个虚幻的影像，其他人看不到。她没有畏惧，知道自己有重要任务在身，反而很兴奋。她在电影中看到过，对神秘任务，是不能刨根问底的。她却不知道，这些思维都是头发丝程序在发出指令。

在睡前对话中，罗伯斯责问魏什么，以“五路奇兵”的提前透露为代价，仅仅换来入职，而且还是个普通工程师的岗位，她根本就没有进入大道的核心圈子，这么做有什么价值。罗伯斯还说，五路奇兵本来是要发挥诱饵作用的，结果没有，逼得自己亲自出手，在全球范围内制造事端，攻击善意程序。这是一个狠招，事关重大，出手便是生死，吉凶未卜，现在看来，反倒有可能被大道公司反杀或利用。

在对话中，魏什么显得很委屈，她只是一个小姑娘，一个没有毕业的研究生，一个高段位的黑客，一个普通工程师，怎么可能猜透那么多花花肠子？她告诉罗伯斯，负责技术部的人叫怀特，对她特别好，应该是有点喜欢她，不止一次说，要带她见识一下圆顶会议室。她自己也想利用这层关系，见识一下圆顶会议室，但不知道什么原因，怀特一次也没有带她去过。魏什么倒是知道，这肯定是自己资历不够，级别不高。她听怀特说，大道公司所有重要的决策，都是在圆顶会议室做出的。

她还听怀特说，圆顶会议室位于整个大厦的顶层，有专门的通道，有好几层密码和视网膜锁。在圆顶会议室，除了电灯和水循环装置，没有任何带电的设备，没有网线，屏蔽网络，每个人都能安静而坦然地交流，不必担心有任何电话打进来。他们的所谓开会，其实就是讨论，效率很高，大都在一小时内结束，从不拖泥带水，直接捞干货。

听完这些介绍，罗伯斯苦笑了一声。他感觉，这确实有些讽刺。想当初，让魏什么传话“五路奇兵”计划，自己的打算是，即使大道公司知道了这些计划，因为不知道细节，也没有任何办法。罗伯斯没有想到，报复来得这么快——事情完全反了过来，即使自己知道了大道公司在圆顶会议室进行的策划，也没有任何办法。罗伯斯想到，这一定是那个可恶的诸葛又亮的杰作，此人的做事风格，一向与众不同。他试图猜测，在那个圆顶会议室，诸葛又亮到底又有什么新的策划，但一无所获。罗伯斯只要想到圆顶会议室，想到那间没有网线没有信号的会议室，就会隐隐感到不安。

三天后，这种不安变成了现实。

这天，罗伯斯刚刚从美国飞回A国，一下飞机，打开手机，首页推送的信息，居然是一条短片《善恶终有报》。他一看备注，出品方是大道公司，顿时浑身一抖，在机场出口处，罗伯斯示意接机的人，先在门口等着他。罗伯斯找了一把椅子，坐下来，赶紧看这段视频。看的过程中，罗伯斯左手握着手机，右手狠狠攥着拳头。等看完了这个片子，他的额头上已经开始冒汗。他痛苦地思索着，这一定是诸葛又亮等人的策划。全片并没有提风格公司一个字，也没有一个画面跟风格公司有关，而是把祸水全部引向一个“神秘组织”。更让他可气的是，这个微电影下面，还有一个链接：“喜欢本片的人，可能也喜欢以下内容。”那是另外两个短片，名为《善意》《只为善意助力，不为恶行买单》，短片的名字，字号不大，反而是短片旁边的一行字，特别显眼：重新定义用户体验。

看完这两个视频，罗伯斯叫了一声：“My God！”

他想起中国的一个成语：釜底抽薪。

从这一刻起，罗伯斯发现，自己对诸葛又亮的感情，变得更加复杂起来。一直以来，罗伯斯觉得，诸葛又亮只是一个对手、一场交锋，是横空出世、不小心拐错了弯、不小心跑进自己事业里的助力机，是逼迫自己思考的反弹器，是让风格公司飞得更高的狂风。因此，他一直觉得诸葛又亮的存在，是让自己炫车技的陡坡和急弯。

直到他看了这三个短片，罗伯斯才不由得想到，这个诸葛又亮，根本不是在和他打架。所谓打架或打仗，你一拳我一脚，你玩一个潜艇我来一个反潜导弹，诸葛又亮从来都不是这么个玩法。诸葛又亮的目的，是要消灭对手的行动能力，让对手没人开潜艇，没人开飞机，用中国古典小说中的话，这叫剁了你的脚，扒了你的皮，抽了你的筋。罗伯斯意识到，如果真是这样，这游戏，根本没法玩。

想到这里，罗伯斯又不由自主地看了一些新闻链接。这些新闻看得他直想摔手机。这些新闻显示，随着大道公司的宣传视频，消费人群出现了明显变化，人们纷纷抛出疑问，这个神秘组织到底是什么？它在哪里？带着这些疑问，人们对大道产品的好感日增，就像人们可以容忍一个善人的缺点一样，他们对大道产品的缺点选择了谅解，甚至是忽略。重新定义用户体验的厉害之处是，它绕开了狭隘的民族主义，而是把道德的双手，伸向了人们最柔软的心灵，做着最令人感动最令人舒服的轻抚。于是，消费者对大道公司产生了最亲切的情感认同。

同时，让罗伯斯更为气恼和无奈的是，在每个人的心中，都有对神秘组织的推导，都有对恶意公司的猜测，在民间也搅起了漩涡。这些漩涡，最大的几个，必然指向了风格公司。由于这些猜测来自民间，风格公司还无法还击。这种憋屈劲，罗伯斯还是第一次感受到。

他强压情绪，总结了一下，这里面最可气的就是“重新定义用户体验”，罗伯斯非常清楚，科技至上、娱乐消费，是整个“文明世界”苦心经营了几十年的成果，整个经济理论、商业架构、利润实现、知识产权、文明模式，都与这个成果息息相关。诸葛又亮的这种做法，等于是要断了现代商业文明的后路。就像两军激战，它并不和你硬拼什么武器和战术，而是让你的士兵觉得自己正在做一件傻事、错事，犹豫该不该投入战斗。如果没有士兵愿意效力了，这仗还怎么打？

罗伯斯把手机放进口袋里，站起身，缓缓地走出大厅。助理一直在门口等待着他，他随助理上了车，一路上，一句话也没说，只是给汤如意发了一条信息：“你马上回到你的秘密寓所，一会儿等我指令。”接下来，罗伯斯闭上眼睛，像痴情人想他的情人那样，脑海中满是诸葛又亮的身影。那一次，他只身赴中国，就是为了见一下诸葛又亮。最深刻的印象，莫过于在道观辩论时，诸葛又亮身穿道袍的样子，飘然若仙，举手投足间，仿佛与云霞融合，与天地同声，因此，他看问题的角度，怎么可能是一山一水一花一木？

罗伯斯咬咬牙，恨恨地想：“好，诸葛又亮，你玩人性，我玩科技，看看到底谁碾压谁！”

回到公司，罗伯斯直奔办公室，让助理倒了一杯咖啡。助理出门时，他告诉助理，在他主动说话之前，他不想被任何人打扰。

他第一时间连线了汤如意。

视频里，汤如意还是一身白衣，眉峰挑起，眼神灼人。

罗伯斯问：“你和那个刘教授发展得怎么样了？”

汤如意的眼神暗了下来：“对不起，罗伯斯先生，还没有成为情侣。他天天找我聊天，已经是很暧昧的感觉了。我不敢太急太主动。不然一定会露馅的。而他这个人又太忙，忙到连约会的时间都没有。”

“那你知道发生什么事了吗？”

“知道，”汤如意越发愧疚，“没想到，他们的动作这么快，这么准。”

“我们不能再等了，”罗伯斯伸出三个指头，眼睛里透出凶光，“先不管头发丝工程稳定不稳定，就算是实验品，也要拿他们开刀！”

“属下明白。大型 VR 体验馆已经建成，马上启用。”

“操作细节有变，我现在告诉你。你做好随后的跟踪，把效果记录下来。”

这一次，头发丝工程重新设计了一种“病态攻击法”，以打败诸葛又亮的宣传战。

在新区中环大厦的城市综合体内，地下一层是一家影院。影院旁边是一家 VR 体验馆，每天下午两点起，这里灯火通明，相比起来，电影院显得黯淡许多。体验馆门口立着一块广告牌：比现实更精彩，比电影更真实。这个广告，是汤如意原创的，确实起到了很好的宣传效果。隔壁电影院还到大厦管理处投诉过这个广告词，说贬低了电影，抢了电影院的客源，大厦管理处觉得这是没法证明的事，并且和电影院说，你也可以立一块牌子，写上什么“电影是艺术，是 VR 永远也体验不到的感觉”一类的广告词。后来，这个纠纷不了了之。

对汤如意来说，找实验品相当容易，只要有人坐到体验座位上，她按下那个隐秘键，三根头发丝便会弹出，一秒之内，那个人就会成为实验品。有点难度的是，该让什么人成为实验品？这才是罗伯斯特别强调的事，也是这个策划成败的关键之所在。

所以，罗伯斯说，选人是最重要的。

风格公司有世界上最大的基因库和数据库，而且都是绝密级别的。任何一个人走进体验馆，摄像头扫描到他的脸后，罗伯斯的电脑和汤如意的手机里，就会出现这个人的简介：年龄，性别，职业，党派，个人爱好，个性特点……无一疏漏，这是风格公司十几年精心布局的结果，绝非一朝一夕可以做到。在这一点上，风格公司独此一家，别无分店。

关于选实验品的方法，罗伯斯这样告诉汤如意：不能是同一类人，如果都是同一类人，会让人误以为是恐怖袭击。记得有一种所谓的传染病，其实是人为的，就因为主要传染同一族群的人，所以导致后来有人怀疑，那可能是一种基因武器。这种怀疑，没有任何证据，只是根据某种结果倒推原因，你信也罢，不信也罢，反正就是一种说法。世界上的许多事，往往只是一个传说，可一旦经过科学证明，或者有人认领，人们反而会失去兴趣。

至于实验品的数量，罗伯斯吩咐，规模不能太大。规模太大，很容易被各种好事者查出来，而且这批有异样的人，都是来过VR体验店的人，目标一下子就暴露了。也不要找信仰强的人，由于头发丝工程还不完美，植入到信仰强的人身内，无非会出现两种情况：本身信仰强的，会造成一个矛盾体，达不到理想的效果，还不如不植入。其中一部分信仰最强的，有可能利用科技加强他们的信仰，这样的话，公司属于自找无趣。信仰不是那么强的，倒是可以控制，可问题是，控制之后，容易现出非常规之态，做出非常规之事。而一旦露出马脚，就会有人查，要查出什么端倪来，也不是什么好事。

张灵动，花旗银行新区事业部副主任，三十出头，拥有工商管理学和金融学双硕士学历，刚刚结婚，上班下班两副人格，两种风格，上班一本正经，西服领带，精致的六四开发型，分分秒秒就好像被程序锁定，坐在办公室像雕像，开口说话像电动，真的像梁实秋先生说的，西服领带这衣服，让人“不堪回首”，脖子里卡了一圈。下了班是疯狂一族，泡吧撸串，旅行桑拿，仿佛和上班的正统劲有仇，能反着来，就尽量反着来，能补偿多少就补偿多少。不知道受了哪篇鸡汤的影响，张灵动形成了这样的生活态度，上班时是中层管理，说高管还谈不上，半高不高，装大爷装不动，装孙子还心有不甘，为了能装大爷，只好把自己拧成挣钱的机器。下班后是儿子、老公、同学，角色回归，不再是机器。后来他一想，不对，下了班，不应该是自己吗？如果是儿子、老公、同学，那自己在哪里？带着这个疑问，张灵动觉得那篇鸡汤有问题。带着这个疑惑，他周五先请了一个小时的假，一个人闲逛到 VR 体验店，狠狠地体验了一把，做了一回最真实的自己，从 VR 机上下来后，好长时间，他还一直脸红心跳的：自己原来是这么样的一个人？想来想去，他挺佩服弗洛伊德那老头的，能琢磨出自我、超我、本我这些概念，真厉害！

周六上午，张灵动先睡了个懒觉。下午，张灵动带着新婚妻子出去玩了一圈，因为约好晚上还要和几个同学聚餐，估计又是白酒啤酒的折腾，妻子不愿意去。她说，不想看一帮子男人眯着醉眼吹牛，把一切都放大十倍。张灵动笑了笑，就先送妻子回了爸妈家。回到家，他说要帮爸妈做饭，让所有人都觉得好奇怪，不知道他哪根筋搭错着了。在父母和妻子眼里，这个事业有成的人，靠年薪吃饭，几乎不进厨房。

张灵动先是围了围裙，像模像样，很谦虚地在厨房学起了厨艺。学着学着，他突然愣了一下神，好像突然想起了什么，在厨房左看看，右瞅瞅，然后在厨房里翻箱倒柜，从厨柜底层掏啊掏，掏出一个破纸箱子，吹了吹上面的土，上面的土噗的一声，像面粉一样散开，落在真正的面粉上，气得他妈妈直数落他。张灵动并不理会，吹落尘土后，他轻轻打开箱子，找出几个大碗，是以前农村人用的那种海碗，大口、粗糙、淡白釉。

他妈妈和他妻子同时问道："你这是干吗？"

张灵动抬头："你们一会儿就知道了。"

他不急不缓地把四个碗放进洗菜池，又把纸箱子放入厨柜，然后转身过来，认认真真地开始洗碗，洗好了，擦干了，拿到餐厅，摆到餐桌上。整个过程，那个姿势，那个眼神，虔诚得像端着价值连城的古董。

他爸爸来到餐厅，一看这架势，吃惊地问道："怎么摆着这几只碗？灵动，这不是你早就要我扔掉的碗吗？"

张灵动笑了笑："那时我太不懂事了。三十而立，现在我懂事了。"

他妈妈和他妻子正在端菜。他妈妈问道："懂事了就是要用这几只碗吃饭？"

张灵动摇了摇手机说："你们看见了吧，大道公司推出了新概念，重新定义用户体验，真正的用户体验，一定要有情感体验在里面。爸，妈，你们经常说，你们很怀念你们的年轻岁月。那正好，咱们以后就用这几只碗吃饭，一定越吃越香。"

一番话，说得他爸爸、他妈妈和他妻子面面相觑。他妻子放下盘子，伸手摸了摸张灵动的额头："累晕了？发烧了？怎么净说胡话！"

张灵动划拉开他妻子的手，接着说："光彩夺目的盘子，能让饭菜更好吃？相反，这几个粗碗，如果能激起爸妈的某种情感，一定可以让饭菜更好吃，甚至可以让粗茶淡饭也有山珍海味的感觉。从今天开始，我们的生活改变了。"

他妻子有些发怒："越说你还越来劲了！"

张灵动说："进一步讲，如果发生了战争，该怎么办？战争会让物资紧缺。如果发生了核战，该怎么办？核战会让幸存者转入地底下生活，所以，今天我所做的一切，就是为我们的将来做准备，以免我们丧失起码的生存能力。"

看着张灵动十分认真的样子，他妻子的怒火没有了，而是开始担心，又不知道该怎么办，只好向他爸爸妈妈求助。他妈妈也有些不知所措，两人的目光同时转向他爸爸。

他爸爸不说话，盯着张灵动的脸，一动不动，足足看了一分钟。从小到大，每当张灵动调皮捣蛋不听话时，他爸爸就用这招，直到张灵动内心松软，主动服输为止。然而，这一次，张灵动毫无反应，反而以更坚定的目光，把他爸爸的目光顶了回来。

这种可怕的对视又持续了一分钟。他妈妈已经放好了筷子，叫了一声："都别愣着了，坐好，趁热吃饭。"

众人无语，气氛怪异，开始坐下吃饭。没吃几口，张灵动突然又激动起来，嘴里念叨着用户体验、情感体验，目光已不在桌子上，朝着屋内搜寻。看着看着，他站起身来，朝着杂物间走去。这套房子有两个卫生间，一个卫生间虽然装修了，要啥有啥，但因为几乎没人使用，就先当了杂物间。张灵动直奔杂物间，从里面取出一个凳子，凳子是木头的，挺简单，四条腿，甚至没有刷油漆。张灵动找来一块抹布，三下两下抹干净，回到餐桌，把餐桌以及配套的椅子拉到一边，然后把凳子放过去，乐呵呵坐在上面，开始认真吃饭。他妻子一看，那其实就是高一点的板凳，应该是装修的时候留下来的，不是用来坐的，是够不着高处的时候，垫个脚，用来踩的。

看着正吃得香的张灵动，三个人却吃不下饭了。他爸爸对张灵动说："吃完饭早点休息吧。最近加班累坏了吧？"

他妈妈也说："对对对。你那工作太麻烦，脑子不能连着转，吃完赶紧休息。"

张灵动吃得差不多了，抬头看看他爸爸妈妈和他妻子："不，我还要上街宣传呢！"

他妻子问道："你不是约了同学聚会吗？宣传什么？"

张灵动站起来，举起拳头："大道公司有个宣传片，宣传片里说，要重新定义用户体验，尤其把普及情感体验加进去。我觉得太有道理了。所以，我要上街做义务宣传，宣传情感体验，打倒歪门斜道！"

他妻子被这么一吓，都快哭了，央求道："灵动，你别吓我们，好吗？爸妈年纪大了，我刚刚怀孕，咱不开玩笑了，好吗？"

张灵动说："我不是开玩笑，我这就去！"

说着，张灵动把嘴一擦，站起来就要换衣服。他爸爸一看这架势，发现这个事情很邪乎，说什么也不让他走。趁张灵动去换衣服的当口，他赶紧悄悄告诉儿媳妇，马上给那几个同学打电话，让他们过来，别的什么也别说，只说有特别急的事，求救。

他又告诉老伴儿，让她告诉张灵动，等一会儿再走，今天必须给她尽尽孝心，一起洗碗刷锅。她尽量拖一拖时间，然后再让他出门。张灵动是个孝子，一听妈妈这么说，就乖乖去帮忙。

在这个当口，他妻子已经联系上了他的几个同学。

电话打通了，他妻子几乎是哭的声音："喂，小军吗？"

"嗯，我们几个哥们已经到了，张灵动他人呢？"

"他……"她不知道该怎么说，抽泣了起来，"他好像神经了，真的。"

对方开着玩笑："是你神经了吧？"

她憋不住了，"哇"的一声大哭了起来，不再说话。

对方意识到事情不小，问道："在哪儿？我们马上过去。"

"我家，你们来过的。"

他的那几个同学相信他出事了，虽然还不明了什么事，但还是火速往张灵动的家赶。

张灵动洗完碗刷完锅，重新换上出门的衣服，却又感觉不对，便从衣柜最底下，把他爸爸的几件早就不穿的旧衣服翻了出来，套在身上。这时，几个同学及时赶到了。他爸爸简单说了情况，然后悄悄下令，一定把张灵动送到医院检查。几个同学刚开始还不信，一看张灵动的这身衣服，再看看他鬼上身的表情，张灵动的目光总是盯着诗和远方，没有父母，没有妻子，没有同学。同学们一半恐惧，一半担忧，再试探着问上几句话，依然觉得张灵动神神叨叨的，不知所云。同学们不再怀疑，一拥而上，把张灵运挟持着扶下楼，一左一右，像押犯人那样，上了车，把张灵动挤在中间，直奔医院而去。

张灵动的爸爸妈妈和妻子，也匆匆下楼，开上自家的车。两辆车一前一后，到了新区最大医院的精神科。

让同学们诧异的是，就在他们刚到医院十几分钟、排队挂号的当口，有两路记者已经赶到，一家是本市的都市报融媒体，另一家是知名网站的本市工作站。现在的记者，就算是看了台标，根本无法区分具体是做什么的记者。比如写着都市报的，却举着摄像机，比电视台的还专业，而且都不是一个人，至少是三个人，现场记者、摄像、直播，后台还有剪辑和深度分析员。新闻贵在神速，经常是半个小时以后，一档绘声绘色的节目已经全网播出。人们起初以为新闻记者这个行当，也会被人工智能替代，后来发现，可能性不大，人工智能只能打下手，尝试过人工智能写稿和播报的媒体，在竞争中，均以惨败告终，原因就在桌面上摆着：越是千篇一律的智能时代，人们越对个性的东西特别渴望。人工智能快速、精准推送的新闻，搞得就像一个城市，全是灰头土脸的建筑，全是一样的门脸，寡淡无趣。读者和观众想要的，却是个性化的语言，艺术化的画面，独特的解读……新区媒体众多，大大小小有四十多家，而这两家媒体，就是在这种背景下，张扬个性，脱颖而出。

对这两家媒体，人们喜欢归喜欢，但让一堆人疑惑的是，这两路记者的速度，为什么可以和病人的发病实现同步，是谁告诉他们，有这么样一个奇怪的病人在就诊？

他们无法阻止采访，张灵动的病态全入了镜头。医生接诊，问明情况，要马上做脑部检查。做脑部 CT 的时候，从门诊室到检查室，张灵动是被人拖着进去的，在楼道里拖行的时候，张灵动好几次想挣脱，鞋都磨掉了。他妻子帮他拾起鞋，泪流满面。进了 CT 室，三个同学把张灵动按住，张灵动依然又踢又打。负责做 CT 的医生摇了摇头，这种状态不但无法做检查，还有可能破坏设备。他给主治医生打了电话。不一会儿，主治医生和一个护士走了过来，征求张灵动的父母和妻子意见后，护士马上撕开一个注射器，对张灵动的妻子说："五分钟以后就好，没有什么副作用。"

镇定剂一入身体，张灵动渐渐安静了下来。做完 CT，医生告诉张灵动的父母和妻子："从检查结果看，啥问题没有。关于脑部病变这块，肯定没事，放心吧。"

张灵动的妈妈和妻子同时哭了。他妈妈泣不成声，想说话，却说不出来。他妻子对同学们说："人都成这样了，我放什么心。"

这一次，汤如意终于受到赞赏。她也受着控制，因此，她像孩子一样，笑了起来，往后一仰，直直地躺在了床上。自从成为组织里得力的人，她感觉，罗伯斯便把自己当亲信来对待。汤如意也时常听说宗主的事，甚至在某些特别的时候，还和宗主进行过简单的对话。她的心越来越纯净，早就接近于孩子。她没有杂念，一心为宗主的事业着想，而宗主的事业，关乎地球的未来。

汤如意也懂得思考，她思考的问题也很纯净，罗伯斯让她思考什么，她就思考什么，她没有自己的私事，没有声色娱乐，没有亲情，没有爱情，她从事业中获取了人生的快乐。在罗伯斯看来，汤如意已经提前成为完人，提前进入未来，是未来世界的人类样本。关于张灵动，罗伯斯提出了一个疑问：整个过程，张灵动基本上是按照指令在行动，在电脑屏幕上，从张灵动身边的人的反应来看，张灵动的言行，也确实让大家惊骇了。可是，有一点，当张灵动的妈妈让张灵动帮忙洗碗刷锅时，张灵动并没有按照罗伯斯的指令去穿衣，而是乖乖地听他妈妈的话，去了厨房帮忙。罗伯斯不明白，去厨房帮忙有那么重要？一个已经被头发丝工程控制的人，为什么在他妈妈让他帮忙的时候，就暂时失去了控制？是什么力量如此强大？

罗伯斯想起来了，在之前的头发丝工程的实验样品中，每个人都出现过这种情况。原因是头发丝工程还未完全成熟，总是呈现出不稳定性。不稳定性的通常表现是，遇到最强烈的愿望，就会有波动，就会按照其本人的意愿去完成心愿，然后才能对实验样品恢复控制。比如魏什么，平时还好控制，可她一遇到前沿科技、程序漏洞等，就会不由自主地兴奋起来，疯狂起来，两天两夜不睡觉都可以，攻破程序漏洞，就成为最高级别的脑部指令，在这个时候，头发丝工程的指令，就容易失去作用。再比如福柯总统，他会根据国家利益和商业原则，下达一些强有力的行政命令，这个时候，头发丝工程的指令就会时强时弱。不过，总体来说，无论是魏什么，还是福柯，或者其他一些实验样品，他们的总体轨迹，还是会服从头发丝工程——魏什么没有出卖风格公司，福柯也一直在打压中国。

十

周日，天阴而无雨，人们趁着好天气，纷纷出门游玩，接近中午的时候，各大主要街区开始堵车，在经历了两个雨天之后，仿佛这个城市的人，都拥上了大街。新区的中心广场叫未名广场，未名广场的旁边，是一个小型湖泊，中间有个湖心岛，有廊桥连接，从十点开始，廊桥上的人越站越多。汽车都在环湖道路上环行。湖泊虽小，但设计精致，常有各种水鸟栖息停留，游人活动地点也不少，周边喂食的人挺多。水鸟们于是相互告知，这个地方人善粮多，传遍大小鸟群，经常有各种水鸟在这里小住几日，渐渐地，行人也喜欢在这里落脚。总之，这里一派歌舞升平的景象。

湖的南面是广场。天气还没有大热，照例到了穿衣服能导致精神错乱的季节：有穿一件衬衣的，有衬衣外面穿外套的，有单穿短袖的，而在这个季节，穿吊带裙的，应该属于绝无仅有。

这个女孩叫凌霞，马上大学毕业，参加过亚洲大学生辩论赛，她所在的队夺得了第三名，她本人则是最佳辩手第一名，这个成绩说明，是别人拖了她的后腿。辩论结果轰动一时，凌霞成了学校里的风云人物。

凌霞穿着一件黑色紧身连衣裙，外面罩着牛仔小外套。她站在广场的一个台阶上，面朝扶老携幼的人群，把牛仔外套一脱，扔在脚边，露出里面的吊带裙，性感妖娆。她弯腰从牛仔外套口袋里掏出一款最新款大道平板电脑，高高地举起来。因为举得太高，裙子下摆已至臀部，广场上的男孩们发出尖叫声。

凌霞大声演讲起来:“大家好,你们已经看了那几部视频,只为善意助力,不为恶行买单,已经知道了那个著名的新词:情感体验。在人类历史上,从来没有一家公司,从来没有一个机构,也从来没有一个组织,能够找到用户体验的真谛。这是一家巨型商业公司,它从传统的欧美式商业骗局思维中勇敢地走了出来,实现了重新定义用户体验的公司愿景。那么,什么是重新定义用户体验呢?什么是情感体验呢?”

看到一个修长性感的女孩演讲,人群自然围拢了过来。讲到这里,凌霞指了指台下的一个扶着老人的中年男人,继续说:“大家看,这个穿灰色夹克的大叔,他妈妈可能身体不太好,需要扶着走路,走起路来也慢腾腾的。难道这位中年人,会认一个健步如飞、家境富有的老太太做妈吗?大家说,会不会?”

中年男人激动地说:“当然不会。”

广场上的人齐呼:“不会……”

凌霞点头:“这就叫重新定义用户体验,这就叫情感体验。我们对产品,也应该怀着这样的心情去体验,去爱。”

这时,台下传来一个弱弱的声音:“不知道那个健步如飞、家境富有的老太太,能给我多少钱?”

人们哄然大笑。

凌霞马上说道:“老太太可能会给你钱。问题是,有哪一家科技公司,哪一种电子产品,在你购买和使用的时候,倒贴给你钱?”

人们哑然,陷入了思考。

凌霞环视广场,看见了一对情侣,二十出头的样子,穿着时尚。

女孩靠在男孩身上，不看凌霞，而是看着男孩，大眼睛里满是内容，男孩则盯着凌霞看。凌霞指了指那对情侣："再比如，这一对近乎完美的情侣，相信他们正处于热恋阶段，情投意合，男孩宽厚女孩温柔。这个时候，如果有一个超级漂亮、超级性感的女孩，出现在这男孩的生活中，难道男孩就要移情别恋吗？大家说，会不会？"

广场上又是一阵齐呼："不会……"

凌霞说："这就是重新定义用户体验！这就是情感体验！"

欢呼声过后，广场上又有一个幽幽的声音飘了起来："移情别恋的事情还少吗？"

凌霞马上接过话茬儿："感情本身没有问题。因为别人更漂亮更帅气更有钱，就移情别恋，那不是人渣吗？"

台下的人说："是倒是。不过，渣多了，也就不觉得渣了。这和法不责众是一个道理。"

凌霞马上振臂一呼："我们反对没有感情问题的移情别恋，打倒移情别恋，打倒人渣。"

这句话，倒是得到了所有人的响应。人们跟着喊了起来："打倒人渣！"

说到这里，凌霞突然停止了演讲，一只手拿着大道公司的平板电脑，另一只手提着牛仔外套。她猫腰拿外套的时候，左侧的吊带掉了下来，成了掉带，露出了左侧的一截胸，加上凌霞大步前行，幅度很大，左胸就像不小心掉进地洞的人，一次一次往外跳，却总也跳不出来。

人群中再次发出了男性的尖叫声。

凌霞一边走，一边演讲："情感体验是一次全新的发现……"

一个大声尖叫的男孩盯着凌霞大叫："真的是全新的发现。姑娘，你好美。"

凌霞并不理会那个人。她挥舞着牛仔外套，像著名的油画《自由引领人民》那样，做出一副冲锋陷阵的姿态。她不停地重复着："重新定义用户体验，商业文明的一小步，却是人类文明的一大步。"她的后面，还真的跟了一群人。

头发丝监控室里，罗伯斯无奈地笑了笑，凌霞的表现、演讲的内容，意思是那个意思，但并没有完全按照自己的指令去实现，这是什么原因？罗伯斯猜测，凌霞是一个辩论和演讲天才，一旦开讲，她就会情感激昂，进入自己最喜欢的状态，与远程指令形成小型对抗。庆幸的是，无论是魏什么，还是凌霞和福柯，在大的方向上，依然接受着远程指令，没有失去控制。

罗伯斯上下嘴唇来回摩擦了几下，熬夜让他皮肤发干，连日来，他一直在跟踪好几个实验样品，这几天每天只睡两三个小时。他需要亲自观察每个样品的生活状态，因此疲惫不堪。一个意外的发现是，他确信，人类还是需要八卦的，连他自己也不例外，他一度以为自己是冷面钢铁超人，不需要什么人间情感，没想到，偶然的兴奋和提神，都来自窥探到了别人的隐私。这几天，最让他感兴趣的隐私就来自福柯总统。

上上周末，可爱的福柯总统到办公室加班。办公地点世界知名，而且颇有深意。许多大国的重要府邸，都有好听的名字，比如英国的白金汉宫，法国的爱舍丽宫，俄国的克里姆林宫，美国的白宫。A 国也不例外，总统府的名字叫“人神共宫”，这个名字可不简单。据一个著名的学者考证，这个名字与希腊神话传说有关系。在西方某些神话传说中，人有神性，神也有人性，这在许多美术作品中都有体现。人和神的界限不是那么明显，神性和人性，变性起来也没那么复杂。于是，A 国建设了这个宏大的建筑，取名为人神共宫。人神共宫起初是灰色的，经过几次整修，目前变成了银白色的。它的样子，可不仅仅是看上去闪闪发光，而是有非常厉害的实用价值。比如说，它具有非常强大的信号屏蔽功能，任何飞机、导弹接近它的时候，会自然偏离方向，打到附近的空地上，那地方被划为军事禁地。实际上，它就是一个专门的备用打击点，以免伤及无辜。如果遇到没有信号的物体，比如关闭所有系统的飞机、一发普通的炮弹，人神共宫也有办法对付，如果有不明物体向它撞过去，它会自动释放冲击波，把物体切割成小块，让它们飞到旁边的备用打击点，从而完成保护任务。

但是，因为这种特殊的高科技，人神共宫无法保护总统的隐私。罗伯斯发现，这一次，福柯轻车简从地到了总统府，并不是去办公，而是去约会。约会对象，就是经常在电视上出镜的那个翻译。那个翻译依靠自己的出镜率，在业余时间会发一些小感悟，配上自己的变装秀。小感悟的内容，主要就是外交印象，确实是独家。她每发一篇，都要经人神共宫的秘书处审核，以免泄露外交秘密。相比之下，她的变装秀更加厉害。因为她的身份和工作便利，无论到哪个国家，她都要想方设法买一套当地的特色服装，各种民族风，有的全身裹起来，有的只有三片布。她身材高挑火辣，时尚百搭，风情万种。她现在已经是一名网红。

在外交场合，有网友认为她太过招摇，老是抢风头。她常常坐在总统后方的桌子上，进行同声传译。在这种场合，通常是一个活在伟人阴影下的角色，她却不一样，她的同声传译，会不自觉地带着各种表情，反而成为整个画面中的亮点。很多网友对此纷纷发表评论，有表示羡慕的，有表示赞赏的，有表示讽刺的，还有许多表示不理解的：为什么福柯总统不提醒或制止她？

现在，罗伯斯找到答案了。

福柯到了人神共宫，穿堂过厅，绕过椭圆形会议室，左转，来到自己的小型会客室，小型会客室旁边，有一个小型待客室。罗伯斯发现，这是一次秘密行动，因为福柯没有任何随从，他告知了所有人，自己要安静地休息一天。罗伯斯非常奇怪，这个行为，并不在自己的指令之内，头发丝工程无法控制的，都是本人欲望极为强烈的思想和行为。这个福柯独自来到人神共宫，到底要干什么？

福柯进入了小型待客室。待客室不大，大约有三十平米，一左一右两排沙发，对面是一幅油画，素材取自古印度史诗。根据史诗描述，在数千年以前，那时已经有一种穿着奇怪的宇航服的人形生物，隐蔽于茂密的林间，观察着人类的活动。整幅面以绿色为基调，白色的几个点，就是几个穿着宇航服的人形生物。福柯应该经常见到这幅画，但他依然站着看了看，然后坐下来，按了一下沙发旁边的一个红色小按纽。

人神共宫里，除了保安，就是机要值班人员，附近并没有人。

罗伯斯想，他按这个按纽，是要做什么？不一会儿，艳光四射的翻译，端着一杯咖啡走了进来。

看到这里，罗伯斯明白了，他们这是在幽会……

……

在福柯身上，罗伯斯再次发现，在人类强烈的自发的丰富的情感面前，头发丝工程就会紊乱。看来，人工智能还需要再升级。罗伯斯把这个发现，交给头发丝技术部门。这个部门的名称很奇怪，叫作“纯粹工程部”，核心工程师有六位，都是跨界科学家，由一个叫蒙巴顿的青年科学家领导。在人工智能和生物科学方面，他们打通了障碍，来去自如。多年的生物学和人工智能研究，让他们有着共同的信念：人类作为一种生物，拥有自私的基因，拥有亲情的羁绊，不可避免地，思维方面会有杂念，品质方面会有杂质。后来，在他们的提议下，公司把头发丝工程称为“纯粹工程部”，初期以发布人工指令为特点，待技术渐渐成熟之后，再慢慢实现过渡。在实验后期，如果能将人类强烈的自私意识基本剥离，全部思维由程序发布指令，人类将变得纯粹起来，互相友爱，互相帮助，没有敌意。

十一

张灵动和凌霞的新闻，已经上了热搜。包括诸葛又亮在内，所有的人都没有想到，罗伯斯竟然用这种残忍而奇葩的方式反击，给这些家庭带来了无端的痛苦，造成情感和心灵上的损伤，真的是毫无人性。人们选择抛弃人性，是因为冷酷的性格往往有着特别的魅力，能在某些事情上达到更好的效果。从心理学上讲，罗伯斯的这种反击确实是有效的，因为张灵动和凌霞以及几个类似的“患者”，已经进了医疗机构。绝大多数人都有猎奇心理，享受娱乐，围观病态，将病态行为和娱乐结合，其新闻效果必然是一流的。

有一部黑色幽默电视剧《黑镜》，在里面英国人就完整地演绎了人性的这一面。其中有一个剧情是，绑匪绑架了美丽的公主，释放公主的条件是，首相必须在下午四点之前和猪发生性关系，并进行全网直播。首相当然不接受这种侮辱，他调动所有资源，通过各种方法解救公主，却被绑匪戏耍，均告失败。眼看时间不多了，人们开始声讨首相，这种说辞听上去很正确：贵为一国首相，应该具有奉献精神，不能因为自己个人的声誉，而付出公主的生命。首相妥协了，他答应了绑匪的要求，和猪发生了性关系，并进行了全网直播。直播结束后，人们才惊讶地发现，绑匪良心发现，早在三点半就把昏迷的公主扔在了马路上，而当时的人们由于全都盯着各种屏幕，激动地等待着首相和猪发生性关系，竟然没有一个人发现公主……

三天后的圆顶会议室，曹欣和梁达然，同时提到猎奇心理会产生巨大的热度。梁达然说，这就好比走在大街上，这边有一个著名的人在讲人生智慧，而且讲得特别有水平，另一边有两个漂亮女孩正在打架，衣服都撕破了，那么，无论人生智慧多么有用，绝大多数人还是会选择看女孩打架。

梁达然讲完，曹欣冷笑着问：“你属于绝大多数人吗？”

梁达然答道："我就是传说中的那种个别人，很惭愧，不太合群。"

诸葛又亮说："不不不，你们没有发现真正的原因：著名的人讲人生智慧，错过了，以后还能听到，也可以在书里读到。而两个漂亮女孩打架，而且还撕破衣服，错过了就很难再遇到。所以，曹欣，你不能用这件事考验梁达然。"

梁达然听懂了这话，但产生了更大的疑惑："先生这是在帮我说话吗？"

诸葛又亮不置可否，曹欣则把头扭向了另一边，憋住不笑。

这时，刘义和刘教授走了进来，刘义请刘教授给大家展示了最新数据，虽然每一个受害者都在夸大道，大道的声誉却不停地往下掉。刘教授展示的数据表明，大道产品的销量也出现了明显的下跌。微电影和宣传片带来的良好效果，正在一点点地消失。

梁达然说："所以说这个策划很高明。人们会理所当然地怀疑，是大道公司对这些人进行了思想控制，牺牲这些人的情感和自我意识，来强行推广大道理念和大道产品，进而他们就会认为，大道公司是一家不人道的公司，甚至认为它是邪恶的公司。"

诸葛又亮点点头："我们可以确定，这是罗伯斯等人干的。背后给一刀，这是他的专长。让我惊讶的是，罗伯斯也学会了我们的太极拳法，他发现无法正面打败情感体验，就改变了策略——我们宣传情感体验，他就顺着我们的这种思路，把我们的情感体验推到极致，要知道，物极必反，即便是好事，推到极致也会变成坏事，所以人们开始厌恶情感体验。"

刘义问道："先生，有什么破解之道吗？"

诸葛又亮说："见招拆招、正面破解已经不可能，我们只能迂回取胜。在1921年以来的启示中，毛泽东的智慧是非常重要的一部分。你们听说过毛泽东的十大军事原则吗？"

怀特一听就很感兴趣："听说过，但不知道具体是什么。"

刘教授看了一眼怀特："我还听说过外星生命呢，就是不知道哪些星星上有。"

诸葛又亮说："关于十大军事原则，我已经提前写好，打印在纸上了。"

诸葛又亮依然给了每人几张打印好的纸。上面写着：

毛泽东的十大军事原则：

1. 先打分散和孤立之敌，后打集中和强大之敌。

2. 先取小城市、中等城市和广大乡村，后取大城市。

3. 以歼灭敌人有生力量为主要目标，不以保守或夺取城市和地方为主要目标。保守或夺取城市和地方，是歼灭敌人有生力量的结果，往往需要反复多次才能最后地保守或夺取之。

4. 每战集中绝对优势兵力（两倍、三倍、四倍，有时甚至是五倍或六倍于敌之兵力），四面包围敌人，力求全歼，不使漏网。在特殊情况下，则采用给敌以歼灭性打击的方法，即集中全力打敌正面及其一翼或两翼，求达歼灭其一部，击溃其另一部的目的，以便我军能够迅速转移兵力歼击他部敌军。力求避免打那种得不偿失的或得失相当的消耗战。这样，在全体上，我们是劣势

(就数量来说)，但在每一个局部上，每一个具体战役上，我们是绝对的优势，这就保证了战役的胜利。随着时间的推移，我们就将在全体上转变为优势，直到歼灭一切敌人。

5. 不打无准备之仗，不打无把握之仗，每战都应力求有准备，力求在敌我条件对比下有胜利的把握。

6. 发扬勇敢战斗、不怕牺牲、不怕疲劳和连续作战(即在短期内不休息地接连打几仗)的作风。

7. 力求在运动中歼灭敌人。同时，注重阵地攻击战术，夺取敌人的据点和城市。

8. 在攻城问题上，一切敌人守备薄弱的据点和城市，坚决夺取之。一切敌人有中等程度的守备、而环境又许可加以夺取的据点和城市，相机夺取之。一切敌人守备强固的据点和城市，则等候条件成熟时然后夺取之。

9. 以俘获敌人的全部武器和大部人员，补充自己。我军人力物力的来源，主要在前线。

10. 善于利用两个战役之间的间隙，休息和整训部队。休整的时间，一般地不要过长，尽可能不使敌人获得喘息的时间。

梁达然最先看完，急问："先生是什么意思？"

诸葛又亮说："知己知彼，百战百胜。我们要出招，得先弄清楚他们的招数。他们出的这一招，不算厉害，因为这一招在中国智慧中，只能算中上等智慧。不过能助力这一招的科技，才是他们的厉害之处。我们需要先搞清楚一个关键点：他们用了什么科技手段，能够有效控制像张灵动和凌霞这样高智商的人？相信各位都看过视频，那绝不是什么简单的语言洗脑，而是一种外部控制。要想扭转局面，我们就必须知道这种外部控制的方法，从而破解并摧毁这种可怕的科技手段。我们应该集中全部力量和智慧，专门对付这个邪恶科技手段。”

曹欣说：“可是，先生，我们目前没有任何突破口。”

“不，我们有，”诸葛又亮指一指怀特。“而且有两个，就在怀特身上。”

怀特吓了一跳：“为什么是我？我如果出面，罗伯斯肯定不会放过我的。”

诸葛又亮一笑：“你放心，你只是一个配合者，另外，我还想求你对此事绝对保密，也不要陷入任何儿女情长中。还有，我要顺便说一句，就在这个圆顶会议室，我们讲过那么多的革命故事，一不怕苦，二不怕累，你一点也没有学到，怎么会吓成这样？”

怀特不好意思地说：“我从小在A国长大，我们的教育主要是教我们要享受人生，要自由自在地活着，可从来没教过我们要吃苦的。”

刘义赶紧把思维拉了回来：“先生，那我们的突破口到底是什么？”

诸葛又亮坚定地说：“魏什么，她就是最好的突破口，也是我们手中最好的牌。怀特可以打这张牌，也只有怀特能打好这张牌。”

“魏什么！”梁达然和刘教授同时惊道。

怀特非常疑惑，头都大了一圈的感觉：“只有我能打好这张牌？

这太奇怪了吧，不瞒大家说，我和魏什么已经有了一些感情，我可舍不得拿她当牌。”

诸葛又亮说：“这一点也不奇怪，就是因为你们有了一些感情，所以，只有你才能重重地伤害她！”

“我要伤害她？”怀特摇摇头，“她是一个好人，我们不能伤害好人。要不然就和罗伯斯一样了。”

诸葛又亮安慰道：“关于为什么要伤害她，咱们一会儿再说。你和魏什么一定会走到一起的，你不用担心。”

曹欣问道：“为什么是魏什么？”

诸葛又亮答道：“这是我昨天晚上思考所得。这个魏什么，刚一露面的时候，给我们送来了一份大礼，那就是风格公司的五路奇兵计划。刚开始，我们都非常感动，这样的顶级黑客，这样的程序高手，对我们会有很大帮助。但是，大家想想，后来的魏什么，并没有再次发现什么有价值的东西。再加上现在的一系列事情，尤其是看到张灵动和凌霞的事情，我有充分的理由相信，这个魏什么也是罗伯斯所控制的人，只不过是一种更为巧妙的控制。包括魏什么透露给我们的消息，也都是经过精心设计的，大部分内容，告诉我们，我们也没有应对办法，因为都是粗线条，没有细节，让我们无从应对。另外一些内容，根本就是假的，没必要的，比如粮食安全、生物工程、基因武器等，这是全世界都知道的事，还用得着她说？所以我推测，为了取得我们的信任，她说的五路奇兵计划确实是真实的存在，只不过，罗伯斯控制她，把其中最重要的一路，换成了粮食安全和生物工程。”

“啊？”众人大惊，梁达然问道，“那最重要的这一路是什么？”

诸葛又亮说：“具体我还不清楚。但我可以断定，这一路奇兵，是一套复杂的系统，是他们对于未来世界的某种构想。在这个系统中，最关键的部分就是让张灵动和凌霞疯狂的原因，也就是我们要破解的那个邪恶科技手段。”

刘义点点头：“先生说得是啊！五路奇兵计划，有的内容，根本就不是什么奇兵。”

诸葛又亮对大家说：“各位，下面我们要安排一些事情，一些反击的方法，我刚才说了，今天的事情，比起以往，要更加机密。最近，有什么主动接近你们的人吗？大家一定要记住，无事献殷勤，非奸即盗。”

大家纷纷摇头。刘教授一边摇头，一边想起了汤如意，但他还是坚持摇头，他暗想，非奸即盗，我先看看是奸还是盗，如果只是奸的话，就不用上报了。

诸葛又亮看见大家都摇头，说道：“好，此事要是泄露，全局皆败。所谓反击，就是要用好毛泽东的十大军事原则，继续沿用我们之前策略，只不过我们的工作方式需要进行重大的调整，比如策反。我们需要怀特来策反这个魏什么，让她充当重要的角色。为此，我们需要合力演一出好戏！”

怀特问：“先生，您确定要这么做吗？”

诸葛又亮说：“其实，自从魏什么出现的那一天起，我就总感觉有不对的地方，从那时起我就已经在筹划，怎么样打好她这张牌了。见到魏什么的第二天，我就和梁达然讨论过这个问题，但苦于没有证据，也就没有进一步动作。现在看来，我的怀疑没有错。”

曹欣抱着学习的态度，问道：“您是怎么发现的？”

诸葛又亮说：“1921年以来，有一种智慧，或者说工作方法，叫作调查研究，没有调查就没有发言权，在调查研究的基础上，做出分析判断。1927年，毛泽东发表了《湖南农民运动考察报告》，就是实实在在调查的结果。1930年，毛泽东在《反对本本主义》中第一次明确提出“没有调查，就没有发言权”这个口号。还有一种更有趣的说法，毛泽东曾把典型调查比作解剖麻雀。在《中国佃农生活举例》这篇调查报告中，他采用的就是这种工作方法。我们对待罗伯斯、对待风格公司一样要做好调查研究工作，好在罗伯斯每多出一招，就会多露出一些破绽。这些天来，罗伯斯给我们提供了许多的麻雀，魏什么、张灵动、凌霞，还有其他的受害者，这些都是麻雀，都是我们应该调查、应该解剖的对象，但最应该解剖的，还是这个魏什么。”

怀特听到这里，显然对“解剖”这个词比较敏感，问道：“先生，您是怎么解剖的？”

诸葛又亮在空中比画了一下刀割的动作：“之前的事，疑点非常多，就像我刚才说的，包括魏什么再也没有进入暗网，包括五路奇兵计划的漏洞，包括一个人主动在技术部加班，这个调查研究的过程，就是解剖。”

梁达然问：“先生说的是，接下来我们一起演一出戏。演戏的过程，就是解剖完之后采取的应对措施吗？”

诸葛又亮看着怀特：“对，我们每个人都要演得像真的，尤其是怀特。”

当天下午，曹欣放出消息，最近突发事件太多，大家都太累了，晚上要进行一次小聚会，放松放松。聚会的名单，除了刘义、曹欣、诸葛又亮、梁达然、怀特、刘教授，也加上了魏什么。魏什么暗喜，她觉得能参加七人饭局标志着自己终于进入大道公司这个全球顶级公司的核心层了。

聚餐地点选在魏什么第一次闯入大道聚会的地方——大道酒店“之行”包间，房间里还是一样的陈设，仿佛时光倒流，不同的是，魏什么终于名正言顺地有了一席之地。

餐桌上，大家纷纷夸赞魏什么冰雪聪明，并轮流给魏什么敬酒。幸好有诸葛又亮的提前叮嘱，戏不能演得太过火，加上魏什么大大咧咧的性格，才不至于让魏什么产生怀疑，自然也没有让远程监控的罗伯斯产生怀疑。梁达然努力把握火候，趁魏什么清醒的时候，还问了几个问题，比如“那几个有精神问题的人，让大道受损，该怎么应对？”魏什么并不知道如何应对，只是说“把产品做好最重要”，其实这是一句正确的废话，而且这句话又把用户体验归结为技术体验，并没有加入情感体验。

他们还收获了意外之喜，那就是，这些情景和对话，罗伯斯看见听见之后，内心是踏实的。罗伯斯自己也累了，觉得今天晚上不会发生什么，无非是一场饭局。等魏什么喝得满脸涨红、晕晕乎乎的时候，刘义和曹欣一左一右，将魏什么扶上车，坐到后座上，由曹欣陪着。魏什么已经醉得不省人事。魏什么呼呼大睡，罗伯斯的电脑屏幕变黑了。罗伯斯什么也看不见了，酒后的醉语狂言，对罗伯斯来讲，是一种折磨，所以他离开了监控台，去忙别的事了。

按照诸葛又亮的安排，曹欣用耳塞堵住魏什么的耳朵眼，跟她坐一辆车。诸葛又亮带着梁达然、怀特和刘教授坐上另一辆车，两辆车一前一后，直奔医院。

医院是刘义早就打过招呼的，因为大道公司占有这个医院较大比例的股份，上上下下都是自己人。入股医院，是诸葛又亮的主意，因为他说，这是另外一盘大棋，风格公司也好，神秘组织也好，未来真正的胜与败，入股医院都是非常重要的一步棋，现在还不能说，一是时机不成熟，二是考虑不成熟。刘义一向知道诸葛又亮做事的分寸，也就没有再问，只是按照诸葛又亮的想法，入股了医院。

这时已经是晚上十点多，在刘义的授意下，脑科、神经内科、血液科专家都在医院里等着。梁达然和怀特抬着魏什么，对她分别进行了脑部 CT 检查、脑电波扫描、异常放电扫描和刚刚在医疗系统推行的思维频次扫描。

在会诊室里，魏什么平躺在中间的病床上，周围全是医生和大道公司的人。还有两项结果没有出来，看着躺着的魏什么一动不动，怀特坐立不安，觉得这不是会诊，而是验尸。脑部 CT 检查和脑电波扫描显示，魏什么的脑袋里，没有什么异物，没有芯片，没有异常脑电波。怀特本来就觉得魏什么没有问题，看到这些检查结果，就有些恼怒，把刘义和诸葛又亮拉到一边，不满地说：“在魏什么喝酒昏睡的情况下强行给她检查，太不尊重她了！”

诸葛又亮安抚道：“等一会儿，你就知道这才是对她最大的尊重。”

又过了十几分钟，异常放电扫描和思维频次扫描结果显示，也都属于正常值范围。看着放电图和思维频次图，刘义问：“先生，我们用不用申请录梦仪检查？”

诸葛又亮说：“目前只有国家实验室才有那些设备，恐怕不好申请。”

怀特越发不高兴了：“还录什么梦！很明显就没有问题，你们要是强制给魏什么录梦，那就是最严重的侵犯隐私！”

诸葛又亮继续盯着放电图和思维频次图，慢悠悠地说：“怀特，你先不要激动。”然后，他指着思维频次图，问那几个会诊专家，“思维频次图，什么样的算正常？”

一个专家说：“这个有点像心电图，悬殊太大肯定不正常，说明这个人情绪极不稳定。比如精神病人的思维频次图就像一团乱麻。像这个病人的，就比较规矩，很明显地处于正常值范围之内。”

诸葛又亮指着思维频次图：“那你们有没有发现，在正常的思维频次之间隐藏着特别规律的思维频次？你们看这些小曲线。”

专家看了看说：“有些人的思维属于双线思维，这种人通常比较聪明。我们也遇到过一些这样的人，他们中的有些人可以左右手同时写毛笔字，这种人的思维频次图上面就会有两条曲线。”

诸葛又亮摇头说：“不，大家再细看，想象一下，把粗线全部擦掉，只留下这个细线，为什么规矩得像几何图形？哪怕是睡着了，人类思维也不应该如此规律吧？有点像机器人的感觉了，很不正常。”

专家也不由得凝起了眉头思索，说道：“也可能说明病人的思维特别平静。”

诸葛又亮继续问：“以前有过这样的思维频次图吗？”

专家说：“平静的思维频次图确实有，但像这么整齐划一、像步兵方阵一样的，特别少。”

“是特别少？还是没有？那你见过吗？”

“没有，我没有见过。”

刘义说：“谢谢各位专家，辛苦了。今天的事情，还请大家保密，大家各自忙去吧。”

各位专家点头，离开了会诊室。

诸葛又亮斩钉截铁地说：“魏什么的问题找到了，这就是证明。”

怀特的态度明显转变：“这条隐藏的细线说明，她的思维频次受外力引导。那我们该怎么办？”

刘义看看表：“已经快十二点了，如果魏什么醒了过来，恐怕会发生什么意外情况。”

诸葛又亮想了想，说道：“我们上车，马上回公司。把魏什么送回她的住处。”

回公司的时候，诸葛又亮坐到了刘义的副驾驶座位上。诸葛又亮看一眼后座上的曹欣和魏什么，小声说道：“这个戏，我们明天就演，宜早不宜晚，现在需要回公司排练。排练不需要魏什么，先把她送回她的住处，让她一觉醒来，只记得吃过一顿饭。”

把魏什么送回住处后，六个人回到圆顶会议室，这时候已经是凌晨一点多，但大家毫无倦意。

诸葛又亮等大家坐好，开始安排：“看了刚才的检查报告，大家应该已经明白了。这个戏，主要是演给罗伯斯他们来看，我相信，罗伯斯能通过某种途径，看到我们的戏。在排练之前，我想请怀特先说一说自己的猜测。”

怀特喝了一口茶，自从来了中国，他慢慢地把喝咖啡改成了喝茶：“从思维频次图上可以看出，魏什么被某种外来思维介入和引导。诡异的是，做了那多检查，并没有发现芯片一类的东西，所以我只能猜测，是不是风格公司发明了更先进更隐秘的思维植入技术？诸葛又亮先生刚才提醒了我，比起魏什么，张灵动和凌霞的言行，更加离谱，于是我想到，这种思维植入技术，是不是已经成熟到可以远程调控人的言行？需要理智就理智，需要疯狂就疯狂？在科学界，我还没有听说，有哪个科学家在做这方面的研究。”

诸葛又亮说：“没有听说，不等于没有人研究。要知道，风格公司的许多研究，都是在秘密状态下进行的，如果他们能远程控制一些人的一些言行，那他们也必然可以对这些言行看得清清楚楚，所以我们将计就计，演一出好戏。”

曹欣笑了：“记得上大学时，我还是戏剧社的主要成员。现在，我已经远离戏剧多年了，希望这次能演一个好角色。现在，我们都是先生的好演员，请诸葛导演开始讲戏吧。”

诸葛又亮却岔开了话题：“在讲戏之前，我想先讲一下关于‘地下工作’的故事……

刘教授打断：“又开始卖关子了，我们等你讲戏呢。”

诸葛又亮笑了笑：“好，那我就不讲了，我的意思是，明天我们要演的戏，就是要让魏什么成为我们的地下工作者，成功打入风格公司，为我们所用。不同的是，连魏什么本人，都不知道自己在戏里，不过按既定步骤，她会慢慢知道的。”

刘义说：“这个操作起来难度太大了，先生，演戏容易，但让魏什么配合我们做地下工作者，有两个难点，一个是魏什么还在对方的控制中，如何让魏什么摆脱控制？另一个是当魏什么需要入戏的时候，如何向魏什么传递信息？我们不能说，也不能写在纸上让她看，一旦被对方知道了，魏什么就是死路一条。”

怀特马上说：“对对对，我们不能害了她！”

诸葛又亮说：“刘义刚才说的两点非常重要，自然要有破解之策，还记得我之前说过的‘策反’吗？”

怀特说：“记得啊，记得是你让我在合适的时机去策反，到现在我都不知道该怎么办。”

刘义问：“是从明天的戏开始吗？”

“对！”诸葛又亮答道，“明天一上班，怀特，你就安排魏什么做一件事情，你就说，关于善意程序被黑事件，你们已经初步破解，可以向广大用户证明，是因为安装了善意程序的智能机器被篡改了代码，才发生了杀人伤人事件，但你们在进行到关键阶段时，卡住了……”

怀特说：“我们确实卡住了，以魏什么在这方面的水平，本来有她的参与才能取得突破，但是您之前说，不适合让魏什么进入我们的后台，所以一直没和她说。”

诸葛又亮说：“现在可以跟她说了。你让魏什么进入后台操作，在魏什么快要成功的时候，也就是在编写最终代码的时候，你也能看懂、也知道怎么编写的时候，及时阻止她，并且大声训斥她：魏什么，你怎么可以在我们的代码中标注隐形码！”

怀特露出惊讶的表情：“先生，您怎么知道，她会在代码中标注隐形码？”

诸葛又亮说：“我不知道。她也应该不会公开那样做，我的意思是说，无论她在做什么，你都要大声说出这句话。”

曹欣大概对这种事情比较敏感，马上说：“先生是让怀特移花接木吗？那不是冤枉魏什么吗？”

怀特也反应了过来：“以魏什么那种性格，会把她气死，我为什么要这样做？”

诸葛又亮张开双手，做了一个压一压的动作，示意他们不要激动：“我一直说是在演戏，这场戏是演给罗伯斯看的。再说了，我确信，这不会对魏什么造成什么实质性伤害。因为她本身就受着某种控制，在她的意识中，她随时都想窃取大道的机密，所以，受到指责时，她不会觉得奇怪，反而会慌恐，想知道自己在什么地方露出破绽了。当然了，她的人格是分裂的，她真正的自我，会反驳，会喊冤，会记恨你。”

刘义问：“然后呢？”

诸葛又亮说：“然后风格公司一定会在我们开除她之后，录用她的。”

“等等，”曹欣问道，“您怎么知道，如果我们开除了魏什么，风格公司一定会录用她？”

诸葛又亮说：“有三个原因，一是魏什么本来就是天才程序员，哪个公司都愿意录用。二是罗伯斯已经对魏什么采取了某种控制，罗伯斯不愿意放弃这个傀儡。三是魏什么过几天就毕业了，她正好需要一份工作，而且被控制后，她的潜意识中，已经对风格公司产生了好感。”

刘义不停地点头：“言之有理，让我们来商量一下具体该做什么吧。”

十二

第二天一早，魏什么从昏睡中醒来，伸着懒腰，顺手抓起了手机，一看时间，比平时晚了四十分钟。她努力回忆，只记得在大道酒店吃了一堆美食，喝了一顿酒，其他内容都断片了，脑海中一片混沌，晕晕乎乎都是空白。

魏什么带着疑惑来到公司，没有想到，一进门怀特等五个工程师就盯着魏什么看，把她看得直发毛。她问道：“是不是我昨天喝酒，喝得出丑了？”

怀特说：“不是。我们要向你求助。关于恶意攻击善意程序的行为，我们沿着漏洞，已经找到了一部分代码，但就在快要胜利时，卡住了。我们想请你暂停一下你的工作，帮我们搞一下突破。”

魏什么以为自己听错了，不由得拍了拍自己的脑袋，确认自己不是在梦中。她又回忆了一下昨晚的事情，看来，从昨晚能参加核心饭局来看，自己已经得到了大道公司的信任，成为了他们的核心团队成员。

看见魏什么发愣，怀特站了起来，仿佛自己穿着燕尾服，左手背在后面，弯腰九十度，左手做了一个“请”的动作。魏什么略有迟疑，但还是坐了过去，眼睛一触及屏幕，就像狗看见肉一样，马上兴奋起来。

怀特问道：“天才少女，什么时候可以搞定？”

魏什么边敲键盘边说：“下午五点以前，应该可以搞定，但是得有个前提。”

“什么前提？”

“本姑娘的伙食啊！早餐，晚餐，下午茶！早餐，我要一份煎饼果子，一杯咖啡。午餐，我要一份麻辣拌，外加两个老北京肉卷。下午茶，我要美容鲜花茶，外加一袋小熊饼干。”

怀特笑了出来：“你这……都是些什么口味？”

“甭管什么口味了，准备就是。”

“得令，我这就去办。”

怀特抓起手机出门，出了门，反手关门的时候，看着魏什么的背影，怀特想想下午要演的那场戏，不由得一阵心疼。非要对魏什么这么残忍吗？怀特不由得担心起来，刚刚自以为进入大道公司的核心层，又被利用，利用完马上开除，心理承受力要是不强，怎么能受得了这样的刺激？不会出现什么问题吧？

在这么一瞬间，怀特发现，自己不仅仅是眼睛里看着魏什么聪明又可爱，而是从心里，对她产生了不舍和爱恋。按照诸葛又亮的策划，自己策反的水平高低，将决定魏什么在风格公司的安危。他陡然觉得，自己脚下的每一步，都沉重起来。哪怕自己捣了风格公司的暗网，揭了风格公司的锅，被罗伯斯派人追杀，也没有今天这么沉重。

怀特想，哦，原来真正的爱情，没有那么多废话，不需要那么多细节，就是在自己心中，对方比所有的事情都重要。对，就是这种感觉。

下午，怀特给魏什么买了下午茶，坐在她旁边，盯着电脑屏幕，看魏什么如何突破那几个卡壳的地方。他惊讶地发现，魏什么已经取得了突破：这姑娘的思路就是奇特，她不硬闯，而是绕道取胜，远离一堆乱纷纷的码，直取中枢。怀特联想起了诸葛又亮，这大概也是一种东方思维吧。

此时的怀特，像一个学霸，一边听着老师讲课，一边还能随时观察着隔着三排座位的女神的一举一动，魏什么的操作让他开窍，按理说应该是百分百的快乐感。可惜的是，对魏什么将要遭受的非人待遇，将这种快乐冲淡了一多半。他想起有个成语叫百感交集，一直不明白是怎么回事，这次算是真真切切地体会到了。

两个多小时后，魏什么已经临近突破。怀特咬咬牙，狠狠心，假装起身上卫生间，离开了办公室。他在卫生间洗了把脸，一边洗，一边拍自己的脸，扯了纸擦手，由于用力太猛，纸擦成了条缕状。

他回到办公室，站在门口，怎么也下了不狠心，又离开门口，跳过这个“发现”环节，直接给刘义、曹欣和梁达然打电话。几分钟后，刘义、曹欣和梁达然赶到了工程师部。大家都假装不知道发生了什么事，站着不言语，怀特直接就说：“我刚才发现，魏什么在善意程序中安装了隐形码。”

正在通关的魏什么，初听这句话，没啥反应，几秒后才回过神来，一扭身，发现身后站着刘义、曹欣和梁达然，怀特却躲在更后面。她问怀特："你说什么？你昨天的酒还没醒吗？"

怀特说："我发现你在善意程序中安装了隐形码，还怀疑你窃取了善意程序的代码。"

魏什么蹭地站起身，像一头愤怒的跃上树枝的花豹，马上反击："你这是嫉妒！你看见我修复了善意程序，找到了对方的攻击方式，你怕我抢了你的饭碗！"

怀特有点蔫蔫地说："别人看不懂，我能看懂，你就是在窃取。"

伴着这句话，刘义和曹欣点了一下头，曹欣说："魏什么，不管这件事是真是假，事关重大，你不用待在大道了，先回去准备毕业论文吧。"

魏什么有点不服气："就凭他的片面之词，你们就相信他？！"

梁达然说："没办法，我们只能选择相信怀特，因为我们看不懂代码。"

刘义面无表情："魏什么，你走吧。曹欣，你让财务给魏什么多开三个月的工资。"

魏什么知道已经无可挽回，本来被冤枉到这种程度，她不会善罢甘休，但是她没有，不是因为她多么有涵养，而是因为另外一个原因：魏什么隐隐觉得，自己在最后通关的时候，在脑海里，真的闪过要窃取代码的念头，她不知道这是为什么。更让她感到奇怪的是，怀特怎么知道自己要窃取？难道他能未卜先知？或者精通读脑术？所以，她只是简单地争辩两句，拿上三个月的工资，便走人了。

她想，无论如何，大道是不可能待下去了，窃取代码，这在高科技公司，等于是下了终身驱逐的死命令。幸好自己没有真的窃取，否则，还有可能惹上刑事官司。

带着这种想法，魏什么恶狠狠地看了怀特一眼，大叫一声“小人！我迟早要让你开发的程序成为一堆垃圾！”

魏什么走后，怀特坐下来，双手抱头，任凭身后几个人又劝又拍又推，怀特像被人攻击的穿山甲一样，偌大的身躯弯曲着，一动不动，仿佛自己的人生已经陷入无尽的黑暗。

梁达然继续拍着怀特的肩膀：“怀特，不会有事的，请相信先生的策划。”

曹欣说：“魏什么没有你想象的那么脆弱。”

诸葛又亮看着电脑说：“电脑里面的这些东西，我也看不懂。魏什么要是破解了，那咱们得赶紧行动。我们行动得越快，怀特也就越容易进行策反工作，魏什么也就越安全。”

怀特一听这话，慢慢抬起头来，用复杂的眼神看了一眼诸葛又亮，接着推开诸葛又亮，自己坐在电脑前，开始着手维护善意程序的最后一步。他由衷地佩服魏什么，只用了六个小时，就干了他们二十天都干不了的事，找到了善意程序的漏洞，而且成功堵上了漏洞。他告诉工程师们，马上向全球用户发送补丁。

梁达然插话说：“怀特，发送补丁的时候，请加上一句话：尊敬的客户朋友，由于某神秘组织的恶意攻击，导致善意程序紊乱，给大家造成困扰，对此，我们深表歉意。”

怀特点头称是，同时朝着魏什么的办公椅，深深地鞠了一躬："谢谢你，么么，你受委屈了，不久的将来，我一定好好补偿你。"

梁达然笑话道："怀特，别胡来，你这个样子，就像是在给死人牌位鞠躬。"

一句话吓得怀特站得挺直，不好意思地叹气说："我是真的不知道怎么办了。"

梁达然说："先生说了，做好接下来的事，你和魏什么一定可以走在一起。"

第二天一早，刘义接到诸葛又亮的电话，请大家到圆顶说话。

六个人到了圆顶会议室。刚进会议室，怀特就问："先生，魏什么被辞退了，善意程序的补丁也打好了，也全球发布了，您不是说，完成了这些事，我就可以去搞策反了吗？搞好了策反，就能救魏什么。是不是要说这个？"

诸葛又亮说："在说策反之前，咱们必须先解决另外一个更紧急的事。"

刘义问："什么事？"

诸葛又亮说："确保他们停止攻击善意程序，据我很外行的计算机知识，哪怕这次咱们补了补丁，也并非万无一失，程序这种东西，总是一浪要比一浪高。所以我们要想一个办法，以保证长治久安。"

曹欣问："我刚才也担心这个，这次补丁打好了，还有没有漏洞？如何面对新的攻击？"

诸葛又亮笑道："曹欣很胜任这个总经理职位嘛。我还是先讲个故事吧。”

怀特也挤出来一点笑：“又讲故事？”

诸葛又亮说：“你不爱听？你的白人老乡，斯诺先生，就非常爱听这样的故事，专门跑到陕北去采访。言归正传，这个故事发生在1917年。故事的主人公是毛泽东，当时，毛泽东还是学生，担任学友会总务。北洋军队有一队溃军，马上路过学校，极有可能发生劫掠行为。在毛泽东的建议下，学校组织学生组成自愿军，拿着木头假枪埋伏在山上，并请附近警察参与，拿着真枪鸣枪呐喊，学生自愿军则放鞭炮示威，举起假枪晃悠，溃军不知道真假，吓得不轻。毛泽东这时候派人去交涉，溃军就都缴械了。当时，同学们给毛泽东起了一个外号，叫毛奇，认为毛泽东是个奇男子。”

怀特问：“这个故事很神奇，可是，这个故事和防止新的攻击，有什么关系？”

“关系大着呢！”诸葛又亮说，“这是毛泽东在运用兵法，《孙子兵法》和《三十六计》，我们可以借鉴。我们刚刚打好了补丁，也可以防止恶意攻击。然而，正如曹欣所说，如果有新的漏洞怎么办？如果有新的攻击怎么办？这就需要我们做两件事：第一件，你们已经做了，向全球用户发布补丁，解释原因，一定要让全球全户都清清楚楚地知道，机器杀人伤人事件，与大道无关，相反，如果没有大道善意程序，会发生更多更可怕的机器杀人伤人事件。第二件，你们晚上再发一个全球通告，就说，请客户放心地使用大道软件，经过这段时间的努力，我们已经开发一种新功能，对于任何攻击，我们都能找到攻击路径，并通过遍布全球的售后网络，找到发动攻击的IP，锁定其地理位置，找到幕后元凶。”

怀特吓了一跳：“先生，你说的第二件，我们做不到，那也太牛了。”

刘教授对怀特说：“怀特，刚刚先生还夸你聪明，怎么现在又笨了，还是中国文化学得不好。先生都说了，这叫兵法。”

刘义问：“先生，那么，既然是虚张声势，他们会相信吗？”

“会，”诸葛又亮说，“有两个原因：一个是，我们确实找到了攻击原因，发布了补丁，有这个真事做铺垫，他们就知道我们的技术水平，不敢小瞧我们，无形中，他们就会以为我们掌握了更高超的技术，这是人的普遍心理。另一个是，他们通过控制张灵动和凌霞等人，污名化大道公司，效果很不错。所以，他们这一局算胜了，也就没有必要接连发动攻击。我们发布这个信息，他们会考虑真假，没有必要再去冒险，担心我们真能顺着IP找到地址，那就得不偿失了。经过这一轮的较量，各有胜负，他们擅长污名化别人，也必然害怕污名化自己，就会消停一下。毕竟，在表面上，他们一直是一家正经公司。”

怀特问：“明白了，所以现在就需要策反了？”

诸葛又亮点点头说：“策反能解决他们利用邪恶科技控制人的问题，也能把魏什么解救出来，为我所用。”

十三

“罗伯斯先生，我想请你看一些东西。”

罗伯斯正在低头苦想的时候，技术副总监蒙巴顿走了进来，晃着手机，似乎有急事。罗伯斯请蒙巴顿坐下："嘿，蒙巴顿，我也正想找你。"

"您先说。"

罗伯斯指了指电脑屏幕："你看看这个。大道公司刚刚辞退了天才少女魏什么。理由是，她试图窃取大道的源代码。你看一下回放。"

蒙巴顿看向屏幕，屏幕上正是从头发丝工程传回来的画面。整个破解、指责、委屈、怒骂的过程，让蒙巴顿看得心惊。他问道："罗伯斯先生，装有头发丝的魏什么，怎么会反过来破解我们的程序？"

罗伯斯轻轻地叹了一声："这是一个老问题了，头发丝工程并不能完全控制人的思维。我早就发现，每当遇到每个人欲望的最强烈的时候，人的本能会战胜外来控制。"

蒙巴顿说："所以，福柯总统遇到翻译就全乱了，魏什么遇到挑战黑客段位的程序也会疯狂试探，凌霞演讲的时候完全变了个人，张灵动非要给他妈妈洗碗。"

罗伯斯恰好一直有这个疑惑，他马上问道："张灵动非要给他妈妈洗碗，这是什么情况？前三个我都能理解，女人、黑客、演讲，都是抑制不住的激情。洗碗，就是一个普通的家务，为什么也不受头发丝工程的控制？"

蒙巴顿笑了笑："您有所不知，这种情况，在中国称为孝道。所以，在那天，无论咱们怎么用头发丝指挥他，他也要帮他妈妈把碗洗了，因为……"

罗伯斯打断了蒙巴顿的话："不用说了，你这么一说，我知道原因了。中国人的许多习俗礼仪，一开始会让我们觉得不可思议，回头一想觉得很可敬。”

蒙巴顿又晃了晃手机：“我们的情报反馈，怀特去中国的时间并不长，但几乎接受了中国一切，不再是我所认识的怀特。”

罗伯斯恨恨地咬牙：“怀特！那个背叛我们的怀特！你再细看一下魏什么破解木马程序的过程，分析一下怀特为什么要那么做。”

蒙巴顿再次回放，屏幕上是一个操作界面截图，定格在一串代码上。蒙巴顿一行一行看完，说道：“魏什么果然是天才，怀特利用了魏什么的天分，又在关键时候对魏什么进行了人格上的侮辱。”

“魏什么的这些操作，与窃取源代码有关吗？”

“没有任何关系。”

罗伯斯大怒：“那他为什么怀特要陷害魏什么窃取源代码？这事做得太混蛋了！这个怀特，仅仅是因为嫉妒，就使用手段把魏什么排挤出了大道公司，坏了我们的计划！”

蒙巴顿说：“看来，破解木马主要是魏什么的功劳。现在看来，如果魏什么留在大道公司，不由我们控制，看到木马就想破解，就会成为我们的敌人。还有另外一件事，技术部不知道该怎么办，所以请示您。”

“什么事？”

蒙巴顿把手机放到桌子上，按下投射指令，办公室对面的大屏上，出现了大道公司的最新公告。蒙巴顿问道：“他们公开宣称可以找到攻击地址。那么，我们还要继续对善意程序进行攻击吗？”

罗伯斯凝视着屏幕，半天说不出一句话，然后缓缓地说：“在攻击善意程序方面，还是先休战吧，不可以把战火引到风格公司。大道公司恢复了一部分声誉，也无济于事。我们伟大的头发丝工程，正让他们失去更多，现在，人们一定分为两派，一派会支持我们，另一派会认为是大道公司在洗脑，这要感谢诸葛又亮提出的情感体验这个新名词。”

蒙巴顿说：“好，那我们不冒险，不再攻击善意程序了。”

说完，蒙巴顿转身要走。

罗伯斯提高声音说：“蒙巴顿，你觉得，把这个可怜的魏什么吸收到风格公司，是不是上帝的安排？”

“我很喜欢她，而且她一定很恨大道公司。”

“她马上就要硕士研究生毕业了，”罗伯斯说，“对她监控也没有意义了，先撤掉对她的监控，让她好好搞完毕业论文答辩，近几天给她发个函，请她加入风格公司。”

天气酷热起来，要不是必须待在空调房里，怀特都想出去跑两圈。自参加工作以来，怀特第一次遇到让自己发愁的事。策反这种事情，他始终觉得，对于一个A国教育背景下的自己，是一种高难度的活儿，比编程复杂一百倍。尽管诸葛又亮说得已经很详细，可回到自己座位上后，左想右想，他还是无从下手。

梁达然接到了诸葛又亮电话：“你应该和怀特聊聊，注意，要面谈。”

挂了电话，梁达然看了看自己的独立办公室，想了想，决定把怀特请到这里谈。怀特也是部门总监，但怀特拒绝拥有独立办公室，编程是苦活，在工作的时候，怀特喜欢来点互动，吃点美食，聊个笑话，要不然容易把自己变成智能人工，而不是人工智能。

梁达然给怀特打通了电话："怀特，到我办公室聊聊吧。我这边安静。"

挂了电话，怀特一路小跑，来到了梁达然的办公室。

怀特刚进门，梁达然就请怀特坐好，给他冲了一杯茶："这是绿茶，清心养神。先生给我打电话，让我和你谈谈，他说你有烦恼需要解决。"

"是啊，是啊！先生太欺负我了，先是让我失恋，然后扔给我一个大麻烦，他其实早就算到了。"怀特摸了一下紫砂茶杯，手被烫了一下，急忙缩回了手，"策反的事，实在太难，我需要你帮帮我。"

梁达然说："好，说简单点就是，你们那个地方的文化，这几百年，就是围绕着钱来转，围绕着利来转，这真的不是什么好事。有那么几十年，我们也跟你们一样，围着钱转，围着利转，吃了不少亏，丢了我们自己的不少好东西。如果不是我们的文化很深厚，我们差一点就上当了。

就在前些年，在令人记忆深刻的2020年，中国发生了新型冠状病毒肺炎疫情，当时，最好的防控方式就是，都待在家里，不要出门，更不要聚集。结果就是，万城空巷，满大街也找不见几个人，人们都躲在家里，尽量远离疫区。在关键时刻，一批又一批被称为最美逆行者的队伍产生了，他们就是来自全国各地的医护人员，那一刻，全国人民、全世界人民，都见证了什么是真正的白衣天使。增援湖北、增援武汉的号召下达后，许多医护人员抢着报名。医院就从医术精湛业务精良的党员里面选，有的医护人员不是党员，就把入党申请书和报名表一齐交上去，主动请战，向着最危险的地方去。因为救治患者，很多名医护人员不幸感染，其中一些人失去了他们宝贵的生命，我们称之为牺牲，追之为烈士。怀特，你想一想，是一种什么力量在推动着他们？”

怀特想了想说：“是责任？是道义？”

梁达然说：“你说得没错，但更多的是信仰，是人类对美好事物的追求的信仰。信仰的力量，是可以超越一切的，包括内心里的那个小我。”

怀特问：“你的意思是，我在策反的时候，应该给他们传达一种信仰？”

梁达然说：“对！我们的地下党，和所谓的间谍的最大的、最本质的区别是什么？要不，你先猜猜看？”

怀特摇了摇头：“我觉得地下党就是间谍。”

“不不不，”梁达然的头摇得更厉害了，“比如说，一个间谍，要让对方提供情报，要让对方投靠自己，会使用什么方法？通常的方法也就三种：一是利诱，励志大师卡耐基说过，人这一辈子，百分之七八十的烦恼与金钱有关。二是色诱，美女或帅哥一出现，人类的本能一浪跟着一浪，难以阻挡。三是美好的前程，从此走上人生巅峰。就是利用这样一些利益和欲望方面的东西，来实现交换。”

怀特点点头：“是啊，没错，要不然，对方为什么会答应？”

梁达然非常严肃地说：“这就是我要说的核心问题。我们不用那种方法，我们在历史上，也从来不用金钱、美女和帅哥，但会用到美好的前程。不同的是，我们的前程，指的不是个人的前程，或者说，个人的前程不是没有，但我们说的是大众的前程，社会的前程，人类的前程。”

怀特表示怀疑：“这么虚的东西，能成功吗？”

梁达然说：“成功率非常高。怀特，请相信人性最初的善意。人的心底既有善念，也有恶念，全看你怎么激发。坚持激发善念，恶念就会消失。坚持激发恶念，会引来恶念。所以，我们发现，善念才是人性中的正常追求。我相信，风格公司的工程师们，此刻，就是被恶念蒙蔽了，你的策反，不需要拿出更高的工资、更美的女人、更好的前程，只需要激发他们的善念，就可以完成。”

怀特想了想，露出笑容：“我明白了，我要以人类美好未来的善念来和他们交流，要相信，善念都根植于内心，要勇敢地埋葬人性中的恶，激发善良，尊重生命。”

梁达然拍了拍怀特的肩膀：“中文学得真不错！大概就是这个方向，具体细节你好好琢磨琢磨。一定要注意安全。罗伯斯要是知道了，一定会把你变成智能奴隶。”

“老东西！”怀特想起罗伯斯曾派人追杀自己，骂了一句。“提起这个名字我就生气，反而知道怎么样去策反了。”

十四

早些时候，怀特的中国户籍和中国护照都申领下来了，怀特还取了一个中国名字“张怀德”，这是怀特自己取的，本来要用张怀特，就是身怀特技的意思，怀特想了想，怀特不如不怀德好，身怀特技，不如身怀美德好，只有特技，没有美德，反而容易成为祸害。另外，取名张怀特，坐个飞机，过境检查，容易被神秘组织遍布全球的网络发现，惊动了罗伯斯这个仇人。

对于怀特搞策反的事，梁达然总是有些不放心，就和诸葛又亮说，也想和怀特一起去。诸葛又亮摆摆手说，绝对不可以。大道公司的每一个高层的每一个举动，罗伯斯一定会知道，行程、住宿，没有一样可以隐瞒。诸葛又亮建议，这几天，所有的人反而要正常上下班，这样罗伯斯从表面上就发现不了什么。

末了，诸葛又亮告诉梁达然："怀特在大道公司熏染这么长时间，要相信怀特。"

在飞机上，怀特一改习惯，以往，十小时的航程，他会选择睡觉。长时间编程的工作，让怀特对飞机靠背上的电子屏幕比较反感，从来不开。这次，怀特也想睡觉，但全无睡意，他安静假寐，内心忐忑，思绪翻动。

怀特把风格公司所有工程师分析了一圈，他感觉，重点策反的人，应该是蒙巴顿。

怀特把认识蒙巴顿以来的所有往事，都努力回忆了一次。想当初，蒙巴顿和自己一起入职风格公司，如果不是自己无意间进了暗网，发现了不该发现的并愤然离职，有可能技术部副总监这个职务就不是归蒙巴顿，而是归自己。回想和蒙巴顿一起工作的日子，怀特觉得蒙巴顿和自己私交不错，只是思维更单一，更像一个纯粹的技术主义者。蒙巴顿不像爱因斯坦那样，对人文社科有着许多思考，常常忧虑五十年一百年后的人类怎么生存。也不像霍金那样，对外太空和人工智能表示怀疑，还警告人类，遇到外星生命发来的信息，千万不要回复，生怕这些东西反过来控制人类。蒙巴顿是这样一种人：只要告诉他，咱们开发一种什么什么东西吧，这东西能造福人类，他脑子不拐弯，就会觉得，嗯，这确实是造福人类……想着想着，怀特慢慢有了思路。

下了飞机，住进酒店，放下行李，怀特先到附近申请了一个手机号。现在是早上八点四十，怀特知道这时候打电话比较妥当，无论是否加班，这个点蒙巴顿一定是一个人，或者一个人在上班途中，或者一个人在补觉。

电话打通了，蒙巴顿果然在睡觉。看到这个陌生电话，他迟疑了一下接了起来。怀特一开口就说："蒙巴顿，我是怀特，我要和你谈一件绝密的事。"本来迷迷糊糊的蒙巴顿，霎时清醒，如同刚睁开眼睛要打哈欠，突然发现床边立着一个黑影一样。

"怀特！"蒙巴顿惊叫了起来，"我很想你，罗伯斯先生也很想你。"

怀特马上叫了一声："不不不！我知道你们恨我，但你很快就会不恨了。我接下来要跟你说的事千万不能让罗伯斯知道，也不能让任何人知道。"

"什么事这么可怕？"蒙巴顿问道："你到了A国情报局工作？"

"比那个更高级，我说我要拯救地球，你信吗？"

“这个听起来比较靠谱，A 国情报局可不行，他们老给地球添乱。”蒙巴顿笑了，“你在哪儿？”

“我在未来星酒店，正在一楼吃早餐，一个小时后，我在 312 等你，你不要让人们以为你要去楼上的客房，你要假装是进来吃早餐。”

“我本来也要吃早餐，吃完我上去找你。”

快十点的时候，蒙巴顿敲门，怀特一步飞了过去，开了门，请蒙巴顿进来，并不说话，直接打开自己的笔记本电脑，找到视频，调低声音，投射到半空中。怀特轻轻说了一声：“这个视频的名称是《张灵动在医院》。”

由于张灵动和凌霞发狂的视频，早已在网上广为流传，这次，怀特投射的全都是发狂住院之后的视频，这个视频是诸葛又亮安排人悄悄录下的。诸葛又亮对刘义说，这就是入股医院的又一个好处。至于入股医院的终极好处，不久以后，在和风格公司真正斗法的时候就会显现出来。

蒙巴顿有点蒙，没想到怀特一见面，不吭气，直接就开视频。其实，这是怀特在飞机上想出来的办法，自己的口才不行，说千道万，还不如先打开视频把蒙巴顿震慑一下。同时，自己也在看视频的时候，找找感觉，就会说话了。

视频中，张灵动的病房，灯光白亮，张灵动穿着病号服，面容显得更加苍白，双目失神，不停地重复着“大道，情感体验”。一个护士正给张灵动打安定针，张灵动并不暴躁，乖乖地配合她。张灵动的父母都在床边坐着，老两口花白的头发凌乱不堪，满脸苍老灰暗。张灵动的新婚妻子站在床边，心疼地看着丈夫，不知所措。一针过后，张灵动依然喃喃地说着“大道，情感体验”，而后慢慢进入睡眠。

张灵动睡着后，他妻子再也忍不住了，眼泪又一次涌了出来。她摸着微微隆起的肚子，哭道：“爸，妈，不行咱就转院吧，转到北京或上海看看。”

一句话说得张灵动的妈妈也哭了起来，不知道该说什么，看着张灵动的爸爸。张灵动的爸爸说：“怎么会摊上个这病，奇奇怪怪的，简直是中邪了。”

张灵动的妈妈说：“唉，要真是中邪了就好了，过几天邪气散了，也就好了。现在这样可怎么办啊。”

画面到这儿就卡了，蒙巴顿刚想说什么，怀特做了一个“嘘”的动作，又轻轻说了一声：“还有一个视频，是《凌霞在医院》”。

投射切换，出现了另一所医院的场景。这个视频先从外景拍起，镜头闪过人群，看表情都不怎么正常。镜头越过几个男性，聚焦在身穿病号服的凌霞的身上，凌霞目光呆滞，但表情夸张，似乎在寻找着什么。不一会儿，她寻找到一处花池子，花池子边上的水泥台面，有六十公分高，三十公分宽，她小跑几步，跳了上去，站稳了，环视大家，扯开嗓子大喊道：“各位朋友，各位同仁，来来来，都过来，听一听上帝爱大家的声音。”

穿着病号服的人群听见了，有一部分人不为所动，他们觉得自己不比上帝差，没有必要听上帝的声音。有一部分人走了过来，因为他们听见了“上帝”这个词。许多人之所以来到了这里，都是因为他们对命运或者上帝不太满意，实在想不开。这会儿，一下子听到上帝要爱自己，内心被触动了。

凌霞接着说："上帝通过什么爱大家呢？上帝给大家一个能体验美好情感的公司，所有的公司都惟利是图，只有大道公司不一样。上帝通过大道来爱大家，通过大道的产品来爱大家……"

大家听了一会儿，只觉得无聊，虚声四起之后，都走开了。

站在水泥台上的凌霞，看着纷纷离去的人们，哭了起来。

镜头闪到医生办公室，一对中年男女，眼神卑怯，风霜染鬓，大热天，男人穿着一个夹克，女人穿着碎花衬衣，两人的衣服都皱皱巴巴的。怀特解释道，两人先是在医院附近的小旅馆住了几天，钱不多了，就住在楼道里，一直穿着衣服睡觉，所以衣服才是那个样子的。这两天好多了，大道公司知道这事以后，把他们安顿到了大道酒店里。

男人拎着一个纸箱子，放在了办公桌上，女人软软地坐在椅子上，带着哭腔说："大夫，麻烦你救救我们霞霞吧。"

看那样子，女人浑身没有力气，说一句话的中间，还得喘一喘，歇一歇。在女人说话的时候，男人从纸箱子里掏出一些老家的土特产，有奇形怪状的馍，上面点着红色圆点，还有一把粉条，粗细不均，看样子是自制的。

男人说："这都是俺们自己做的，味道挺好，也没有搅和什么不好的东西。对了，这东西不值钱，你也不会犯错误。苹果还没有下来，我们那里的苹果很好吃。"

医生有点不好意思，笑着说："凌霞的病情还算稳定，以前也没有病史，住一段时间，应该可以康复，她不会有事的。放心吧，不会有事的。”

男人问：“还没有找到病因？”

医生说：“病因还没有找到，但可以肯定的是，脑子里面没有问题。可能是突然受到了某种刺激。所以我考虑，应激性的病情，康复的可能性还是比较大的。”

中年夫妻听了这话，表情稍微舒缓了点。就在要离开医生办公室的时候，女人突然大哭了起来：“大夫，我们就这一个女儿啊！全家人抠着钱花，把她供养着上了大学，你们一定要救救她！”

医生正好也追了出来，抱着那个箱子：“馍馍你们留着吃，你们出门在外，每一天都有花销。粉条我留下了，我知道，不留下点东西，你们心里不踏实。”

接过自己的纸箱子，男人黝黑的脸上，也滑下了两行泪水，像脏乎乎的玻璃上流下两道水印。

看完视频，蒙巴顿陷入了思索。怀特也陷入了思索。他想起诸葛又亮说的话，对于聪明人，不要急于劝说什么，先等他自己思考，往往有更好的效果。这些策反方法，都是临上飞机的时候，诸葛又亮再三叮嘱的。诸葛又亮觉得，怀特精通编程，智慧过人，但在经世谋略上，无暇顾及也不想顾及，大概就是所谓的那种单线超人。

诸葛又亮告诉怀特四个字：实事求是。也就是摆事实、讲道理。实事求是，在新启示和智慧中，占有相当重要的位置。只讲道理是不行的，讲再多的道理，也得先有事实，在有事实的基础上，再讲道理，则水到渠成。空讲道理，最终，得到的还是一场空。就比如那些所谓的成功学，虚构业绩，虚张声势，虚头巴脑，气氛神秘到和策划诺曼底登陆似的，现场工作人员故意搞得像仪仗队，全靠那股劲儿骗钱。别人没成功，他自己先成功了，只卖票的钱就有几千万。然而，在沙漠里，盖再高的大厦，也会塌下来，没有收入，只有投入，再傻的人，也有回过神来的那一天。

诸葛又亮讲过两个“实事求是”的故事。

第一个还是长征的故事，在红军刚开始长征的时候，各路军阀广布谣言，各种丑化，把中国共产党和红军污蔑得比土匪还可怕，结果可想而知，红军路过这些地方时，也受到过误解，还出现过摩擦。正所谓真金不怕火炼，军阀们没有想到，这支部队有强大的纪律，“不拿群众一针一线”，所到之处，秋毫无犯。加上红军善于召开群众大会，搞文艺汇演，宣传自己的革命理想。不久以后，沿途群众发现，这支部队，和平时欺压自己的那些人不一样，由惧怕变为好奇，由好奇转为信任。信任之后，不仅不排斥，还有大量群众积极参军，在贵州北部，红军就扩充了三千人。在四川西部，彝族还组织了一支“中国彝民红军沽鸡支队”，随红军出征。在飞渡大渡河时，当地群众组成船工队伍，在枪林弹雨中帮助红军渡河。过草地爬雪山的时候，藏族群众给红军当向导员，还筹集粮草。所以，毛泽东是这样说长征的：“长征是宣言书，长征是宣传队，长征是播种机。”

诸葛又亮讲得比较细，讲了很长很长，听到一多半的时候，怀特听懂了。风格公司采用各种手段，把大道说得就和土匪一样，又是侵犯国家安全，又是侵犯个人隐私，还通过邪恶科技，毁掉别人的人生，制造癫狂事件，嫁祸给大道，这和当年红军遇到的情况，何其相似啊！大道公司应该怎么做？应该和红军一样，坚决不做伤害消费者的事，坚决不做伤害任何国家利益的事，先把事情做好了，同时通过宣传，产生扩散效应，时间一长，肯定能改变被动局面。

和红军所面对的局面不同的是，那时候没有高科技，群众用眼睛看到的，都是真实的。诸葛又亮说，可恶的是，在高科技时代，消费者看到的东西，也可能是虚拟的，消费者坚信的东西，有可能是骗局，人工智能时代，高科技是最好的编剧、导演和演员。

那么，在高科技时代，怎么办？这个办法，还是从故事中来。

诸葛又亮接着讲红军的故事：

红军到达陕北后，张学良被任命为西北“剿匪”副总司令，蒋介石自任总司令。张学良本来率领的是东北军，“九·一八”事变以后，迁到西北地区，变成了西北军。按照命令，张学良和红军打了三仗，第一仗，两个团被歼灭，连师长、团长都有伤亡。一个月后，又打一仗，一个师和一个团被全歼，团长被俘。又快一个月后，张学良派出了最精锐的第一零九师，结果，六千多名东北军精英被俘，师长自杀。自此，张学良不敢轻敌，更不愿意再与同胞作战，在这种情况下，他与中国共产党开始秘密谈判，促成了著名的“西安事变”。

在那个时代，停止战争的，是胜仗。

所以，在高科技时代，必须要戳穿对方的障眼法，能戳穿科技的，只有科技。

第二个故事是延安的故事，是关于“谁敢横刀立马，惟我彭大将军”的彭德怀的故事。有一次，彭德怀检阅部队。当时正是寒风凛冽的严冬，彭总大声问道：“同志们，冷不冷？”战士们齐声回答：“不冷！”彭德怀这时不满意地说：“我穿大衣都感到冷，你们就穿一身棉衣，怎会不冷呢？应该说，天是冷一些，但我们是革命战士，虽然身上冷一些，但我们的心是热的，我们能够克服一切困难，我们为人民吃点苦是光荣的！”

诸葛又亮说，冷就是冷，不冷就是不冷，实实在在的，彼此就是亲如一家。这就是实事求是，将心比心，如果不是这些点滴，这些细节，红军怎么可能上下一条心？怎么可能建立军民鱼水情？

怀特听懂了，所谓实事求是，说到底就是不胡扯，经得起调查研究。胡扯的东西，哄得了一时，骗不了多久。对大众来讲，到底是谁控制了张灵动和凌霞等人，不得而知，大多怀疑是大道公司搞的——如果不是大道公司搞的，那些神经了的人，为什么一直夸大道公司？为什么一直念叨情感体验？

对蒙巴顿来说，他清楚地知道，张灵动和凌霞等人的遭遇，是风格公司的杰作。那种悲惨的遭遇，给亲人带来的痛苦，绝不仅仅是一个人发狂那么简单。

之前，蒙巴顿也看过张灵动和凌霞发狂的视频，网上流传很广，现在，最让怀特好奇的是，看过之前视频之后，他们是什么样的心情？他们为什么不为所动？怀特再一次想起“摸清敌人脾气”的话，他决定，自己先不表态，看看蒙巴顿之前是怎么想的。

“嘿，哥们，”怀特说，“这些视频，是你第一次看到吧？”

“是的，单纯从内容上看，很震撼，我很不平静。”

“这话是什么意思？”

“关于头发丝工程，罗伯斯先生有两个假设，第一，这些人本来就不该存在。如果他们不存在了，也就没有什么悲欢了。第二，如果这些人按照他们自己的模式生活，也许能生活在快乐之中，但对整个社会没什么意义，更超出了地球的承载能力。”

“我还是听不懂你在说什么！”怀特有点急躁，他提醒自己，要安静，要冷静，于是放缓语速说，“现在，没有如果，他们依然存在着。这是活生生的现实，他们生活在巨大的悲伤和痛苦之中，蒙巴顿，你居然只是感到震撼？我真的听不懂你给我讲的罗伯斯的理论。”

蒙巴顿这才接上怀特的话：“罗伯斯先生说，这只是一种迫不得已的方法，就像我们为了打赢战争，总要有士兵牺牲。为了研究某些重大的科学成果，有可能有人会受到辐射，也有中了毒的。再者，怀特，他们的悲伤和痛苦只是暂时的。”

听完这句话，怀特就像就是抓住了救命稻草，他激动地盯着蒙马顿：“暂时的？我的老朋友，请告诉我，为什么他们的悲伤和痛苦是暂时的？”

“反正他们终有一死。”

这时，蒙巴顿意识到自己失言了，忙低下头，陷入了沉默。怀特知道，这个方向是不能强攻的，他想了想，又绕回到上一个话题：“在我离开风格公司后，事实上，也只有在离开风格公司后，我才想到，罗伯斯先生的话漏洞百出，他经常说一些看似非常有道理的谎言。比如你刚才说的，如果这些人本来就不该存在，也就没有什么悲欢了，这句话，也适用于罗伯斯，适用于所有人，是一句有道理的谎言。”

蒙巴顿慢慢抬起了头：“那下一句呢？”

怀特说：“下一句也同样是有道理的谎言，任何人按照自己的模式生活，当然可以生活在快乐之中。毫无疑问，这句话也适用于任何人。但罗伯斯弄错了前提，谁来规定每个人的生活方式？他的错误在于，他认为某些人和另外一些人是不一样的，这一批人可以规定另外一批人的生活方式，他们的思维中，没有人民或者民众这些字眼。所以，我都可以想象，在我离开的这几年里，罗伯斯先生给你们描绘了一个什么样的美好未来。”

蒙巴顿表示怀疑，说道：“你说说看。”

怀特说：“他应该会说，每个人、每个民族，都有属于自己的气质类型和生存方式，甚至适不适合生存在这个地球上的问题。根据这个调调，他对未来进行了最美好的规划，对不对？他对人类全部进行了切割和分类，对不对？”

“差不多吧，”蒙巴顿说，“我想了想，如果真的实现了，确实挺美好的。”

“谁的美好？”

“整个世界。”

“整个世界告诉过你？”

“没有。”

“能确定过上美好生活的，到底都有谁？”

“嗯……”蒙巴顿停顿了一下，“应该是，这个组织的人，以及组织认可的人，我们。罗伯斯和我，还有我们周围的人。”

“混账东西！凭什么由他们来认可？”怀特终于忍不住骂了起来，“这和当初欧洲人刚踏上美洲时候的梦想，简直是一模一样的，赶走印第安人，占有土地和资源，把非洲人和亚洲人买过来做奴工。天哪，这太不可思议了，这太恐怖了，这是名副其实的恐怖组织！”

蒙巴顿想了想说：“是有点像。”

怀特说：“蒙巴顿，我可以很清楚地告诉你，这是实现不了的，因为这是邪恶的梦想，和上帝说的不一样，和《联合国宪章》不一样，和A国宪法说的也不一样，和东西方任何一个国家的立国精神也不一样，是不可能实现的。”

蒙巴顿的语气明显弱了下来，很明显，他在做着挣扎：“我最近才知道，组织有多么庞大。组织拥有一千五百万以上的信徒，以及无法得知具体数量的外围组织……”

怀特知道，自己应该加大声势了。他大声说：“这又能说明什么？这得主要看你在做什么事情，二十世纪三十年代，有人曾煽动整个德国和日本，让几千万相信他们的鬼话就是梦想，可结果呢！”

这点历史常识，蒙巴顿还是知道的。他站起来，走到窗前，看楼下来来往往的人，肤色各异，神采飞扬，许多时候，蒙巴顿无法确知他们来自哪个地区、属于哪个民族。

怀特走过去说：“我们不能用自己擅长的内容来确认自己是优秀的，不能认为自己看得惯的东西就是美丽的，这个世界上，并不是只有金发碧眼才好看，也不是只有黑头发黑眼睛才好看，并不是懂得高科技才高贵，也并不是只知道擦鞋就低贱。事实上，每个人的缺点和优点一样大，自己却看不到。”

蒙巴顿几乎失语，他又思考了一阵，自语道：“《圣经》上说：‘为什么看到你弟兄眼中有刺，却不想自己眼中有梁木呢？’”

怀特说：“《圣经》上还说：‘因为上帝差他的儿子降世，不是要定世人的罪，乃是要叫世人因他得救。’”

“我们能救谁？”

“至少，目前能救那些痛苦不堪的家庭，你刚刚亲眼看到的。”

“上帝不定我们的罪，但我们有罪，我就该赎罪。”

“是啊，这还用问上帝吗？如果罗伯斯敢在视频中承认，头发丝工程是他主导的，全世界就会知道谁是罪人。这都是你们种下的罪，除了你们，也没有人能够赎罪。”怀特说，“蒙巴顿，你将是第一个赎罪的人，这种特别的赎罪，需要特别的能力。在当今世界，有几个人，能在人工智能和生物工程的最前沿，架起了一座桥？这座桥既可以毁人，也可以救人。”

蒙巴顿又沉默了，比前几次更彻底的沉默。

怀特笑了：“你不用担心，我们有一套完整的计划，既可以救别人，也可以保护你，还可以确确实实让这个世界变得越来越美好。”

十五

根据诸葛又亮的计划，策反，不是挖人，目前还不到挖人的时候。最好的办法，是策反蒙巴顿之后，让蒙巴顿和魏什么都留在风格公司，看看罗伯斯还会研究什么，假装齐心协力地帮他，其实早就备好了刀，犹如一个武林高手，微笑着弯腰低头，暗箭从背上射出，在关键时候杀罗伯斯一个措手不及。

从常识上来讲，要想实现罗伯斯的真正目的，就必须结合武器装备、人工智能和生物工程这三种东西，需要苍蝇式无痕杀人机，头发丝工程也必不可少。如果蒙巴顿离开，他们可能另行研究，出现这种情况下，大道公司会陷入被动。蒙巴顿和魏什么潜伏在风格公司，以后风格公司的一举一动，都在掌握之中，而且蒙巴顿作为技术部的副总监，可以延缓风格公司的计划实施，给大道公司赢得充分的应战时间。

“解铃还须系铃人。”果如诸葛又亮所料，蒙巴顿知道破解头发丝工程的方法。

怀特告诉蒙巴顿，大道公司的计划分两步：第一步，请蒙巴顿说出头发丝工程的生物学原理，由怀特等人制造破解工具，对所有发狂的病人进行扫描拯救，先进行解控，实现情绪和智力还原，然后宣布，这是人为侵害，侵害人和侵害原因不明。这一招要把握火候，只能宣布发现侵害，而不能宣布发现被什么侵害了及侵害原理，否则，风格公司可能另行研究更高端的控制方案。第二步，让蒙巴顿和魏什么在头发丝工程的基础上，把这项工程暗暗升级变轨，反其道而行之，用于治疗抑郁症、妄想症等精神类疾病，改变其功能方向，让其造福人类。

怀特说：“为确保安全，也确保获得罗伯斯的信任，大道公司不派任何人和魏什么进行接触。等魏什么来到风格公司，这一切，都请你来告诉她。在确保安全的情况下，你亲口告诉她。我给你们一人留下一部中国注册的手机，用于以后你俩的单线联系，也是大道公司联系你们的惟一渠道。”

蒙巴顿表示惊讶：“中国人想问题，都是如此神秘和周到吗？”

“这个以后再慢慢告诉你，我们有一个军师。”怀特抓着蒙巴顿的胳膊，眼含乞求，“你一定要保证魏什么的安全！拜托了！！”

“你为什么这么在乎魏什么？”

“她是个好姑娘，也非常聪明。”

“你爱上了她？”

“对，但是她还不知道。”

“没事的，这个由我来告诉她。”

下定决心后，蒙巴顿告诉了怀特破解方法：只需要在思维频次扫描仪上加装一个设备，就可以扫描到思维频次变化的原因，也就能找到那三根头发丝的工作路径，那三根头发丝，一根负责输入，一根负责输出，另一根负责校正信息。只需把工作路径切断即可。不过，要假装没有发现头发丝，以免引起罗伯斯的怀疑。

听完蒙巴顿的原理分析，怀特十分震惊。他心想，这个原理一说出来，我也很懂，难道这就是人与人的差别？看来，人与人之间的差别，并不在于能不能建一座通天塔，而在于建了通天塔之后要做什么。

回程的飞机上，怀特睡得挺沉，毛毯盖在身上，一觉醒来，就和没有动过一样。

早晨七点，飞机落地。刚开手机，梁达然的电话就打了进来。

到了接机口，怀特远远望见两个身影，他有点不敢相信自己的眼睛，再走近，他发现真的是梁达然和诸葛又亮！诸葛又亮遇事，总是悠然处之，不会为谁动怒，不会为谁激动，为什么要一大早大老远跑出来接自己？诸葛又亮亲自接机，这在大道公司是闻所未闻的事情。在平时，诸葛又亮给人一种餐风饮露的感觉，不着烟尘，来去自如。进入大道以后，怀特慢慢清楚，诸葛又亮在大道的地位，是董事长刘义惟一非常恭敬的人，后来又听说，在刘义陷入家族纠纷、走投无路的时候，是诸葛又亮给刘义指路，与对方和解，并大力改制，创立了大道公司。

他们坐上汽车，诸葛又亮和怀特都坐在后座，一左一右。怀特还没有张口，梁达然说："怀特，先生要在第一时间和你面谈，你知道了破解方法，那么，在思维频次扫描仪上加装设备，难度大吗？"

怀特说："根据蒙巴特提供的原理，很快就能做出来，两天之内。先生为什么这么急，在第一时间就要问我？"

诸葛又亮轻轻说了四个字："天下苍生。"

这四个字一出口，汽车里一下子安静了下来。梁达然盯着前面的汽车长龙，缓缓地开着车，假装没有在意这四个字。诸葛又亮和怀特各自看向窗外。汽车行驶在城市快速道上，远望路过的每一条街道，密密麻麻，红红绿绿，都是行色匆匆的上班族，他们在红灯路口停下来，待变成绿灯，马上向对面拥去。

梁达然定一定神，说道："事不宜迟，我的建议是，回去之后，所有人马上加班加点，全力制造加装版的思维频次扫描仪。"

怀特说："我也是这样想的，所以只用两天，蒙巴顿说，病人的发狂状态不解除，时间长了，会导致脑死亡。好在，我现在知道了原理，相信我们的工程师团队和精密仪器制作团队可以很快做出来。”

诸葛又亮问怀特：“确定没有问题吧？”

怀特说：“确定，就是一加一等于二的事。”

诸葛又亮说：“在全国范围内搜寻，把所有发狂的病人统计一下，大约有多少个？”

梁达然说：“目前知道的是八个，新区这边就有两个，张灵动和凌霞。”

诸葛又亮说：“那就想办法和所有病人家属取得联系，向他们发出信息，告诉他们大道医院可以医治这些病人，三天保证治好，而且分文不取，请他们尽快住院。”

梁达然说：“我计划全程录像。”

诸葛又亮点点头：“正合我意。”

家属收到消息后，张灵动和凌霞在当天上午就被转到了大道医院。大道医院专门腾出来八间病房，张灵动和凌霞住在隔壁。到第二天下午，其他地方的六个病人也都陆续入院，三男三女，都是白领，年龄在二十岁到三十岁之间。梁达然心想，风格公司真邪门，残害好人，掐下花朵，选的是开得正艳最好看的那几枝，还男女对半，只是为了传播效果，何其阴毒。

第三天凌晨，天刚放亮，梁达然被一阵电话铃声吵醒，一看是怀特的，便接起电话，得知是加装版的思维频次扫描仪制作成功，可以用作临床。挂了电话，一看时间才五点多，看来怀特两天两夜没怎么睡。

快八点的时候，梁达然见到了怀特，怀特早就把仪器拉过去了，正在大道医院等他。梁达然真佩服怀特这样的人，熬了一夜，丝毫没有倦意，和他打招呼的时候，精神抖擞，满脸欢乐，就如同刚看完一场喜剧电影。仪器装在普通纸箱子里，外面写着“医用口罩”四个字。在工人们抬着仪器往扫描室走的时候，怀特悄悄趴在梁达然耳朵边说：“按照先生的意思，做这个东西挺费劲，编程比较麻烦，既要发现异常波动，找到非人脑思维，确认是被控制，还不能触动那三根头发丝，也就是说，不能探寻怎么控制，被谁控制。”

梁达然点点头：“目的是不让罗伯斯怀疑，保护蒙巴顿和魏什么。”

“主要是保护蒙巴顿。”

“别装了，你更担心魏什么吧。蒙巴顿要是完了，魏什么也好过不了。”

“同样担心。”怀特坦然承认，又问道，“你的摄像团队呢？”

“他们马上到，整个过程都要录下来，要让人们一看就明白我们没有发现幕后主使，只是想办法治好了病。这叫作揣着明白装糊涂。”

仪器装好了，摄像团队也准备好了，专家组决定，先对凌霞进行治疗，凌霞的躁狂程度最为严重，躁狂视频也传播得最广泛。两个护士推着凌霞走了进来，凌霞被注射了镇定剂，面容苍白，呼吸均匀，紧闭双眼，塞了耳塞，她父母紧紧地跟着担架车，车进扫描室的时候，他俩被挡在了外面，依然是一脸惶恐，黝黑的皮肤愈加灰暗。

扫描开始，显示器上，有两种波动同时出现，思维频次呈双波状态，却无吻合之意。

在扫描室门口，面对着摄像机，一个五十多岁的脑科专家摘掉了口罩，手里拿着一张打印好的思维频次图，另一部摄像机马上来了一个特写。

脑科专家说：“这款思维频次扫描仪，是我们研发的最新产品。从这张思维频次图上，我们看到，病人同时呈现两种思维状态，稍懂医学的人都知道，这是不符合常识的。我们会诊后发现，有一些神秘的思维传导。”

记者问道：“什么是神秘的思维传导？”

脑科专家说：“通俗地讲，就是病人的思维不由自己了，来源于外界，也就是传说中的远程控制。”

记者问道：“能知道这种传导原理吗？”

脑科专家摇着头说：“按我们目前的医学水平，无法找到传导方法，而且这也不单纯是医学问题，因此更不可能发现传导原理。我还是用简单的话来概括吧，我们只能看到清晰的思维传导，这样的传导线，一共有三股，无法确定来源，也无法确定通过什么方法进行传导。”

记者问道：“那他们能康复吗？”

脑科专家说：“能！我们所能做到的，是阻断这种传导，恢复正常思维，病人在术后观察二十四小时就可以出院。”

专家刚讲完，在另一台摄像机的镜头里，凌霞的妈妈浑身一软，趴在了丈夫的肩膀上，剧烈地抽泣起来，一次一次地说着：“霞霞有救了……”

一天后，凌霞和张灵动等八个人先后醒了过来。

对发狂之后的一切，他们并没有清晰的记忆，而且记忆方式还有差别。凌霞以为是一场梦境，从在广场演讲开始，她不相信确有其事。她醒过来时，已是上午十点多，阳光斜照，她看看病房，再看看自己身上的病号服，露出难以置信的表情。在她爸爸妈妈的一再提醒下，她才模模糊糊地想起来一些，但坚决不相信那是真的，因为所有具体的场景，她全都忘记了，除了自己在演讲，以及台下的欢呼场面，她觉得，就是做了一场梦，自己的梦想就是高台演讲，千人追随，万人信服。

比起凌霞，张灵动对某一段记忆有印象，在家里拿粗碗、坐木凳、穿旧衣服，这些都记得，之后的事情都忘记了。就是家里那些记忆，也让张灵动非常痛苦，非常恼火，尤其是想起爸爸妈妈和妻子受到的惊吓，心里更是难受。

怀特和梁达然都不便露面，脑科专家在现场负责给康复者解释。张灵动的业余爱好是科学，他更能听懂是怎么回事，听到一半的时候，他开始咒骂：“下三滥的科技！没有一点人性！不配叫人，猪狗不如！”

所有发狂者的康复情况，梁达然都通知团队录了像。他计划像上次一样，做成精彩而简短的视频片，全网流传。

诸葛又亮阻止了他，另有想法。诸葛又亮领着曹欣和梁达然来到了大道大厦前面。大厦前面是一个广场，有两个足球场那么大，原计划设计成停车场，后来把停车场设计到楼的两侧和地下，广场成为真的广场。站在马路上看大道大厦，不会像许多公司那样，只是一座楼，而是特别有纵深感。

在楼前正中间的空旷地带，诸葛又亮说："视频照样做，但我们不主动上传网上了，而是在这里，立三块巨石碑，顶部是太阳能充电板，下面镶嵌着显示屏，循环播放视频，人们想要看到原版的视频，就必须到大道广场。同时，大道公司会加强现场管理，禁止拍录，禁止传播，这样，上传到网上的，也就可能只是片段，只是质量不高的视频，无法满足人们的观看欲望。"诸葛又亮告诉大家，"此举，是要告诉世人，把破解邪恶思维控制和大道公司紧紧捆绑在一起，把善意程序放在最前沿最显眼的位置。"

曹欣问："这是什么原因？"

诸葛又亮说："红色故事＋现代营销，等有了效果，我再给你们讲。"

梁达然问："石碑做成什么造型好？"

"刀型。"

三天后，三块石碑很快立起，白色大理石材质，造型一样，都是一把长刀，就像关老爷那种刀，刀面朝南，刀头朝西，刀面最宽处，是4∶3的一块显示屏，实体恰好是4×3米。

每块石碑上方，刻了几个字，算是视频的标题。

中间的一块，刻着"重新定义用户体验"，视频经过重新剪辑，主要宣传用户体验的核心是情感体验，以及有人利用这个概念，利用邪恶科技，试图嫁祸大道，反被大道破解的过程。

这个视频讲述了邪恶思维控制工程的原理和破解过程。邪恶工程远程控制别人的思维，把好好的人变成神经病，差一点把人弄得家破人亡。在破解过程中，揭示了张灵动和凌霞等人思维频次与常人的区别所在，让人看得毛骨悚然。视频没有指出邪恶科技的来源，只是称，大道公司为了保护民众利益不受侵害，将加大科研力度，找出幕后元凶。

右边的石碑上，刻着“善意程序保护着人类的未来”一行字。这个视频主要讲述善意程序的工作原理，以及善意程序能防止哪些祸端。视频用了十分钟时间，讲述的是，善意程序本身被恶意攻击，变成杀人机器，在世界各地制造机器人杀人冤案，大道公司慧眼巡查，找到罪恶之源，进行漏洞修补，并在全球免费升级善意程序。最后，视频用简单的模拟攻击过程显示，修补漏洞之后的善意程序，再次遭到恶意程序攻击时，对方不仅无法攻破善意程序，相反，还会被善意程序抓住尾巴，顺藤摸瓜，找到攻击者的位置，找到搅乱善意程序的黑手，为那些白白死去的人伸冤，最终将杀人者绳之以法。

左边的石碑，则是一块空碑，上面没有刻任何字，而是在标题位置，贴了一张纸，上面打印着两行字：“邪恶组织还会攻击我们，大道的下一次取胜将刻在这块碑上。”

中间和右边的屏幕调试好之后，曹欣问道：“先生，也不知道会有多少人来看。”

诸葛又亮说："赶紧加派保安吧。"

梁达然问："我们需要宣传推广吗？"

诸葛又亮说："相信群众，无论是做好事，还是做坏事，都会有成千上万的群众替我们宣传推广。"

视频播出后，大道广场采取了开放的姿态，大门保安撤到大楼门前，大门敞开，人们可以随意出入。第一批路过的人，看见大道广场上立了三把大刀，太阳一照，寒光闪闪，像是要搞武林大会，十分好奇，先是远距离拍照，然后发现上面还有屏幕，更加好奇，便近距离观看。这一看，就都走不动了，这种科技爆料，几乎没有人不喜欢。有的人在现场上传照片，上传短视频，有的人现场录完之后，回家上传到自己的社交账号上。

人们并不满足于在手机上观看，毕竟只有翻拍的，像素不高，声音不清，再者，就好像再好的风光纪录片也无法满足人们想去景点的心一样，人们还是愿意去看原版。三把大刀的形象，本身就是风景，它代表了某种传奇，一改大道柔和的形象，以勇敢接招的状态，成为网上热搜。大道变成了大刀，有无数的好事者，对此事进行了各种解读，在网上神出鬼没，铺天盖地，就像诸葛又亮有了无数化身，埋伏在世界的各个角落。

一天之后，人们蜂拥而至。巨石碑前方的观众上限是五百人，无法容纳更多的人。十五名保安努力维持秩序，但仍然一片混乱。

又过了一天，更是人满为患，大批观众从四面八方赶来，曹欣只好安排保安队长设置入口和出口，入口处发票，出口处收票，每次发放四百张，一个轮回后，把票从出口处收回来，放在入口处，进行新一轮发放。

第三天，更多片段在网上流传，甚至还有两个完整版，一看就是用手机偷拍的，画面模糊，还有人头和身影闪过。它起到的效果就是，让看到这种视频的人，更想到现场去看看。

第四天，已经有国外的游客过来，专门观看三把大刀和视频，人潮涌动，这里俨然成了一旅游景点。保安队长甚至给曹欣建议："是不是可以卖票？"曹欣不置可否，心里却想，那能卖多少钱呢？大概也就能把所有保安的工资全部解决，也许还能包括食堂的开支，不过大道不屑于挣这种钱。

第五天……

第五天，远在A国的罗伯斯，气得把手机摔到了地上。罗伯斯强压着怒火，把胡肯叫到办公室，叫道："你的苍蝇无人机呢？我要杀了这个诸葛又亮！"

胡肯说："已经有了第一个成品，在实验室里还不太稳定。人脸识别毫无问题，追踪杀灭的方法，距离还是太近，压根到了一米之内，这样的话，机器本身的安全是个问题。比如说，要是被关在室内，就会被打下来，反而给敌方提供研究样本。对于这个，我有些担心……"

"担心什么？"

"您知道中国的核潜艇是怎么发明的吗？"

"不知道。"

“当时的中国，由于技术封锁等原因，对核潜艇的研究，几乎无从下手。后来，有一个人从美国回中国，买了一个仿真型核潜艇玩具。就是那个玩具，让中国的研究人员找到了灵感，做出了中国的第一艘核潜艇。”

罗伯斯略微沉思了一下：“我知道一直有这种危险，可是，我们现在很被动，不能一直等待。”

胡肯说：“我们尽快实现突破。”

罗伯斯说：“看来这机器还不那么智能！那你们要怎么做？”

胡肯说：“我们主攻突破远程，以及它自己的脱身之法。理想状态是，它应该隔着玻璃或者墙就能感应到目标，并且远程杀灭目标。”

罗伯斯点点头：“对，这就是我们追求的效果。还有多久可以达到这种程度？”

胡肯说：“远程杀灭目标需要很久……”

罗伯斯粗暴地打断了胡肯的话：“一周之内，做出几台成熟的样品，我要拿这个诸葛又亮开刀！”

在取得巨大宣传效应之前，刘义和曹欣并没有想到，如此原始的宣传手段，反而成为热点，世人皆知。后来，精通管理学的曹欣弄明白了一点，在现代营销学中，有一种东西叫饥饿营销，大刀放视频，这大概也是一种饥饿营销，这种感觉，就和进了电影院看电影一样，远比在手机上看过瘾。更让人不爽的是，在手机上看，还看不上正版。就是这种饥饿营销，让人们从四面八方蜂拥而来。

而石碑的灵感，又是从哪里来的呢？带着这个问题，刘义和曹欣找到了诸葛又亮。

诸葛又亮看着满脸疑惑的刘义和曹欣，照例讲了一个故事：

在红军长征时，红四方面军为了宣传革命思想，成立了一支刻字队。这支刻字队由二十多名石匠出身的红军战士组成，长征途中，他们遇到岩石，就在石头上雕刻各种标语，由于岩石短时间内不怕雨淋日晒，便很好地实现了宣传目的。

后来，这些山石被称为红军石刻。

诸葛又亮说：“石碑本身的意义，具有纪念的标签。在大道总部立起石碑，又具有景观作用。和单纯的视频传播比起来，在加深印象方面，具有乘法效应。而又因为独此一家，世间真理，物以稀为贵，所以才出现了这种网上疯传和观众排队观看的情况。”

听完这番话，曹欣由衷地感慨道：“先生智慧之深，真不是我们这些所谓上过几年学的人，所能比！”

“我们还是不比了。”刘义一改严肃气派，看了曹欣一眼，“先生这饭碗，倒也不怕人抢。我们就做好自己吧！”

十六

头发丝工程暂停，撤去对一切人的思维控制，不知不觉间，每个人都回归了自我。针对每一个个体，风格公司选择了不同的时间撤去控制，无一例外，都是在受控制者处于深度睡眠时。一觉醒来，脑袋清爽了许多，他们都认为睡了一个好觉。

考研时期形成的生物钟，魏什么一直没有改过来，一觉醒来，总是六点半。在生活中，她是一个潦草的姑娘，从洗漱、吃饭到坐在电脑前，一个小时之内妥妥帖帖。这一天醒来，感觉脑子里空空的，少了些什么，她双手抓一抓头发，又晃了晃，仿佛自己的脑袋是一个汽车掸子，晃上几晃，可以少些尘土，可以荡涤思绪。晃完之后，怀特出现在了她的脑海中，她恨恨地想到，对，就是这个可恶的混血儿，这个思维不正常的货色，差点把自己气死。她在思考，脑袋里有些空，到底少了些什么？然后她就骂自己，废话，我当然少了，少了一份工作，少了在世界一流公司工作的机会！

这个一向恃才傲物的姑娘，在大道公司，经历了她人生中的第一次挫折——只能勉强说是挫折吧。她要是再去另外一家世界一流公司，也不什么难题，她这个挫折，主要体现为憋屈，她是有理无处说，有冤无处申，还必须暂时放下。眼看就要毕业了，她只好沉下心来，修改自己的毕业论文，默默地步入论文答辩的大军。

疯狂修改论文，日子就如同被一个个文字切短了，十几天很快就过去。论文答辩刚刚结束，魏什么就收到一封来自 A 国的邮件，落款是“风格公司蒙巴顿”。对于这个时间点，收到任何职业邀请，魏什么都不以为然，以她的知识见识，和她在学校的绩点排名，获得的国内国际奖项，她完全有理由相信，自己做过什么，能做什么，有许多公司，都一清二楚。至于这个有人夸有人骂的风格公司，一直以诡异蛮横著称，更不必惊讶。照风格公司那种流氓水平，估计连自己的论文内容和内衣尺码，只要他们想知道，都可以轻松知晓。

论文答辩结束后，魏什么又闲了下来，正好天气酷热，她也懒得出门，闲着就破解一下各种网站，明网暗网都看，进去看看有什么好玩的东西，有什么有趣的秘密。她也浏览网上新闻，看到被控制的张灵动和凌霞，她也会想，是谁做出这么邪乎的事？自己要不要朝这个方向研究一下？但她没有想到，自己也曾被控制，她更没想到，自己的身上也长着三根特别的头发丝。

魏什么现在最需要想的是该去工作还是读博，每到毕业季，几乎所有人都会纠结这个问题。魏什么的纠结，还在于自己受过一次打击，她也曾悲观地想，大道公司的事也许只是怀特在使阴招，其他人都是好人，如果自己有更高水平，是不是就不会发生这种事了。

好在，此时风格公司向魏什么投来了橄榄枝，让魏什么沉郁的心稍稍明快了起来。她思考再三，决定去风格公司工作，因为在那么一闪念间，她觉得头发丝工程极有可能就是这个风格公司搞的。她想，如果商界也是江湖，世界各大公司代表各种宗派，那么风格公司大概就是那种邪灵神教，非常厉害却不走正道。自己偏要去看看，到底是怎么回事。

魏什么给蒙巴顿回信，说自己愿意去风格公司工作，并留下了自己的即时通信方式。一天后，蒙巴顿找到了魏什么，询问她的具体行程安排，公司随时欢迎她入职，工资待遇也相当可观。两个人约好十五天后正式入职，这些天魏什么收拾了自己的行李，她想在工作之前回家和父母住一段时间。

汤如意也接到指令，停止对VR体验者接入头发丝，还原为真正的VR体验站。之前有一阵子，她特别想让刘教授也进行VR体验，然后实现对他的控制，每当刘教授参加高级别会议，风格公司就可以获取第一手秘密信息，自己就为风格公司立了大功，或许可以加薪升职。

但她每次打电话，刘教授都说最近公司事情特别多，一点时间都没有。现在想来，这一切真是幸运，幸好自己没有实施预定计划，如果给刘教授装了头发丝，而又被大道公司扫描出什么端倪，刘教授稍一回忆就会想到惟一的接入机会就是VR体验，到那时，自己完全暴露，随时都有可能被罗伯斯灭口。

头发丝工程暂停，汤如意有点失意。等待新指令的过程，往往是痛苦而无聊的，她不喜欢无聊，但又不知道能干点什么。她想，那就先好好经商，多挣点钱吧，反正无论做什么事业，没有资本是不行的。汤如意计划去找刘教授，她想在本市最大的大道产品旗舰店里开自己的VR体验店。由于大道的人气日增，旗舰店里人流量非常大，在自己接近刘教授的同时，还能狠狠地挣钱，真是不多见的好事。

汤如意没敢去大道公司，她给刘教授打电话，嗲声嗲气地说有事求他。汤如意的专业是心理学，常年以来又一贯把感情当工具使，玩弄起别人的心理炉火纯青。

汤如意接触的男人越多，越觉得心理学没有白学。弗洛伊德老爷子真是最会讲道理的人之一，他说的没错，人这种动物，主要就是两种需要，一种是生理需求，食色性也，另外一种是“被人重视”

的需要。中国人还给“被人重视”起了个别称，叫作“面子”。

汤如意求刘教授办事，就是给刘教授下套，口口声声用“求”这个字，给足了男人面子，用暧昧的态度，钩起刘教授的原始欲望。几句话，就把男人的两种需要都满足了，还有办不成的事吗？

刘教授如约来到餐厅，两人在一个靠窗的角落坐好。窗外是细雨，室内是细语，刘教授有一种前所未有的感受。汤如意依然是一身白，她穿着很短的裹臀短裙，让过路的一些男人，忍不住要盯着光亮的地板看。

刘教授开口说道：“这阵子太忙了，一直顾不上和你吃饭。”

汤如意咯咯咯地笑着：“刘总是什么人？大道公司的营销总监！能不忙吗？谢谢刘总赏脸吃饭啊，今天怎么能顾得上了？”

刘教授实话实说：“你也知道，我们刚刚处理了好多麻烦事，针对大道的恶意攻击太多了，现在总算能缓缓了。其实，我一直一直特别想见你，自从上次见了你……”

汤如意做了一个暂停的动作：“下面的话，就别说了嘛。人家可不喜欢听假话，约了N次才把你约上。”

刘教授说：“其实，我今天也很忙，你也知道，大道永远在路上，一步跟着一步地策划，一步一步往前走。可是，我心里面对你念念不忘，怎么也得挤了时间见见你。”

“哟，”汤如意撩了一下头发，一个媚眼抛了过来，“这话说得可真受听！我可不想让我的大刘总没出息，爱美人不爱江山，这可不是大道公司的品质。”

“我感觉吧，”刘教授说，“美人也要，江山也要，不是更好吗？”

“我倒觉得，江山和美人合体，才更好！”

“果然有诱惑力啊，怎么个合体法？”

汤如意从包里拿出一份文件：“这是我的合作意向书，我想把我的VR体验旗舰店，开在你的大道旗舰店，实现双赢。在最新款大道智能终端产品里，也可以实现一部分VR功能，我们公司正在研发这样的产品，已经进入试用阶段。”

所谓智能终端型VR产品，就是区别于传统VR体验，只需要一部智能终端产品，比如智能手机、智能平板，插入连接线，或蓝牙连接，或其他什么连接，然后戴上眼镜，就可以进入VR世界，视野和音效非常震撼。这个消息，对技术迷刘教授来讲，比见了美人还兴奋，他惊喜翻倍：“这么快！这么厉害！”

“看看看，”汤如意笑得更欢快了，“原形毕露了吧，这个表情，比见了美人要激动一百倍。唉，你们这些玩科技的人啊。”

刘教授还陷在那个思绪里：“真的有那么好吗？”

汤如意说：“刘总，我家里就有一个试用款，一会儿去体验体验。”

“好啊，”刘教授盼望这个东西盼望了好多年，“迫不及待。你们公司叫什么来着？”

“维思。英文名是：Visit。”

“我知道，你们本来做软件开发，看来你们也转战新业务了。”

饭后，刘教授坐上汤如意的车，拐了两个弯，到了离大道总部不远的一个小区，上了22层，刚进屋，一股香气扑鼻而来，刘教授还没开口，汤如意说：“这是花香，我阳台上有很多鲜花。”

这是一个两室一厅的房子，一个阳面大卧室，一个阴面小卧室，到阳台的大飘窗，要穿过大卧室。刘教授看完怒放的鲜花，一回头，发现那个终端 VR 体验机，就放在大卧室的书桌上，像一个拍扁的闹铃，头上是两个米老鼠一样的耳朵，很小巧，很可爱，这一款是少女萌系列，明黄色，很显眼，是刘教授喜欢的样子。

刘教授坐过去，抓起眼罩看了看，问道：“这么简单？”

书桌离床很近，只有一把椅子。汤如意坐在床边，说道：“是啊。不过，你的手机里没有相关软件，得连上我的手机。”说着，把手机递到刘教授面前，“我的本来就连着，你先体验一下。体验之前，你需要说一下，你希望体验的场景。”

刘教授说：“最近挺累，那就选择一个海边度假吧。”

汤如意手机里居然传出一个好听的女声：“好的，主人。”

刘教授更加惊奇：“怎么回事？本来是咱们俩在说话，手机怎么知道？”

汤如意晃了晃手机：“因为我们的这个软件，能听到你的对话，也能看到场景。所以，它从我们的对话中，知道你我要开始体验了。我还给她起了个名字，对吧，贝蒂？”

手机回答道：“是的，贝蒂很善解人意哦！”

刘教授非常高兴，戴上眼罩，说了一声：“可以开始了。”

汤如意把椅子靠背往后放了放，刘教授放松地半躺在椅子上。帆船碧空，白浪缓缓，涛声阵阵，伴随着海边人们的嬉戏声。刘教授在躺椅上晒太阳，右手抓了一把沙子，很有质感，还有半块小贝壳。不远处，站着四个身形苗条的女子，两个穿着连体泳衣，另两个穿着比基尼，笑语渐近，乱花迷人眼，各有抢眼处，刘教授都不知道看哪个好。

四个美女嘻闹前行，不知道什么时候四个美女已经近在眼前，在刘教授正前方停了下来。她们背对着刘教授，屈腿坐在沙滩上，安静了下来，开始看海景。刘教授已经心神不宁，他挨个看了一遍她们的背影，他在想，如果转过脸来，到底哪个更好看呢？对，左边第二个，这个穿淡紫色比基尼的，应该是自己喜欢的类型。刘教授的脑子里刚这么一想，淡紫色比基尼女孩站了起来，秀出美好的身材，慢慢转身，笑盈盈地朝刘教授走了过来。

等走近了，刘教授再细看，越看越像汤如意。女孩蹲下身，头发垂了下来，划过刘教授的肩膀。女孩的手在刘教授脸上、身上抚摩，刘教授感觉浑身麻酥酥的。抚摩了一会儿，女孩轻轻地吻刘教授额头、脸庞，在两人接吻的一瞬间，刘教授的心跳得都快炸了，他一下子摘掉了眼罩。

回到现实中，刘教授的心跳得更加厉害。见到刘教授如此紧张，汤如意心想，升职加薪全靠这货了。想到这里，她也紧紧地抱住了刘教授。

十五天后，魏什么把机票信息传给了蒙巴顿。让蒙巴顿给自己发地址，哪知道蒙巴顿回复，要去机场接机。魏什么自然非常欣喜，但由于在大道公司受到了冤枉和刺激，心有余悸，她对所有人的行为都抱有怀疑。不过她没想到的是，蒙巴顿的热情，来自于怀特的友情提示：蒙巴顿，你要尽一切努力，保证魏什么的安全。如果魏什么有任何闪失，哪怕身上被划了一条小道道，我也一定不会放过你。

在接机口，蒙巴顿大老远就扬起手，跑过去拉了魏什么的行李。魏什么初看蒙巴顿，差不多放下心来，蒙巴顿比怀特矮一些，圆脸，笑起来很喜气，眼神中透着实在。他们聊了一会儿，彼此好感备增，魏什么英语很好，蒙巴顿粗通汉语，两个人可以在两种语言之间自由切换，似乎在玩一种有趣的游戏。

上了汽车，蒙巴顿并不开车，而是做出手势，让魏什么把手机放到包里，再把包放在车上，然后像蚊子一样说道："以防万一，我们悄声说话。"说着，蒙巴顿绕到副驾位，开了车门，一手抓了魏什么的胳膊，把她拉到汽车外边。

"啊？"对于这个刚刚认识的人，魏什么不由得加强了戒备，在这种气氛下，不由得也小声说话，"找个工作而已，这么神秘，什么情况？"

"怀特让我第一时间转达对你的歉意。"蒙巴顿看看四周，见没什么可疑的人，就一边打开后备箱，一边假装整理东西，说道，"那天的事情，冤枉你、辞退你的事情，他是迫不得已，也是诸葛又亮先生的一个总体策划。"

魏什么一听，差点忍不住要大声叫起来，蒙巴顿再次使眼色，魏什么才低声埋怨道："为什么不提前告诉我？什么狗屁策划，为什么让我当牺牲品？那天差点把我气死！"

蒙巴顿说："他们不能跟你明说，因为你当时还是一个实验品，你被安装了头发丝。"

魏什么简直要跳了起来："啥？你说啥？"

"请不要激动，你真的被装了智能头发丝。但你别怕，现在主机已经暂停了，你没有任何危险，我们的对话也没有危险。”

魏什么下意识地摸了摸自己的头：“这东西装在哪里？什么时候装上去的？什么人在控制我？”

蒙巴顿说：“是风格公司在控制你。你被控制后，公司可以给你输出指令，提供虚假建议，主导你的一部分行动。还可以实时监控你。当然了，这是比较简单的技术，你的耳朵相当于录音设备，你的眼睛相当于摄像头。”

“天哪！”魏什么简直不敢相信自己的耳朵，她却没有担心被控制，而是问道，“那我平常在家照镜子什么的，都被人看到了？是哪个混蛋发明的这种邪恶科技？”

蒙巴顿被说得不好意思了，说道：“是风格公司的技术部研发的，研发的目的并不是要侵犯人的隐私。风格公司不屑于窥探隐私，如果有需要，工程师们可以拿到任何明星的隐私，窥探到明星移动设备里的视频和照片，拍摄他们的卧室和浴室，包括男女朋友约会。”

“别说了，真变态！”

蒙巴顿接着说：“事实上，我们的目的主要是控制人的思想，并适当地进行指挥，而且不被当事人察觉，让当事人产生错觉，是自己的内驱力在起作用，而不是失去自我意识，变成玩偶。这需要相当高超的技术水平，就好像是，骗你去吃狗屎，你自己还觉得这是为了保护环境。”

“太可恶了！”听了这话，魏什么突然想起自己闯入大道包间的情形，也突然想起自己莫名其妙闯入风格公司暗网的事。她火气更大，质问道，“蒙巴顿，你说，发明这东西的团队里，有没有你？”

蒙巴顿赶紧转移话题：“没有我，我是程序员，不是生物工程师。咱们跑题了！时间紧，咱们说最要紧的事。在此之前，怀特悄悄找过我，他告诉了我大道公司的事业，也让我知道了风格公司的邪恶。怀特和我谈了一整个上午，我下了决心，离开风格，加入大道。”

魏什么眼睛一瞪：“那你怎么还诱骗我来到风格公司？”

蒙巴顿说：“这是诸葛又亮的计划。他说罗伯斯肯定要让你来工作，让咱俩继续在风格公司工作一段时间，相当于卧底。在恶意攻击大道的善意程序和头发丝工程都失败后，风格公司肯定会有更邪恶的计划，诸葛又亮让我们留在这里，在适当的时候，从里而外做策应。”

魏什么长出了一口气：“我现在才明白过来，那天他们是故意冤枉我，因为我装着头发丝，风格公司有人能看到冤枉我的整个画面，包括我快气死的画面。那个画面非常真实，任何人都不会怀疑。”

“对，准确地说，是罗伯斯，我们的总经理，他不会怀疑。”

“就是那个可恶的老头？”

魏什么气得一拍车座：“差点把本姑娘气死！”

蒙巴顿说：“所以，你一上车我就替怀特向你道歉。”

“道歉管什么用，我都气了快一个月了。”

“那我还有一个消息。”

“什么消息？”

“怀特很喜欢你，他特别叮嘱我，无论发生什么事，一定要保证你的安全，否则他会要了我的命。”蒙巴顿看着魏什么，“他说，你是他见过的最有魅力的女孩。”

这个弯转得太快，魏什么竟一下子不知道说什么了，愣了一会儿，最后只能说：“果然是一个狡猾的混血儿！”

蒙巴顿笑笑：“咱们需要做一个详细的计划，既能知道风格公司的庞大工程，又能骗过罗伯斯，并保证你我的安全。”

魏什么马上来了兴趣：“庞大工程？”

蒙巴顿说：“对，庞大的工程是风格公司的一项新计划，非常邪恶，他们有一整套理论，而且一定会实施。”

魏什么想了想：“我觉得最可怕就是苍蝇式无痕杀人机。”

“对，”蒙巴顿说，“在庞大工程理论的最后，是一句咒语一般的宣言：结束一种思维最好的办法，就是杀灭他的肉身。”

魏什么问：“那我们的计划是什么？”

蒙巴顿说：“我觉得，头发丝工程一定会重启，因为将来需要与苍蝇式无痕杀人机配合，进行各种生物识别和控制。但是，这个已经不是重点，重点是，杀灭肉身的计划还不完美。所以下一步，我们应该都会加入到苍蝇无痕杀人机的研制中去。我们只能先混入内部，然后再寻找破解之道。”

“怎么个不完美法？”

“我不清楚，我只知道遇到一些问题。”

“我们加入进去，就能寻找破解之道？”

“我之前只做辅助性的工作，从来没有见识过核心研发。这次，时间紧，任务量大，他们应该会允许我们更接近核心研发，因为罗伯斯亲眼看见过你是如何破解恶意程序的，也亲眼看见过你被冤枉的整个过程。”

“蒙巴顿，”魏什么问道，“那你见过苍蝇式无痕杀人机吗？”

“还没有，”蒙巴顿摇摇头，停了几秒，又说，“我相信我们很快能见到。”

十七

魏什么觉得，罗伯斯的那句宣言，是一个比较重要的信号，就把这句话传回大道。怀特上一次与蒙巴顿密谈的时候，就留下了两部国内的手机，预设了国际漫游，预交了很多话费。蒙巴顿和魏什么各拿了一部，平时不开机，在家里放着，需要和大道这边联系时，便开机联系，联系完，关机。每天下班回家，开机看看有无消息。

诸葛又亮接到这条消息后，回复道：“这是一句很值得思考的话。”

“结束一种思维最好的办法，就是杀灭他的肉身。”在圆顶会议室，诸葛又亮把那句话重复了一次，然后问大家，“你们有什么看法？”

梁达然说：“这是流氓本性。”

曹欣说：“这是要大开杀戒。”

刘教授说：“这是要用暴力解决一切问题。”

刘义和怀特不说话，就等诸葛又亮说话。

诸葛又亮说：“这是一条可怕的宣言，但伪装得不可怕。”

大家一听，都有点不相信自己的耳朵。连一贯稳如泰山的刘义，都露出一丝惊讶的表情，大家都不知道说什么好。刘义便问道："先生是不是说反了？我们都以为，您会说，这是一条不可怕的宣言，但伪装得很可怕。"

诸葛又亮问道："你们为什么会这么以为？"

刘义说："因为从字面上，杀人在任何国家都是重罪，而且这个宣言明明白白说要杀灭肉身。人命关天的事，在谁看来，都非常可怕。但我们又想，罗伯斯不可能犯这么低级的错误，这种可怕，应该是伪装的，先生会告诉我们，这并不可怕。"

诸葛又亮被刘义的坦诚逗乐了，在他的印象中，刘义一般不说这么长的话。他想了想，从口袋里掏出几张纸，边掏边说："我为什么说伪装得不可怕？大家想想，罗伯斯的这句话，本身是非常幼稚的，肉身灭了，思想就灭了吗？显然不是。远者，孔子和苏格拉底的思想灭了吗？近者，马克思的思想灭了吗？这么幼稚的话，罗伯斯为什么要说？就是要自相矛盾，破绽百出，让对手懒得去破解。其实，这是非常可怕的。在我说为什么可怕之前，先请大家看一看1927年发生的事。"

大家各接过一张纸，只见上面简短地写着：

1927年，因一系列事变和大屠杀，成为历史上一个非因战争而死伤无数的特别年份，极不光彩。关于这一年，有多种版本的记录，我们已无法确切统计到底有多少共产党员被杀害。中共"六大"所作的统计是，1927年4月至1928年上半年，在“清党”名义下被杀害的共产党员有2.6万余人。有的资料则显示，1927年4月，中共五大召开时全国党员人数为5.7万人，但到了下半年，中共党员人数最少时仅有1万多人。总之，这一时期，中共党员人数锐减。

然而，中国共产党没有放弃信念，没有放弃斗争，1927年8月1日，中共还领导了著名的南昌起义，这一天，后来被定为中国人民解放军建军节。

等大家看完，诸葛又亮说：“屠杀肉身，当然是可怕的。从理论上，如果真的杀光对手，也就不存在对手了。皮之不存，毛将焉附？我觉得风格公司故意让我们觉得他们很愚蠢，其背后却隐藏着非常可怕的目的：杀光对手。”

刘教授问道：“你刚才不是说，那只是理论上的事吗？”

诸葛又亮说：“如果我们不未雨绸缪，不主动出击，理论就有可成能变成可怕的现实。”

刘义问：“那我们该做什么？”

诸葛又亮说：“取决于他们在做什么，我们见招拆招。”

罗伯斯在苦心创建着自己的“理论”。

苍蝇式无痕杀人机，以罗伯斯为主导的创意者们认为，这是这个时代最厉害的武器，也是最人性和最善良的杀人武器，在人道主义方面，仅次于安乐死。

人类在地球上是最神奇的存在，似乎，已经成为地球上毫无疑问的霸主。大象、鲸鱼、犀牛……任何看起来强大的动物，在人类的武器面前，都微不足道。然而，人类对细菌、支原体、衣原体、病毒这些小东西，常常无可奈何，即使发明了抗生素，也常常遇到超强耐药菌。

在这个时候，人们才明白了《老子》倡导的“柔软胜刚强”的道理，打败人类自己的，经常是人类所轻视的东西。本来，他们沿着老子的思路之花，本应该结出美好的果，可是到了A国，土壤不对，开出了恶之花，结下了恶之果。就是在这种背景下，苍蝇式无痕杀人机才应运而生。

目前，苍蝇式无痕杀人机已经突破了一重重难关。比如说，太阳能续航问题，它可以从A国出发，不用充电，飞到世界任何一个地方。比如说，智能起降问题，它可以像苍蝇一样自由飞翔，灵活性比苍蝇有过之而无不及，技能更多，可以悬停，可以趴在玻璃和天花板上。比如说，智能避害能力，如果趴在玻璃和天花板上有危险，它就绝对不会趴在玻璃或天花板上，而是落到墙根，钻在沙发后面或者花盆里，藏到一切可以隐藏的地方，伺机出动，随时攻击目标。比如说，声波杀人系统，在苍蝇式无痕杀人机这里，制造声波，不再需要一堆配套机器，而是实现了集约化，在米粒大小的空间，就可以生成声束，并加以有效控制。

离成功只差一步，最大的问题是，必须离目标一米以内的，它才可以实施攻击，否则难以产生有效杀伤力。它也没有隔墙定位功能，无法透视较厚的墙壁，看清自己的目标。

所以，这样的杀人机，只能进行偷袭，而不能进行一场战斗。

如果正面进攻，它自己可能先死掉，像一只真正的苍蝇被拍死那样。杀人机理想的状态是，突破一米之内的障碍，能隔着墙定位目标，隔着墙攻击目标，悄无声息，远程攻击，自己不现身。

罗伯斯计划中的理想状态，分为两步，第一步是杀人于无形，武侠里的传奇人物，再往高拔一千倍，也达不到这种效果。重型武器的顶尖配置，一旦遇到这种杀人机，立马成渣，变成一堆漂亮的废铁。第二步就是在取得绝对优势之后，明目张胆地杀人，别人还奈何不得。

在罗伯斯的理想里，他一再提起自己的那句“名言”，结束一种思维最好的办法，就是杀灭他的肉身。他寄希望于苍蝇式无痕杀人机，不费一枪一炮，所向披靡。在自己的美好世界中，苍蝇式无痕杀人机，犹如传说中的天兵天将，将成为自己最佳的守护神。

在一次秘密会议上，罗伯斯提出自己的设想，得到了宗主的支持。宗主也提出了自己的设想，美好世界的到来，不能仅靠明面上的武力推行。如果不成熟的武力计划提前暴露，又不能保证效果，反而会给自己招来麻烦。这个时候，罗伯斯提出一个巧妙的办法：由组织自己的人，组建一些表面上是面向未来的社团，这个社团，应该有搞理论的、搞推广的、搞营销的，这个社团要大量吸纳会员，通过描绘“美好未来世界”，让人们知道，无论是失业人群、还是精英人群，都能找到自己合适的位置、快乐的位置、科学的位置、享受的位置。

宗主同意了这个办法。

他们首期组织了一千多人的游行队伍，拿着彩色传单，打着小横幅，无论男女，都穿着性感，颜色靓丽。在罗伯斯的策划下，这个游行队伍的每一个人的手机上，都安装了一款小型流氓软件，名为“遍地开花”技术，所到之处，半径一公里的范围内，每个人的手机、平板或任何有信号的电子设备，都会收到一条十分钟的短视频，不容任何商量，强行弹出。

这个短视频，避实就虚，描绘了未来世界的种种美好，一个“平等”与“自由”的世界，园丁的隔壁，可能住着一个企业家，市长的隔壁，可能住着一个管道工，但他们的关系都是朋友，园丁热爱他的花艺，企业家热爱他的产品，市长忙于他的市政规划，管道工则排查可能的危险。在业余时间，园丁喜欢看电影，企业家喜欢听音乐会，晚上回家，两个人在篱笆边交流电影和音乐，也可以什么也不交流，夸夸自己的狗和对方的狗。管道工喜欢上了对面的新搬来的女邻居，向市长求助，市长就告诉他追女人的套路。从来没有任何一个人，因为自己是修下水道的，看见富人一尘不染的皮鞋，就愤愤不平；也从来没有任何一个人，因为自己是理发师，就希望自己的孩子不要当理发师，而要努力考上名牌大学。每一个人，都像中国古老的哲学所说的，知足常乐；也像中国的另外一种智慧，乐天知命。

上帝安排好了这一切，上帝看着这一切。上帝看着人类太忙太累，给人类以智慧。第一次，上帝给了人类蒸汽机，第二次，上帝给了人类发电机和电动机，第三次，上帝给了人类计算机和互联网。这一次，上帝给了人类人工智能，也向人类几百年的发展提出一个问题：人工智能如此能干，多出来的人怎么办？什么人是多出来的？用什么方法，可以很好地解决这些多出来的人？

视频最后说："上帝已经给过我们提示，如果没有哥伦布，如果没有麦哲伦，文明的种子就不会撒向全世界。天哪，哪怕是在那个时候投放到澳大利亚的那些罪人，在几百年后，也实现了繁荣与美好。现在的问题是，新的世界，除了南极和北极，并没有适合投放人类的地方，因为每一个地方挤满了人。回顾历史，按照上帝的提示，我们应该怎么做呢？兄弟姐妹们，请到我们的网站上留言，网站地址请看视频右下角。"

在大道公司，第一个看到视频的是曹欣。这天晚上，梁达然约曹欣吃饭，曹欣扭捏了一下，答应了。最近，大道公司经历了那么多，两人并肩作战，都顾不上谈情，放缓了二人靠近的节奏。稍有喘息的时候，两人的聊天内容才能轻松一些。聊天软件真是个合格的媒婆，不好意思当面说的话，通过打字就可以。不好意思用文字或语音，用表情包和动图、小视频就能表达。有时候，有的话，当面说是要流氓，而在软件上打字或发表情包，就变成了情调。聊天软件越多，流氓下限就越低，流氓遍地走，变成了新时代的流行。

然而，在梁达然看来，再动人的腊像，再真实的三维 VR，也不如和喜欢的人相依相偎。这是他第一次和曹欣悠闲出行，两人要去不远处的饭店，沿着湖边漫步。梁达然扭头看曹欣，长发被微微吹起，美丽的大眼睛隐含笑意，瓷白的面庞如花开正半。他轻轻地抓住了曹欣的手，曹欣也没有躲闪，只是向梁达然投来温柔的目光。再走几步，梁达然把曹欣轻轻揽入怀中，曹欣还是没有拒绝，只是看了看周边有无熟人。梁达然觉得自己的胸膛里装了一台发动机，运行节奏很强，震得全身都在颤抖。多少日子以来，自从看到曹欣的那一刻起，梁达然就幻想着有这么一天，在许多个梦境中，曾那样真实地与她相拥。奇怪的是，当这一天真的来临时，又显得这么虚幻，这么不真实。一路走来，梁达然竟不知从何说起，恍惚如同走在桃源幻境，又好像走在《西游记》中的天宫中，腾云驾雾一般，不知不觉，已到了饭店门口。

梁达然不说话，曹欣也不说话，她倒不是怕打破默契，而是没有想到，这个知识跨界、擅长策划、口才了得的人谈情说爱时，却变成了如此木讷、萌萌可爱的样子，曹欣觉得，自己死水一般的心，终于动了起来。

梁达然和曹欣坐好，点好了菜，待心中的发动机转速慢了下来后，梁达然终于开口说话了："我从小在农村家庭长大，在曲折中奋斗，一路走来，我可以非常确定地说，从小到大，这一刻，是我最幸福的时刻！我希望，这一刻不是风，而是风吹出去的种子，成为更多幸福时刻的开始。"

"我发现，"曹欣掩饰着自己的快乐，佯装不懂，"梁达然，我刚才还以为你木讷呢。看来，我错了，你不仅能写策划方案，你更适合写台词。"

"据我所知，最好的台词，来源于最强烈的热爱。"

"过了夏天，就不热了。"

梁达然猛一听，还以为曹欣在讽刺自己，再一想，去了热，不就只剩下一个"爱"了？他顿时感到一阵激动，接了一句："对，没有暴热，只有爱，更单纯，更长久。”

这是一家烤肉店，服务员上菜，点火，并现场拿着刀操作。

曹欣打开手机，看到了游行队伍发出的视频，此时它已经全球流行。刚看了个开头，曹欣突然意识到什么，抬手招呼梁达然：“快过来看！”

梁达然和曹欣并排坐在一起，曹欣的头发梢在梁达然脸上划动，梁达然又开始怦怦心跳，看着看着，两人的思绪，全都飘离男女情爱，他们意识到，又要出大问题了。

曹欣看完之后，说了一句：“太阴毒了！”

“是啊，”梁达然知道曹欣在说什么，“他们让观众自己去体会，非常具有煽动性。”

“太可怕了，你看看留言……”曹欣指一指屏幕下方，“在这个网站上，已经有三万多条留言，他们成功地把观众的情绪，引导到不理智的方向。你看这条留言，太具有代表了。他说：翡南国曾经由白人统治，比较发达，后来有色人种闹革命，变成有色人种统治，并打压白人，所以导致经济崩溃，管理混乱。”

“确实可恶，”梁达然说，“实际上，翡南国的现状，并不是单一原因造成的。就好像纳粹当初宣称犹太人是劣等民族一样，居然就有那么多人都相信。实际上，在以色列建国之后，各方面都比较出色的。”

“走，吃完饭，我们得赶紧找刘义和诸葛又亮先生，看看能想出什么办法。如果不及时阻止，这种情绪还会继续蔓延。”

十八

“事情没有这么简单。”

诸葛又亮表情凝重地说：“这是一个铺垫，也是一个试探，他们一定会有大的动作，非常大的动作。通过这个视频，通过搞一些游行，他们来看看民众的反应。大家想想，历史上，好几次了，每当要发生大事件时，大环境是什么？大环境就是经济困境 + 大国矛盾。现在，这两个环境都有了，缺少的就是搅起混水的人。从民众的反应来看，他们的测试是成功的，就像当初的希特勒一样成功，这就非常可怕了。”

梁达然说：“希特勒在演讲时，煽动能力极强。”

“是啊，这种情况，”曹欣问，“我们需要做出应对吗？”

诸葛又亮说：“当然需要，在他们的大动作中，必然有一项目标，是针对大道和某些他们认为的敌人。现在看来，他们成功地利用了民众的情绪，比如工作岗位问题，明明是他们不善于处理人工智能时代的失业问题，却把怒火引向有色人种，污蔑中国人抢了他们的生意，抢了他们的岗位。在心理学上，转移注意力，这一招往往很成功，因为当一个人的切身利益受到侵犯时，还能保持理智的，不超过百分之五。”

刘义点点头：“是的，我记得有一次法国工人大罢工，政府和他们讲上一千次一万次道理，什么公平正义，什么良性改革，什么未来你们会得到更多实惠，他们一概不听。在工人们看来，只要你现在打算降低他们的退休待遇，就绝对不可以！”

“所以说，”诸葛又亮说，“你直接唤醒他们的理智，是不可行的。我们要做的是，吸收现代革命史上著名的斗争方法：围点打援。”

曹欣问：“什么是围点打援？”

诸葛又亮说：“这本来是一种军事策略、打仗方法，解放军运用得相当好。在解放战争中，充分利用了国军派系纷争、行动迟缓的缺陷，左一场胜仗右一场胜仗地打。简单说，就是死死围住一个地方，让那地方告急。敌方的友军被围，就要增援，增援部队的目标很明确，路线也很明确，我方在半路上截击，往往能使其受到重创。这种办法的反面用法，在后来的朝鲜战场上也应用过。志愿军发现所谓的联合国军战斗力良莠不齐，马上就想到以前的国军，就抓住了联合国军的这个缺陷，重点打击弱敌，在士气和火力都增强之后，再干掉强敌。联合国军最初采取的是分段布防的战术，志愿军就先干掉韩军，然后外侧包围美军。美军是机械化部队，就发挥自己机动性好的特点，迅速逃窜。哪知道，志愿军是打运动战出身，更是急行军，多次派遣小分队深入美军后方打阻击。美军一时间不明白这是怎么回事，以为自己被包围了，把志愿军的小分队打击联想成德国的闪电战，心生畏惧，突围狂奔。这种做法，正符合志愿军的想法。在朝鲜战场上，曾出现过这样奇怪的战斗场景：美军坦克部队越过志愿军小股阻击部队之后，头也不回，直接跑远，不帮助后面的军队，导致后军被志愿军切割消灭。”

刘义、曹欣和梁达然互相看了看，满眼迷茫。曹欣就说：“先生的话，就像阳光，可惜我们的心智差得有点远，所以，从太阳到地球，也需要八分钟。为了不让我们煎熬这八分钟，请先生快点告诉我们，该怎么做？”

“好，”诸葛又亮说，“那我们要判断一下他们背后的意图。他们发出视频，就是要看视频的影响力有多大。如果影响力比较理想，他们就要分步骤实施终级目标。视频的最后，展现了不远的未来会出现许多多余的人，所以才会引起谁存谁亡的纷争。而多余的人又是怎么产生的？是因为有了人工智能，是人工智能让工作岗位减少，才导致了人类之间抢夺工作岗位。所以，我们要直接攻击他们认为的人工智能，攻击现阶段人工智能的种种不完善之处，不人性之处。关于这个，我已经想好了基本方法，等梁达然形成文案，我们就可以发布了。”

梁达然问：“我相信先生的方法。可是还有一个问题，有些岗位在车间流水线上，比如手机装配车间里，确实不需要工人，那种重复性机械性工作，对工人也是一种摧残。人工智能将他们取代之后，肯定是好事。在这个意义上，人工智能是很好的东西。不过这部分人被挤出工作岗位之后，必然会形成竞争关系。”

诸葛又亮一笑：“梁达然所说的，是我们的第二步。既然挤掉的是一些重复性机械性工种，那又与人的族群有什么关系？这不是非常荒谬吗？这样一来，他们的本来面目就暴露无遗了：他们是高级族群，而人工智能挤掉的是低级人群的岗位，而他们将争端引向低级人群，这种争端对他们自己却毫无影响。所以，我们包围的是人工智能，要打击的，就是他们真正的主力部队：暴力减少人口行动组。”

刘义点点头：“如果蒙巴顿和魏什么在那边做地下党成功了，知道了他们所描绘的未来世界，到底是什么样子，那就更好打击了。”

诸葛又亮看了一眼A国的方向：“他们会成功的。”

梁达然说：“好，我们要实施围点打援计划，请先生面授机宜。”

诸葛又亮说：“围点打援有两种打法，就像我刚才说的，一种是解放战争的打法，叫作经典打援，一种是朝鲜战争的打法，叫作打援破点。我们这次，重点采用打援破点的方法。这种打法，难度要高一点，因为援军不是在明处，而是在暗处。我想了一下，他们的援军，一个是人工智能，一个是资本。把这两个东西打下去，他们的那个点，未来世界的美好谎言也罢，族群的优劣也罢，就会不攻自破。”

话说到此，梁达然已经完全领悟。他对大家说：“三日内，组装攻击武器。”

三天后，大道广场，第三块巨石碑上也开始安装显示屏，这意味着，又有新的视频要出现了。在第二块石碑的旁边，第四块也开始竖立。人们发现，第三块石碑有了内容后，第四块又成为备用的无字碑。

第三块石碑上，标题已经写好：“资本之穷，智能之蠹。”

这个视频的第一个片段非常简单，只用了三分钟时间，快速切换了一系列历史和现实的镜头，皮鞭下劳动的黑奴、因吸食毒品形如鬼魅的病者、地下市场上挂牌出售的女奴、非洲种植园里的童工、在战争中抱着死去孩子的母亲……配以男中音铿锵有力的解说声：

马克思说，资本来到世间，从头到脚，每个毛孔都滴着血和肮脏的东西。今天，血和肮脏的东西，已经不是在滴，而是汇集成河流海洋，洪涛巨浪。资本一路走来，种植园里的黑奴、铁轨下的华工、澳洲的矿奴、拉美的农奴、非洲的童工、中东的难民，泛滥全球的人口、毒品、武器非法交易，其背后的魔影，就是万恶的资本！

画面到这里，突然暂停了三秒。最后一个画面轻轻卷起后，出现了蓝天白云、整洁的街道、漂亮的建筑、悠闲的市民、欢笑的儿童……然而，解说词依然是悲怆的：

资本，它的全部核心视点就是利润，视点之外都是盲区。资本，是这个世界上最贫穷的东西。它没有道义、没有责任、没有良知、没有怜悯和同情，它穷得只剩下钱。除了钱，它什么也没有。它和人性中所有的温暖背道而驰。

看，这看似美好的生活，正是马克思的功劳和工会的作用，害怕暴动的资本家们，改善了工人们的生活。距离资本最近的人，得到了实惠：血和肮脏的东西，暂时实现转移，相当一部分，都离开了欧美，但依然在世界各地流着。今天，血和肮脏的东西，找到了最好的流向：人工智能。

为了阻击这可怕的一切，中国，正担起道义。大道，正举起大旗。具体怎么做，不久后，请看第五块巨石碑。

最后一句是诸葛又亮让加上去的，梁达然也不知道是怎么回事。他问诸葛又亮，为什么不是第四块石碑，而是直接跳到第五块？也就是说，第五块，早就有预订的内容。诸葛又亮笑而不答。梁达然也就不再问了，他知道那笑容的意思，叫“天机不可泄漏”。

视频的第二个片段，画风一变，具备了喜剧效果，特效也有如大片。有四个人在下棋，甲方为三个人，两个东方面孔加一个西方面孔，另外一方为机器人。下着下着，一个头发淡黄、横眉厉目的老人突然站了起来，“啪”地猛拍一下桌子，把象棋一推：“老子不玩了！每一局都是机器人赢！”这时，解说词响起：

无论是下棋，还是打麻将，和普通人相比，机器人百分百会赢。机器人靠算法生存，它储存着千万局最优质最高端的棋谱和麻将打法，精准地算出每一步的胜率，知道你接下来的每一步要走什么，和机器人下棋，不仅索然无味，还容易气出心脏病，危及生命。更加诡异的是，机器人并没有输赢的概念，它不吃不喝，它们只需要充电。

也有人说，人工智能除了下棋打麻将，已经可以谱曲和写诗。没错，从那些诗词和乐曲中，我们能听到欢乐和忧伤，能听到柔美和雄阔，甚至还有爱情之惑，思乡之情。然而，遗憾的是，这些都来自算法，来自它内部储存的千万首诗和千万支曲调，通过运算和分析，得到了欢乐、忧伤、柔美、雄阔的表达方式、类型词汇和典型曲调，以及它们之间的关联，并将它们进行排列组合。这些排列组合，无论是诗词，还是乐曲，它们的来源都是冷冰冰的算法，是一种比无病呻吟更为无趣的状态，味同嚼蜡。

推而广之，有多少功能和乐趣是人类独有的？比如说，无数蹩脚的科幻小说和科幻电影，曾经写过和拍摄过什么机器人之恋，但这类作品，除了哗众取宠，没有任何意义，因为这种科幻作品来自反常识。机器人没有心脏、没有血管、没有血压、没有脑子，怎么可能产生丰富而细微的情感？怎么可能发现笑容背后的泪水？泪水之后的欢乐？怎么可能懂得撒娇和真生气的区别？怎么可能知道假发怒只是为了求抱抱求安慰？怎么可能知道赞扬和讨好献媚的区别？怎么可能知道礼貌微笑而其实心里早就厌恶不已？怎么可能懂得在朝阳初起或夕阳西下的时候，两个人坐在公园长椅或海边看风景的感觉？——在它眼里，并没有所谓的风景！一个不吃不喝而且眼睛有夜视功能的机器，怎么可能懂得“有人为你立黄昏，有人问你粥可温”的美好意境？

设想一下，当一个机器人可以调动它的所有程序、库存、故事和你谈恋爱时，它一定擅长最虚假的爱情表演，它一定是最高超的情感艺术家，它一定是掌握花言巧语最多的伪君子，它是真真正正的中央空调，是可以和任何人谈恋爱的滥情之王。

如果某个智能时代的到来，是让人类所有的美好体验消失怠尽，那将是人类的噩梦！更可怕的是，有人正在利用智能时代，让人的所有美好体验都消失之后，让人本身也消失，还希望善良的人们，都乐于配合、乐于接受。

显然，这是一种野兽行为和丛林法则。

大道，将秉承一贯的人性理念，绝不让这种事情发生！我们认为，我们每一个人都不是多余的，我们每一个人都不应该消失，我们每一个人都有价值！

和以前一样，这个视频，同样不上传到任何网站上，连大道的官网上也没有，全世界仅此一处，只能到石碑前观看。这种做法，再一次产生了神奇的广告效应，视频本身就是新闻，在视频之外，被围成里三层外三层的大道公司附近的那三条街道都有拥堵不堪的奇观……这成为新闻，并迅速在全网传播开来。

A 国南州大学街，游行队伍缓缓穿过闹市区，他们压着速度，希望借助“遍地开花”技术，让视频传播得更广。这是一支两千余人的队伍，每个人手里举着一面小旗，摇着旗，喊着口号“过去是我们的，未来还是我们的”“美好新世界”，最前面是两个拍摄视频的人，一男一女，都是长发，粗壮有力的身躯，两人都面对着游行队伍，从前面看，分不清谁是男谁是女。

游行队伍则男女分明，天气酷热，男的都赤膊或穿个背心，女的都也身穿短背心和短裙短裤居多，远远望去，还以为到了海滩。

游行队伍穿过闹市区，突然出现了躁动，拍视频的男女感觉到不对劲，回头一看，一百多米的距离之外，出现了黑压压一片人群，看样子，也是一支游行队伍，足足有四五千人。同样都是清凉装，但肤色各不相同，这支队伍呈现出一种异样的色彩，在阳光的照耀下，犹如百花盛开，并在风中摇曳。

两支游行队伍越走越近，距离十米左右，双方都停了下来，起初尚存好奇，对峙了几分钟后，目光中渐露凶恶。

拍视频的长发男子先说话了："请你们让路。"

对方挑头的是一名黑发女子，并不示弱，回击道："应该是你们让路。"

长发男子的女搭档帮腔道："我们先开始游行的，我们已经游行了十几天了。"

黑发女子回头看了一眼自己的游行队伍，大喊一声："提前游行不算理由，我们的人数是你们的两倍，少数服从多数，你们让路。"

双方各不相让，两支队伍都快失去耐心了，后面的往前面拥，距离在一点点缩短，马上就要肢体接触了，长发男子一看对方的人数，连忙举起双手，原地转了一圈，边转边说："我们都靠右走，各走一半，互不打扰。"

黑发女子同意了这个建议，主动带人靠右走，拍视频的长发男女带着人靠左走，两支队伍于是贴着两边的商店走。

狭长的队伍暴露了各自的人数，拍视频的长发男女带着队伍刚刚走到对方队伍的半中间，旁边队伍的领头女子就已经走到了开阔地带。

长发女子对长发男子咒骂道："他们人多有什么用，都是垃圾。"

说这话的时候，长发女子的声音高了点，被左边的人听见了。左边的一个黑人男孩投来不满意的目光，长发女子也瞪着眼睛，随着队伍的行进，目光已不足以表达愤怒，长发女子突然伸出左手，竖起中指，嘴巴动着但黑人男孩已经听不见在说什么，黑人男孩要离开队伍冲过去。

黑人男孩的旁边，是一个白人女孩，看样子是黑人男孩的朋友，一把拉住黑人男孩，大声说："我们都是人，谁也不是垃圾。"

哪知道这一声喊叫引来的不是理解而是嘲讽，对方的队伍中，有更多的人竖起了中指。黑人男孩一下子挣脱了女孩的劝阻，冲出队伍，冲到第一个竖中指的长发女子跟前。哪知道黑人男孩还没有站稳，长发男子以为黑人男孩要攻击自己的搭档，便一拳挥来，正中黑人男孩的面颊。黑人男孩被打得倒退好几步，随即也挥拳还击。

场面霎时失控，更多的人加入了进来，很快演变为一场混战。好在双方都没有带任何攻击性武器，只是拳打脚踢，发泄着愤怒。混乱的场面进行了十几小时，更多人拥了过来，用人墙隔开了打斗的双方，打斗这才慢慢平息了下来。

周边居民居高临下，从各自的阳台和窗户上拍着视频，将它们传遍了社交网络和各种个人账号。视频名称五花八门，好事者只怕事小，比如有一个人写的是《五千人的打斗，堪比战争》。

罗伯斯刚刚洗了个澡。洗澡的时候，他还得意于自己的策划，得意于能得到宗主的赞赏，也能充分利用风格公司的超强科技，比如"遍地开花"视频传播技术，刷新了媒体宣传新页面。他穿着浴衣，打开冰箱，开了一罐啤酒，转到了电脑旁边。他抓起鼠标，轻轻点击，一个热点弹窗弹了出来，封面是一堆人在打斗，看现场，有点像游行队伍。他皱着眉头，打开弹窗，看着看着，生气地喊叫了一声："糟透了！"

他决定，要把这种混战引到一个另一个的方向。

罗伯斯马上召集手下，发布了一道简单的命令：以最快速度，在能掌控的所有网站上转发这些打斗视频，但要重新编辑，名称都统一为《文明的冲突》。罗伯斯心里很清楚，借用一本著名的书名的好处是，人们不由得会跟着那本书思考，而不是思考当下的打斗。

果然，由于网站本身的强势，得以传播最广泛的，就是叫作《文明的冲突》的这一版本，而且人们真的愿意相信，这是一种文明的冲突。

《文明的冲突》流行后，大道公司的反应出奇地快，大家再次回到圆顶会议室。人一到齐，诸葛又亮就说："罗伯斯这个人不简单，给视频起了个名字，就起到了风向标的作用。"

刘义问："我们不能放任他。"

诸葛又亮说："对，用延安时期的老办法，那时候，面对被动的舆论环境，能动用的只有标语和报纸，比如《新华日报》。今天也一样，他们有着先天的舆论优势，什么都是他们说了算，这种局面是该改变了。说起文明的冲突，我早就觉得这种理论很荒唐，偷换了概念，混淆了真伪，掩盖了本质。"

"文明的冲突这个概念，起源于 1993 年亨廷顿在《外交》杂志上的一篇文章，然后他又进行了一堆补充，后来连缀成书，风行全世界。乍一看，这东西讲得就是很有道理啊，美苏不争霸了，冷战结束了，意识形态的斗争弱化了，可人类还不消停啊。于是亨廷顿眯着眼睛一看，原来是不同文明之间在斗争，导致世界上有各种各样的冲突。

“在客观上，亨廷顿用文明的冲突这种轻巧的说法，掩盖了真正的冲突：商业文明和非商业文明的冲突。自西方的商业文明兴起，暴力掌握了一切的话语权，他们在美洲和澳洲换肤，在亚洲和非洲掠夺资源和人口，都是由于商业文明和资本的本性，与他们本身是何文明没有任何关系。

“在某种文明内部，商业和资本照样导致冲突，想想两次世界大战就会知道，一战是两大集团瓜分世界利益，二战是某些自认为最‘优秀’的民族要拓展生存空间。亨廷顿放着这些不说，却绕开历史，直接说 1991 年以后的事，1991 年以后的事，正是商业文明和资本本性的延续，与所谓地球的八种文明，并没有什么特别的关联。难道他要把冲突非常狭隘地定义为战争？这个世界早就变了，如果不靠战争就能掠夺，就不会劳师动众，惟一没变就是商业文明的资本本性。最尖锐的矛盾就是在商业文明内部，美国和日本的冲突，美国和欧盟的冲突，其刀光剑影，不亚于一场战争。人们只看到直接的杀戮，却没有看到在商业冲突和掠夺之下，有多少商业人因为破产和失业而自杀？有多少非洲和亚洲的童工被虐待致死？有多少地区的人饥渴而死？……而在商业文明入侵之前，却很少发生这种情况。亨廷顿却只把目光聚焦在中东和平以及中东和美国的冲突，聚焦在 A 国和中国的冲突，他却忘记了，美国和中东的冲突，A 国和中国的冲突，都是商业文明和资本在作怪，与文明没有什么关系。这也就解释了，和西方一样的制度和文明的阿根廷，为什么在成为发达国家的关键时刻，被暗算并被打倒在地？为什么日本在进军计算机领域，特别是芯片制造业的时候，被美国暗算加威胁，也被打倒在地？另外，亨廷顿的理论也无法解释中国和俄罗斯，不同的文明、文化背景、宗教基础，为什么却没有冲突？

“说了这么多冲突与不冲突，就会发现，商业文明和资本的本性必然带来冲突，因为资本的本性就是利益至上，它激发了人性的贪婪，罪不可恕！现在，由于他们表面上的繁华和成功，这一模式被认为是成功的模式，几乎遍布生活每一个细节，可资本为了赚钱不择手段。比如，在中国传统文化里，药店门口会写一幅对联：宁可架上药生尘，但愿世间人无病。现在呢？会有一个喇叭循环播放，特价药品，买一送一。普通药品，购满50元，送鸡蛋一斤。而且你到药店稍微观察一下，就会发现最贵的、利润最高的药品，都放在目光能平视的货架上，便宜的、利润小的都放在犄角旮旯。店员热情给你推荐的，并不是对症的，而是利润高的药品。商业文明就像脏水一样，流到了每一个角落。”

诸葛又亮说完，梁达然问：“还是做视频吗？”

诸葛又亮说：“对，大量引用纪录片和电影素材。”

梁达然说：“明白，把先生上面的一番话变成解说词就没问题。”

诸葛又亮往楼下的方向一指：“这个视频，可以在第四块巨石碑上播放。”

梁达然只好无奈地一笑：“知道。其实，我还是特别想知道第五块的内容。”

十九

“可恶，这个诸葛又亮太会讲道理了！”

忍耐了这么多天，罗伯斯终于咆哮起来。他阴郁的面容，向来以沉着冷静著称，诸葛又亮的出现，已经几次击破这种冷静，犹如穿甲弹之于旧式装甲车，也如最新测谎仪之于老式厚脸皮。

罗伯斯狠狠握了一下拳头，重重地在桌子上捣了一下，伸出右手食指，按了一下呼叫器。秘书走了进来。罗伯斯命令道：“让无人机团队过来，包括蒙巴顿和魏什么。”在罗伯斯嘴里，从来不说苍蝇式无痕杀人机，永远都是无人机。

不一会儿，人都到齐。罗伯斯问道：“你们有没有看到大道公司的最新视频？”

大家纷纷点头。

罗伯斯说：“这两段视频，第一段，拿200年以前的马克思的古老理论，偷换概念，蛊惑人心。第二段，把文明的冲突说成资本的冲突，居心叵测，挖我们的墙脚。这个诸葛又亮既然想载入史册，那我们就成全他，让他成为一个烈士。胡肯，你们的无人机工程，有进展吗？”

被称为胡肯的，是一个不到四十岁的人，身形中等，满脸胡茬儿，但目光如电。他看着罗伯斯：“罗伯斯先生，还是老问题，远程攻击不能实现。”

“主要原因是什么？”

“因为无人机个头太小，要在那么小的空间，容纳下太阳能充电、智能人脸识别、定位和方向识别是不可能的，特别是声波系统。在设计过程中，就会出现一个矛盾：个头太小，功能就不强大，功能要强大，就要加大个头。”

“不，”罗伯斯说，“我们不能加大个头，和苍蝇一样大小，就是最大的极限。我还希望它越来越小。如果再大，本身就没有隐蔽性可言，也就不能称为全世界最尖端武器。”

“好的，罗伯斯先生。”胡肯说，“那我们继续攻克这个难题。”

“好，各位正在进行的是人类武器历史上最伟大的发明，将修正几千年来地球上的错误发展方向。”罗伯斯话锋一转，“现在，能实现短程攻击的实验品，有几个？”

胡肯说：“五个。我们每个人拿着一个，正在攻克难题。”

罗伯斯轻轻说了一句：“只把机器当成实验品不好啊，拿犯人做实验，也没有什么实战效果。那么，就让诸葛又亮也成为实验品吧。”

胡肯问道：“您的意思是？”

“你们重新做一些样品做研究。目前的这五个实验品，让它们飞出去，进行实战训练，看它们怎么飞过城市，飞越海洋，攻击目标，我要亲眼看见！”

听完这话，胡肯、蒙巴顿和魏什么都吓了一跳，只是跳往了不同的方向。

刘教授迷上了和汤如意在一起的感觉，每一次，他戴上眼罩，体验便携 VR，在 VR 的情景中，会有不同风格的美女出现，柔软如白蛇，轻盈如猎豹，美丽如孔雀，优雅如仙鹤，乖巧如白兔，灿烂如烟花。等摘掉眼镜后，汤如意正是VR中的样子，已经活生生出现在他面前，这种时时刻刻“一念成真”的感觉，让他如痴如醉，让他感觉如梦如幻。

刘教授感慨，人生最幸福的事，莫过于刚刚还在美好的梦中，一秒钟之后，梦想已经变成现实，张开双臂就可以拥抱。他把这种感觉叫作“实现不重样的幸福”，是世间最高级别的幸福。

这一天，呼吸均匀之后，汤如意趴在刘教授的胸口，眼神迷离：“哥，你们那一堆领导里面，是不是你最高，你最帅？”

刘教授疲惫不堪，半梦半醒，含含糊糊地说：“哪里哪里？我个子是最高，但肯定轮不上我最帅，诸葛又亮仙风道骨，气度不凡，怀特是混血儿，自有一种魅力，梁达然和我一样，从一个穷小子实现脱胎换骨。谁都比我强，我怎么可能最帅。”

“不，”汤如意撒起娇来，“我就觉得你最帅。你手机里有没有合影，我看看。”

刘教授把手机解锁，给了汤如意：“你自己看。咱们说好啊，不许看上别人。”

汤如意哈哈大笑道：“放心吧，我怎么可能看上别人。”

她拿着手机，心情激动，手微微有些发颤。打开相册。她一张图片一张图片地翻着，翻到了两张合影，这两张合影，人都一样，只是背景角度不同，一共六个人，刘义和曹欣是女性，短发的是刘义，长发的是曹欣，很好认。刘义的左边是一个男人，男人左边是曹欣，曹欣边上是另一个男人。刘义的右边是怀特，怀特是混血儿，一眼就可以看得出，再旁边是刘教授，果然刘教授比怀特略高一点。汤如意猜测，凭诸葛又亮在大道公司的地位，一定是挨着刘义左边的这位，穿着中式服装，目光深邃。而曹欣旁边的那个，肯定就是梁达然，梁达然紧靠着曹欣，秀气的脸上洋溢的满足感。

汤如意假装看手机，斜眼看了一眼刘教授。刘教授此时极度疲乏，一只手抱着她的腰，已经睡着了。汤如意很快将这几张照片发到自己手机上，又马上删除发送记录。心中暗暗得意："你诸葛又亮深居简出，神秘莫测，在大道公司的网站，以及大道公司的任何公开活动中，都看不见你的身影，你没想到的吧，你的哥们，抱着情人的细腰，出卖了你！"

汤如意放下刘教授的手机，悄悄来到地上，拿起自己的手机，把照片给罗伯斯发了过去。

罗伯斯看到照片，满意地笑了笑，给汤如意回复道："任务完成得不错，我不会亏待你的。"

照片很快传到无人机工程师部，胡肯从各个角度对诸葛又亮的面部特征进行了分析、录入，对无人机进行了最后的调试，然后打电话问罗伯斯："准备就绪，何时起飞？"

"马上！"

胡肯轻轻抬起了手，犹豫了一下，敲击了一下键盘。悄无声息地，五只苍蝇大小的东西，落入了胡肯的左手手心。胡肯盯着它们看，周围的四个同事围拢过来，这是这五个小东西第一次站成一排。它们几乎呈透明状，可见腹内的丝丝细线。这是胡肯的功劳，他选择了超轻型的、非金属的、透明的材质，无论它们飞到哪里，都能和背景色融为一体，不仔细看，根本发现不了它们。而由于它们是非金属的，可以确保任何一种探测仪或扫描仪都检测不到它们。

胡肯等五个人互相看了一眼，同时轻轻喊了一声：“出发！”

五架杀人机闻声而动，一起从胡肯的手心里飞出，在窗玻璃上停留了一会儿，伸出六条带吸盘的腿，牢牢地粘附在玻璃上。它们像苍蝇一样，抬起自己的两条前腿，朝着五名工程师摇晃了几下，算是微笑再见，从十九层的窗户缝里，同时飞了出去。胡肯跑到窗户边，朝外看去，它们早已不见踪迹，消失到茫茫楼宇之间。

在罗伯斯巨大的办公室里，之前监控头发丝工程的电脑，此刻都在跟踪杀人机。屏幕显示，这五架杀人机还没有分开行动，运行轨迹相同，借助强大的仿生复眼，正在掠过城市的上空。这是一座海滨城市，低矮的群山和高耸入云的楼，交替而过，到处都是绿色的树木，曲折的支流，淡蓝色的湖泊像眼睛一样瞪着天空。

十几分钟以后，五架杀人机已到达海边。港口有许多待起航的货轮，它们落在一艘货轮的旗杆上，利用太阳能充电，阳光照射一个小时，它们就可以连续飞行十五天，而且它们水火不侵，可以在任何环境中工作。

它们晒了一会儿太阳，然后闪着幽幽的光，飞了过去。罗伯斯还以为它们会朝着中国的方向飞去，然而没有。它们在海边兜了一个小圈子，马上朝另外一个方向飞去。这个行为，让罗伯斯大惑不解，也让工程师部监视仪前的胡肯疑惑不已。

五架杀人机飞了十分钟后，胡肯第一个反应过来，这并不是程序错误，反而是最佳程序。看来，它们在货轮旗杆上的时候，应该是在“开会”，通过某种沟通方式，五架杀人机进行了交流并且达成一致。

胡肯打通了罗伯斯的电话：“罗伯斯先生……”

“胡肯，我正想给你打电话，它们为什么不是飞往中国。”

“这是一个惊喜，”胡肯说，“它们智慧超常，连我都没有想到，它们在飞往机场！它们要搭载飞机，这样比自己飞又快又省事。”

“搭载飞机？这也太神奇了。”

“是啊，设定的程序里，根本没有这个。它们能够自主学习，懂得选择最优路线，这也意味着，它们可以选择最佳攻击时间和攻击方式，而且它们之间能通过某种频率进行交流，这太不可思议了！”

“那它们会摆脱控制吗？”

“不会！”胡肯说，“请放心，罗伯斯先生。目标程序是锁定的，忠诚度也是锁定的，它们所做的一切，都是为了更好更快地实现这个目标程序。每一架无人机，都进行了忠诚度的设定，它和人类不一样，人类的思维常有变化，而机器不会，程序就是程序，只要没有人破解，这个程序永远不会改变。”

这句话显然让罗伯斯吓了一跳，他马上问道：“如果有人破解了，那怎么办？”

“这是零概率事件！”胡肯得意地说，“每一道管理程序，我们都设定了三道密码，而且是三种密码形式，无人能够破解。”

“好，那我们先看看它们的精彩表现。”

五架杀人机飞到机场，它们先去机场大厅看了飞往中国的航班班次。它们穿过大厅，到了候机楼，找到登机口。这架飞机马上就要起飞，人们手握登机牌，正在排队检票。它们从人群头顶飞过，沿着过道，在穿着淡蓝色制服的空姐的眼皮底下，飞进了机舱。它们钻到椅子底下，免费搭乘着这架飞机的头等舱。

罗伯斯和胡肯禁不住对杀人机的表现，同时举起拳头欢呼起来。罗伯斯想，有这样的神奇武器，一定会天下无敌。到时消灭了潜在威胁，再重启头发丝工程，未来的世界真的就是理想中的美好世界。

宗主的演讲把未来描述得很清楚，罗伯斯早就倒背如流：智慧聪明的人管理着整个世界，指引着世界的方向，承担着脑力劳动的工作；机器人在工业生产线和农业劳动中，充当着不可替代的主力；在低端技术领域，比如理发、园丁，有大量熟练工人在快乐地工作。这三种人各司其职，社会非常稳定，个个富足，人人快乐。第一种人的孩子上大学，第三种人的孩子上技校，他们都发现，这就是上帝最好的安排，没有什么高低贵贱之分，合适的就是最好的，满足的就是快乐的。

蒙巴顿和魏什么的办公室在同一楼层，都和无人机工程师部隔着好几间办公室。他们没有见过杀人机，也不知道杀人机聪明到什么程度。他们只是知道，罗伯斯已经下令，派出手头上所有的五架杀人机，攻击目标是远隔重洋的诸葛又亮。

蒙巴顿和魏什么住得很近，蒙巴顿对罗伯斯的说法是，他对魏什么这个女孩，还是有点不放心，公寓住得近一点，方便监视，防止魏什么耍什么花招。其实，魏什么还另外租了一套公寓，公寓在另外一个街区，只有蒙巴顿和怀特知道。因为怀特代表大道公司答应魏什么，她在A国的一切开支，都由大道公司提供。当天晚上，蒙巴顿和魏什么进行了一下分工：由蒙巴顿负责通知怀特，这五架杀人机已经出发，以及杀人机的特点，请大道公司做好防范。具体如何防范，全靠魏什么的破解进度。

为了迷惑有可能的监视，魏什么和蒙巴顿都用另一部手机联系。魏什么告诉蒙巴顿，为了安全，她要到另外一个街区实施破解。她感觉，破解过程将会特别艰难，好在这段日子她特别留心公司网络和计算机加密风格，降低了一部分难度。

怀特接到蒙巴顿的电话，犹豫了一下，而后直奔董事长办公室，刘义正在送一拨客户出门。在怀特推开门的同时，刘义的秘书也正在开门，两股力量顺在一起，双方都吓了一跳。受惊吓最大的是刘义，在刘义印象里，怀特虽然直来直去，但像今天这种情况，还是第一次发生，她预感到，一定是有什么特别的大事发生了。

送走客户后，怀特急道："他们要杀诸葛又亮，而且派出的是苍蝇式无痕杀人机。"

刘义虽有预感，但还是被惊到了，马上问道："那种机器，不是还在研发阶段吗？"

怀特说："没错，还属于试验品阶段，不过任何产品攻击型武器都需要打靶训练，他们把先生当成了靶子。"

刘义知道事态严重，马上说："你通知诸葛又亮先生、梁达然和刘教授到圆顶会议室，我来通知曹欣。"

不一会儿，六个人已经在圆顶会议室聚齐。魏什么费尽九牛二虎之力，已经破解了一部分，给怀特传了过来。剩下的部分，非一时之功所能办到。破解的这一部分，包括杀人机的外形、攻击方法和攻击距离。攻击方法主要有两种：一种是人脸识别，另一种是后台程序已经清楚地知道攻击目标所在，直接发送攻击命令。攻击距离一米以内，可以让人毫无痛感地死亡，不会留下任何伤痕。

在大家讨论的时候，诸葛又亮闭目不语。大家讨论了种种方法，没有一种方法能防范，因为这种杀人机实在是太小了，加上近乎透明的身体，别说是夜间，哪怕是白天，也根本无法做到有效预防。

听完大家的讨论，诸葛又亮悠然睁开眼睛，说道："敌强我弱。感谢大家的讨论，让我有了对策。"

刘义表现出少有的惊喜："已经有对策了？"

诸葛又亮说："在我所知道的斗争历史上，面对敌强我弱的情况，只有三种方法可以用。一种是长征，一种是游击，一种是伏击。长征，就是转移有生力量，另行建立根据地，不适合现在这种情况，我相信这五架杀人机，具备从人群中找到我的本领，无论我跑到哪里，哪怕我只是从楼门口到汽车的几秒钟，它们也可以迅速杀死我。接下来，可用的就只有游击和伏击。咱们先说游击，游击战的核心和精华是什么，大家应该听说过吧。"

怀特说："肯定的。游击战争的策略，就是十六个字：敌进我退，敌驻我扰，敌疲我打，敌退我追。"

诸葛又亮点头称是："敌强我弱，目前，大家对这个，没有异议吧？听起来，只是五架杀人机，怎么会成为整个大道的强敌？是就是，这个不用怀疑，也不用自卑，要正视这个问题，这种武器，是我所说过的最强大最恐怖的武器。因为这种武器还不成熟，所以它还不敢见人就杀，提前引起世界恐慌，不是他们要的结果。可是，有朝一日，它如果研制成熟了，一支五百架杀人机的小分队，完全可以摧毁一座城市，而且不毁坏任何城市设施，不损坏动植物，留下一座很实用很漂亮的空城。大家想一想，这可怕不可怕？”

梁达然问：“那我们怎么办？

诸葛又亮说：“我们只用游击战和伏击战的方法：隐藏和伏击。敌强我弱，我只能选择敌进我退，我将要闭关三天，这三天内，我将思考如何应对这个邪恶组织的终极计划，他们对未来世界有设想，我们对未来世界更要有设想。比拼哪一种设想更得人心，将决定我们将来的胜负。曹欣，你的思维是最现代的，你来说一下，未来世界的最大的几个特点是什么？”

曹欣稍稍想了想：“人工智能发达、失业率高、老龄化严重。”

诸葛又亮笑道：“完全正确！关于这些问题，闭关期间，我将思索如何既有宏观前瞻性、又具有可操作细节的解决方法，以最好的状态构建未来世界。庆幸的是，我们有体量如此庞大的大道公司作为基础，以及数量同样庞大的更多朋友的支持。”

刘教授说：“希望不要卖关子，看来已经有初步想法了？”

“有，但真的很不成熟，还不能说。”诸葛又亮说，“这也得益于那个罗伯斯，他经常隔着五洋四海，给我提供灵感，包括他的头发丝工程，包括这个苍蝇式无痕杀人机。”

梁达然说：“先生，您说了敌进我退，就是隐藏，就是闭关，那闭关之后呢？”

诸葛又亮说：“隐藏之后当然就是伏击，是游击战中最出色的战术之一，都是在敌强我弱的基础上进行的，正规军也曾引用过这种战术，只不过有了创新，不再是伏击过后就走，而是进行了惨烈的战争，比如著名的平型关大捷，诱敌深入，以数倍军力包围敌人，消灭敌人有生力量。步抢、机枪、迫击炮、手榴弹都用上了，在肉搏战中，刺刀捅坏了就用枪托，抢托打坏了就用石头，压制往了日军的一次次反扑。这一战术的使用，关键是诱敌，诱敌的关键是，摸准敌人的心理：当时日军最大的目标，就是攻占太原，占领全山西，而要实现这一目标，他们是非拿下平型关不可。带着这样的目标，就可以诱敌。”

曹欣一听，笑道：“我似乎猜到了，日军是非拿下平型关不可，他们是非拿下先生不可，在先生的启发之下，我想到一个办法。那么在先生闭关之前，还需要麻烦一下先生。”

怀特问道：“什么意思？”

曹欣调皮地说道：“人脸识别，我们需要把先生的所有脸部特征，都扫描到一个软体机器人身上。杀人机再聪明，毕竟是机器，他们懂得算法，却不懂智谋。”

诸葛又亮先看着曹欣，又看着梁达然，愉快地笑了起来：“梁达然，看起来，曹欣比你的领悟力要好啊。”

梁达然看看曹欣，有点不服气，说道：“在曹欣跟前，我比较紧张。再说了，还不是因为有先生的启发。”

刘教授拍了梁达然一下肩膀：“这单身的日子，还过上瘾了？以后的好日子，你还想过不想过？一看就没谈过恋爱！”

梁达然这才醒悟过来，看一眼曹欣，不好意思地说：“我错了。曹欣本来就比我强，人家是名校毕业，我呢，毕业于自己都不好意思说出校名的学校。”

在诸葛又亮闭关前，怀特和工程部的人扫描制作了诸葛又亮的脸模，足可乱真。曹欣亲自去购买了最昂贵款的软体家务机器人。

在实验室，怀特拆掉了机器人的家务功能，重新输入了指令，让它只能听从实验室的远程指挥。他们改装了它的整个头部，包括脸纹和发型、发质，和诸葛又亮看起来毫无二致。当仿真诸葛又亮站起来时，大家忍不住鼓起了掌。在怀特的遥控下，这个仿真诸葛又亮被引导进楼下的汽车，送到诸葛又亮的寓所。

诸葛又亮的寓所特别简单，一室一厅一书房一厨一卫。梁达然和怀特陪着假诸葛又亮进入书房，怀特让假诸葛又亮坐在书桌旁边，手里拿着一本书，像模像样地看起来。

怀特爬到高处，将一个监视器摄像头拿钉子固定在书柜顶上。安装的时候，梆梆梆一响，梁达然说：“怀特，你最好轻点，先生讲究道法自然，心中有大爱而无物欲之挂念，让他看中的东西并不多，其中就包括书房书柜。”

怀特笑笑说：“我必须钉牢一点，要不然不太准确。我钉钉子的窟窿都在上面，先生回来也看不见。”

梁达然摇摇头说：“自欺欺人！”

一切安排妥当，梁达然和怀特关门离开。

梁达然说：“这是一场前所未有的好戏，我要到你们工程部去看戏，我要第一时间看到那些被先生称为最强大最恐怖的机器。”

怀特说：“好，我们一起看。说过也是，最强大最恐怖，先生从来没有这么形容过什么东西。”

二十

大家预判了一番，杀人机应该在二十四到三十个小时之内到来，也可能更快，因为不知道杀人机的飞行速度，宁可想复杂些，宜早不宜晚。他们并不知道，杀人机搭乘飞机，可以在第二天凌晨到达。

从当下开始，诸葛又亮开始闭关修行，足不出户，在大道酒店最隐蔽之处选了一间客房，除了一日三餐，诸葛又亮不见任何人，同时关掉一切通讯设备。如果有紧急事情见面，只可以由梁达然敲门。

傍晚，从A国飞往中国的客机落地。舱门打开，五台杀人机绕过各种各样的人类小腿，贴着地面迅速飞出。

有一个刚要下飞机的中年男士正好看着脚下，他感觉有什么东西一掠而过，转身对他的女伴说：“我怎么感觉有什么东西从下面飞了过去。”

女伴说：“我也感觉到了。”

中年男士问：“那是什么？”

女伴冷冷地回答：“欲望。”

“欲望？”

“没错，男人的欲望。因为，你其实是在看空姐的腿。”

中年男士无语，两人一前一后，拖着行李走出舱门，留下后面憋住不笑的两个空姐。

杀人机群以超快的速度飞出机场。

凌晨时分，五架杀人机已到达新区，直奔大道公司附近的诸葛又亮的寓所。在提前录入的指令里面，它们熟知大道公司和诸葛又亮的地址。它们得到消息，诸葛又亮昨晚从大道公司出门，直接回到寓所休息，没有去其他任何地方。

五架杀人围着房子转着，进行地形分析。它们从屋顶飞到南面，落在诸葛又亮的卧室窗台外，窗户紧闭，窗帘拉着，找不到下手的地方。再转到北面，书房那边，也是窗户紧闭，窗帘拉着。它们决定趴在窗台上等待，卧室这边三架，书房那边两架。

六点半的时候，它们看到诸葛又亮的卧室有了动静，有人开了灯，不一会儿，又关了灯，看来是诸葛又亮起床了，好一阵没有动静。突然听到另外一侧有动静，这三架杀人机转到另外一侧，发现书房的窗帘已经拉开，更让它们惊喜的是，窗户也打开了半个，仿真诸葛又亮正坐在书桌边着看书。

这两架杀人机先进入了房间，悄悄飞到仿真诸葛又亮后方，另外三架也飞了过来，在窗户口观察。先进来的这两架杀人机，已经飞到距离仿真诸葛又亮一米远的后方，它们启动了声波，奇怪的是，仿真诸葛又亮依然挺立着看书，并没有像之前试验的那样——在之前的试验中，某些据称是有罪的人，被当成实验品猎杀，无一例外地，在杀人机启动声波之后，迅即倒地而亡。

看到仿真诸葛又亮没有动静，另外三台架杀人机也飞了进来，齐聚在仿真诸葛又亮的脑袋后方，一起发动攻击，仿真诸葛又亮依然没有任何反应，继续看书。

五架杀人机从没有遇到过这种情况，围着仿真诸葛又亮的脑袋，飞来飞去。

在大道公司的工程部和风格公司的实验室，都能清晰地看到这一切。

在风格公司这边，罗伯斯和胡肯眼睛都瞪圆了，简直不敢相信看到的一切。每一次拿真人实验，杀人机只要发动攻击，绝对成功，杀死率百分百，面对这个诸葛又亮，而且还是五台杀人机，这是五倍的功率啊，诸葛又亮为什么依然在那里安静地看书？仿佛这一切都没有发生。

胡肯疑惑地说道：“我听说中国的道家，修炼到一定程度，就可以成仙。”

罗伯斯大怒：“胡言乱语，哪有什么神仙！”

胡肯又说：“那就是中国武侠小说里说的那种护体神功。”

罗伯斯拍案而起，眼睛还盯着屏幕：“更是胡扯，都是肉身凡胎，挨上这种声波，必死无疑。也不可能是发生了故障，就算一架发生了故障，怎么可能五架都发生了故障？”

这句话倒是提醒了胡肯，他盯着屏幕看，不再说话。

在大道的工程部，怀特和梁达然也紧盯着诸葛又亮的书房，待五架杀人机齐聚在仿真诸葛又亮身后，刚刚发动完攻击，怀特快速按了一下键盘。书柜顶上的弹射装置瞬时启动，弹出一个密网，网眼比纱窗还密，一下子将五台杀人机罩在其中，仿真诸葛又亮转身过来，将密网勒成一个口袋，死死地罩住了五台杀人机，任凭五台杀人机在网中乱撞。

仿真诸葛又亮将密网罩放在书桌上，继续看书，并朝着网罩做了一个鬼脸。

这个鬼脸，像远程导弹一样，重重地击中了罗伯斯，他从杀人机的复眼中，看到了仿真诸葛又亮胜利的笑容。罗伯斯的头晕了起来，他不知道这个诸葛又亮是怎么做到这一切。

胡肯把画面暂停了，缓缓回放，回放到能看清楚仿真诸葛又亮眼睛的地方，他盯着看了看，打通了一个电话："分析一下眼睛。"

胡肯对罗伯斯说："罗伯斯先生，它很可能是一个假人，我们上当了。"

不一会儿，分析员给胡肯回了电话："那不是人眼，是机器眼。"

罗伯斯举起双手，狠狠地拍了一下自己的脑袋。

罗伯斯的手机还在桌子上放着，有一个电话打了进来，响了很久罗伯斯都没有接，胡肯看了看罗伯斯，又看了看手机的来电名字，显示的是"宗主"。

胡肯默默地拿起手机，递到了罗伯斯的面前。

上午八点半，太阳从厚厚的云层中闪出来，世间万物铺上了一层金辉。

刘义、曹欣一帮人带着抑制不住的兴奋和笑容，打开诸葛又亮闭关的门。

怀特说："我们胜利了，我们捕获了五架杀人机。"

诸葛又亮说："智谋建立在实力的基础上，哪怕是以少胜多，这个'少'，也是需要有的。这一次，我们能让它们上当，下一次，就未必了。它们的学习能力很强。"

梁达然问："那我们怎么办？"

诸葛又亮并未回答，而是看了看曹欣和刘义。刘义也看着诸葛又亮，诸葛又亮也读懂了：之前进行的布局，正在顺利进行。

二十一

且临春风自得意，缴获杀人机的消息，有如春风，吹遍大道。不管这春风与刘教授有无关系，关系大小，刘教授也很是得意。下班的时候，他给汤如意打了个电话，让她准备些饭菜，开一瓶红酒，要好好庆祝一下。

汤如意一听，这下又可以套取消息了。她并不知道杀人机折戟沉沙，只知道，刘教授要喝酒，这就是天大的好事，他越不清醒，对自己就越有利。

刚刚准备好两个凉菜，两个甜点，正要炒热菜，汤如意又接到胡肯的电话。胡肯在电话里有点蔫，他把杀人机失利的事情讲了一下，然后说："亲爱的，虽然我很悲伤，但我希望，这是我们的机会。"

汤如意恨恨地说："我就知道罗伯斯会失败，太急功近利，不能成大事。"

"宗主让我联系你，让你等待指令。"

"那我现在的身份怎么办？"

"宗主自有安排，应该是让你回A国，中国那边的事让别人做。"

正打着电话，汤如意从窗台上看见刘教授的车，马上说："那个傻缺回来了，我觉得我今天会有收获。"

"好，"胡肯说，"我们先看看宗主怎么处理罗伯斯。不过，我觉得罗伯斯是组织的大股东，宗主也也不会把他怎么样，顶多是不让他负责风格公司相关事务。"

"那不正是我们盼望的吗？"

挂了电话，汤如意把头发胡乱扎了一下，开始炒菜，声音很大，好像刘教授进来都没有听见的样子。刘教授进了门，看见了炒菜的汤如意，一下子走过去从后面抱住她，说了一声："辛苦我的小美人了！"

"别乱动，炒菜呢。"

汤如意知道刘教授不胜酒力，还喜欢沾酒，一沾就晕乎，今天让他这根筋一抽，当真是绝佳机会。

果然，半杯红酒下肚，刘教授已经满脸通红，话多如炒豆，看见火候差不多了，汤如意问道："你这是怎么了？很反常啊。"

刘教授伸出一只手，叉开五指："今天，我们，捕获了五架，五架啊，这个世界最先进的小武器。"

"净说胡话，"汤如意故意卖傻道，"啥叫小武器？"

“就是像苍蝇那么大的武器，透明的，很漂亮，攻击性很强。”刘教授说，“就像你一样。”

“少扯，又不是你的功劳。”汤如意开始引开话题，“不过，我听说你们大道公司最近经历了好多事，那些听起来不可思议的花样攻击，每一次都能化解，我听说都是那个诸葛又亮的功劳，神一般的人。”

“我和他是高中同学，他哪有那么神！”刘教授不太服气，“他是出门云游了三个月，取了些真经回来，连他自己也承认，借鉴的全是前人的启示和智慧。”

汤如意马上又给他添了一杯酒，问道：“前人是啥启示、啥智慧？”

刘教授一下子喝了小半杯：“这个嘛，我要给他挑个错，他统称为思想，其实，准确来说，是一种中国特有的智慧、深情和热血！”

汤如意就笑：“瞧瞧，看把你今天高兴的，这喝上酒都变成诗人了！你给我讲讲，什么是特有的的智慧、深情和热血。”

“可以，没问题。”刘教授越发得意，他想了想，给汤如意讲了好几个关于深情和热血的故事。

红二十五军军长吴焕先，28岁就牺牲了。他有名的壮举是破家革命。他家本来是地主，有一天，他把佃农、债农都叫到自己家，烧了契约和借条，并当众宣布，谁种他家的田地，田地就归谁所有。他所在的部队，有时缺衣少粮，战士们好不容易有了一点大米，给他熬了粥，他一口不喝，都给了伤病员。

他的妻子外出乞讨逃难，把讨来一袋百家粮送到部队，自己却饿死在回家路上。

陈树湘，红三十四师师长，在战斗中失血过多昏迷后被俘。在敌人将他押往长沙请赏的路上，他乘敌不备，把手伸进腹部伤口，用尽最后的力气把肠子扯出来绞断，壮烈牺牲。被后人称为断肠将军。

赵一曼，日本人在她身上试用刚刚发明的电刑，电流一接通，赵一曼身体变得僵直，但她嘴里面依然在说“不知道”。经过无休无止的电刑和拷打，敌人从赵一慢嘴里得到的，是这样的话：“我的一切行动，都是因为你们这些日本强盗侵略了中国的土地。”

江竹筠，也就是江姐，她被捕后，老虎凳、吊索、电刑、有刺钢鞭、竹签子……敌人把这些刑具都用了个遍，也没有从她嘴里得到一件情报。她说：“毒刑拷打，那是太小的考验。竹签子是竹做的，共产党员的意志是钢铁。”在感觉可能牺牲的时候，她留下自己的遗志，希望自己的孩子“踏着父母之足迹，以建设新中国为志，为共产主义事业奋斗到底”。

许玉忠，河北沧州人，解放军战士，志愿参加抗美援朝，上战场的时候，和家人说了三句话：“来世再见，要是一去不回，那就一去不回。”后来在小说中演化为“若一去不回，便一去不回。”再后来，在2020年的抗击新型冠状病毒疫情时，数万医护人员驰援湖北，也有人在申请书上写着这样的话语：“我志愿献身医学，此赴鄂，救苍生，若一去不回，便一去不回。”

这句话成为中国精神的真实写照。

1971年，周恩来会见日本公明党代表团，其间，有人问起“养生之道”，周恩来回答说：“在漫长的中国革命岁月中，许多同志都牺牲了。为了把牺牲同志的工作都承担起来，我们活着的人就要更加努力地工作。我每天激励自己，这也算是我的养生之道吧。”有人曾经做过一个统计，1974年1月到5月，他在十二小时工作量以内的天数，只有十三天，连续工作二十四小时的有五天。

陈望道，是《共产党宣言》的翻译者。翻译《共产党宣言》时，正值春节期间。义乌地区有吃粽子蘸红糖水的风俗。有一天，陈望道的母亲给他端来一盘粽子和一碗红糖水。过了一会儿，他的母亲问他红糖水够不够，却惊讶地发现，陈望道一手握笔，一手拿着粽子吃，边吃还边说：够了，很甜。而嘴角满是墨汁！母亲心疼地问他：“很苦吧？”陈望道说：“不，真理的味道非常甜。”

陈毅，1935年2月到达油山地区和梅岭，开始了艰苦卓绝的游击战争。1936年冬，陈毅的旧部下陈海叛变，引诱陈毅等同志下山。陈毅一大早来到县城，在距离交通站只有三四十米远时发现了危险，便迅速撤回梅岭，潜伏莽丛间二十多天。敌人因搜捕不到他，放火烧山。陈毅以赴死之豪气，写下了《梅岭三章》，藏在棉衣内层。

（一）

断头今日意如何？

创业艰难百战多。
此去泉台招旧部，
旌旗十万斩阎罗。

（二）

南国烽烟正十年，
此头须向国门悬。
后死诸君多努力，
捷报飞来当纸钱。

（三）

投身革命即为家，
血雨腥风应有涯。
取义成仁今日事，
人间遍种自由花。

这些故事，讲得汤如意惊讶万分！她很难想象，在人世间，曾经存在过这样的一批人。她有二分之一的A国血统、四分之一的日本血统、四分之一的印度血统，拥有这些血统的亲友们，从来没有给她讲过这样的故事。她被这些伟大的、无私的故事感动，甚至流下了泪水，不过擦干泪水，她决定继续干自私的事情。

汤如意说："这些故事都太惨烈了，也太感人了，我最喜欢那三首诗，写得太好了。我要好好学习学习。"

刘教授就笑了："你学啥？你一个开VR体验店的小老板。再说了，这也不是谁都能学得到的，这是中国人骨子里面流淌的一种东西，有传承的。”

汤如意问：“有什么传承？”

刘教授大声笑着说：“你不懂，中国人都有一种东西叫气节！你爱听诗词？那我还用两句诗来总结吧。”

汤如意果然感兴趣：“什么诗词？”

刘教授说：“毛泽东写的：为有牺牲多壮志，敢叫日月换新天！”

汤如意拍手：“好诗，好诗。”

再看刘教授，已是醉眼迷离，东倒西歪。汤如意赶忙扶着刘教授回到卧室，把他放倒在床上，然后去收拾碗筷。

在厨房里，汤如意悄悄打通了胡肯的电话：“胡肯，刘傻缺今天喝多了，我学到了非常重要的一课。”

“嗯？”

“旌旗十万斩阎罗还有中国人骨子里流淌着一种东西，叫传承。”

“听不懂。”

“我有一个非常厉害的计划，如果宗主选了我，我一定会好好完成任务，到时你要帮我哦。”

第二天，没有和任何人打招呼，汤如意飞回了 A 国。按正常途径来说，以她这个不入流的角色，要想见到宗主，是绝对不可能的事。

不过胡肯早就给汤如意做好了铺垫。

前一天，宗主召唤胡肯，给他下了一道指令：你来接管风格公司吧，茶几上有一个银色的金属盒，打开看看。

胡肯打开盒子，原来是象征着进入组织核心阶层的标志物：三眼神兽金牌。他正在激动间就被告知，罗伯斯的金牌并没有被收回，他是组织的大股东，只是不再管理风格公司，而是另有差事。

胡肯有些受宠若惊，他说："宗主，我无法胜任这么重要的职务，我只是一个搞专业技术的。但是，我知道一个人，非常厉害。"

"谁？"

"汤如意。"

"汤如意？组织派到中国的那个女孩？她怎么个厉害法？"

胡肯说："属下觉得，汤如意有着掌控一方的综合能力。在无人机发动攻击之前，就是汤如意卧底大道公司，拿到了诸葛又亮的相片，另外，她也提供了许多大道公司的内幕消息。在罗伯斯发动攻击之前，汤如意就和我说，罗伯斯不会成功，因为他格局太小，急功近利，不是成事的性格。"

"哦？那她有什么打算？"

胡肯向宗主复述了汤如意那个"庞大的计划"，并特别说，这来源于大道公司的智慧，用中国的古话说，叫作"以其人之道，还治其人之身"。宗主如果能够把汤如意用起来，汤如意就有可能施展毁灭大道的能力和魄力。

宗主向来对胡肯另眼看待，常常称他为组织内部最聪明的人。胡肯突然说自己不行，力推汤如意，宗主自然大感意外。宗主重视胡肯的意见直接下令，把汤如意召回来，由胡肯组织风格公司的会议，由汤如意主持，看看众人对她是否信服。

本来，胡肯推荐汤如意，只是要试探一下，没抱太大希望。他没有想到宗主会如此尊重他的意见，马上给了汤如意一个表现的机会，这才是真正的受宠若惊啊。

胡肯知道，宗主可以对整个会议室进行全程监控，360度无死角，还可以调动每一个人的特写，包括细微表情，和亲临会场没什么差别。汤如意在会场的表现，一言一行自然尽收眼底。

胡肯在召集众人开会的时候，并没有事先通知会议内容。大家坐定之后，才发现罗伯斯的位置居然空着，胡肯和蒙巴顿相对而坐，会议室没有魏什么，她还没有资格坐进这个会议室。而胡肯旁边多了一个白衣女子，似笑非笑，妩媚和杀气混在一起，看着她的脸，如同摸到冰箱一侧发热的金属。

大家对罗伯斯的去向心照不宣，更多的目光和心思都放在了汤如意身上。胡肯看一眼汤如意，看着这个在大学时候和自己谈过恋爱的恋人，这个组织重要的棋子，美艳的花朵，胡肯涌上来一阵复杂的思绪。

等到汤如意的脸蛋和身材已经吸引了一帮男人的目光，胡肯才开始介绍：这位是组织从中国工作部门调回来的汤如意女士，对风格公司，她一直很仰慕，也是罗伯斯先生布在中国的眼线，她有一些想法想和大家聊一聊。

汤如意站起来，向大家深深鞠了一躬。这个动作，是她在日本学到的标准礼仪。但她心里想的却不是礼仪，而是自己的身材。

汤如意鞠躬之后，也不落座，而是站着说话："在中国的这几年，我学了一些中国的知识，也可以叫中国智慧。比如《孙子兵法》的知己知彼、上兵伐谋、不战而屈人之兵，比如一些民间俗语，比如不入虎穴、焉得虎子，比如三十六计。"

“我探知到那个诸葛又亮的智谋的出处，主要就是一种中国特有的智慧，智慧之外，我更愿意加上两样东西：热血和勇气。我们要想斗得过他们，就要用他们的方法。比如他们有一种战争方法叫‘以数倍兵力包围敌人’，还有一句特别励志的诗叫：旌旗十万斩阎罗。这是一种战术，也是一种气势。”

蒙巴顿听出了点门道，谦虚地问道：“请问有什么具体计划？”

汤如意朝着罗伯斯坐过的椅子鞠了一躬，然后说：“我要感谢德高望重的罗伯斯先生，虽然最近几次失利了，但在他的领导下，风格公司被打造成了世界一流公司，有着最高端和独一无二的科技力量，尤其是头发丝工程和苍蝇式无人机工程。没有这两个伟大工程，我的一切计划都无法实施。同时，罗伯斯先生又过于善良了，也过于冲动了，一气之下，派出五台无人机，结果被他们全部捕获了，还当成样板研究，这是一个重大的失误。我的意见是，从现在开始，不再出击，悄悄研究，尽快解决攻击距离问题。哪怕一时间无法解决，我们现在也要开始打造秘密车间，生产现有水平的无人机，等待将来升级。退一万步讲，如果不能升级，也要不停地生产，生产十万台！”

“十万台！”

大家一片惊呼，蒙巴顿更是惊得张大了嘴，只有胡肯事先知道，他不动声色，反而以赞许的目光看着汤如意。汤如意此时的目光，已经变成两道激光，所过之处，横扫一切。她说：“对，就是十万台！他们不是讲人民吗？在智能时代，无人机就是人民，我们要把他们包围在无人机的汪洋大海之中。请大家设想一下，这十万台无人机漂洋过海，就算只能做到一米以内攻击，也根本无人能敌，我们不必等到远程攻击实现之后，就可以征服对手。”

现场一下子陷入了沉默，大家在脑海中想象了一下，这种画面过于疯狂，甚至让人联想到世界末日，无人机攻击群从天而降，像星星一样坠落，人群无声倒地，尸身叠加，有如湖水干涸后，湖底一层层的鱼。

蒙巴顿努力平静地说：“我们出动十万无人机，以它们的杀伤力，这就是屠城，甚至可以屠国。我听罗伯斯先生说过，这并不是我们的战略目标，也不是我们需要的未来美好世界。”

汤如意露出一丝微笑，这笑容来得很奇怪，就像在厚厚的冰层上，一个高明的匠人，凿出来一张可爱却冒着寒意的笑脸：“我很崇拜的蒙巴顿大哥，你怎么把你的头发丝工程给忘记了？”

“有关系吗？”

“有，”汤如意说，“我在经营 VR 体验机的时候，我感觉好像悟到了什么，也嗅到了未来美好世界的一丝味道。我们的无人机，将不仅携带声波杀人武器，还将携带头发丝，这也就是我说的，我们并不用在意无人机是否可以实现远程攻击，有一部分无人机，必须贴身攻击。在进行好这些准备工作之后，我们才能实施精准打击，实现未来美好世界具体办法是……”

胡肯这时候突然站起来，示意汤如意坐下：“关于未来美好的世界的具体设想，不在今天的讨论范围。请大家看手机里的特别授权通知，一分钟前发出来的。”

蒙巴顿赶忙拿出手机，特别授权通知已经跳上主屏幕，是宗主发出来的："任命汤如意为风格公司总经理，全权负责风格公司一切事务。"

二十二

刘教授一觉睡到快九点，酒劲醒了一大半，回忆了一下昨晚的情景，伸出手摸摸旁边，发现是空的。他缓了缓，叫了几声"如意"，没有任何回音。他想，也许汤如意上班去了。

洗了一把脸，刘教授给汤如意打电话，电话里却传来"你拨打的电话暂时无法接通"的声音，刘教授觉得不可思议。他越想越觉得不对劲。回到卧室，他突然发现，汤如意的旅行箱不见了，打开衣柜，衣服也少了一多半，他惊得目瞪口呆。

冷静下来，刘教授知道事情不简单，他无法想象，一个天天抱着他睡觉的人，会突然不辞而别，而且自己就在旁边睡觉，完全可以把自己叫醒的！到这个时候，刘教授才发觉事情不对：自己怎么会睡得这么死？昨晚一定是被下药了。

汤如意接管风格公司的消息，当天中午就传到了大道公司。刘教授差点原地爆炸。这段时间，刘教授已经在汤如意的居室来去自由。更让刘教授沮丧的是，在汤如意的引导下，还想象了未来的孩子长什么模样。刘教授曾想过，因为汤如意本身是三国混血，再加上自己的中国血统，如果生下孩子，一定是一个神奇的产物。

得知汤如意入主风格公司，刘教授的第一反应，并不是自己被利用，而是觉得和自己相爱的女人果然不简单，竟然被风格公司给挖走了，在这种特别的逻辑下，被欺骗的事变成了令他自豪的事。他想得更多的是，自己的生命中，再也没有汤如意这个人了吗？那些点点滴滴，日日夜夜，自已这落空的身体和心情，可怎么熬得过去？

直到曹欣通知他去圆顶会议室开会，刘教授还沉浸在悲痛而不是反思中。

等刘教授到了圆顶会议室，刚进门，就被刘义劈头盖脸一通骂："刘教授！怪不得教授就是个外号，你和真正的教授，差了十万八千里！营销总监的位置，你到底能不能做？我觉得你适合做叛徒，把诸葛先生的照片给了汤如意，把我们的斗争思路给了汤如意，你还有什么是不能给汤如意的？你要害死先生，害死大道吗？"

刘教授被骂得低头不语，不知所措。诸葛又亮站起来，扶刘教授坐下，拍拍他的肩膀："我们还是商量商量，如何把坏事变成好事吧。"

怀特说："根据蒙巴顿反馈过来的消息，汤如意就是个疯子，而且据说，苍蝇式无痕杀人机的主要发明人，就是汤如意的老情人胡肯。这次就是胡肯推荐汤如意主导风格公司的。如果风格公司真的实施这个疯子的计划，十万杀人机杀过来，我们很难对付。"

诸葛又亮说："古往今来，兵贵神速，如果是今天晚上就杀过来，我们确实没有办法对付。但要等他们融合功能，实现量产，还需要一段时间，肯定会有办法的。"

刘义问："什么办法？"

诸葛又亮说："这个世界，科技和武力不是绞杀一切的东西。汤如意有意学习中国1921年以来的智慧、热血和勇气，可惜她只能学到皮毛，没有强大的内核驱动，终究是一场空。大家想想，他们和我们，本质的区别是什么？”

众人纷纷摇头。

“本质区别就两个字：利他。”诸葛又亮抬起右手，伸出两个手指头，“利己是天性，利他则无敌。新启示和新思维的核心，是在为劳苦大众谋福利，为了解决腐朽统治造成的内忧，为了解决列强欺压造成的外患，在这个基础上，才有了内心驱动力，才有人民，才有群众！而利己会带来什么？前面是利益至上，有利则合，无利则分，利益后面是资本驱动，这种结构，等于是大魔鬼带领着小魔鬼，在智能时代，最末端的小魔鬼不再是活生生的人，而是十万杀人机。不管他有多少杀人机，只要是利己主义，资本驱动，我们就能找到破敌之策。

“再先进的文化也需要有武力支持，正所谓枪杆子里面出政权。汤如意在中国的任务完成，回A国去了。蒙巴顿和魏什么的任务也完成了，他俩救了大道，也救了我的命，还知道了十万杀人机计划。这个时候，他们也该回到中国，和怀特一起研发反杀人机武器。”

怀特欢呼起来：“哇，太好了！他俩都比我聪明，我好想他们俩。”

刘义显然还是心有余悸，问道：“先生，这个魏什么可靠吗？怀特千万不能成为第二个刘教授。”

诸葛又亮看了眼一直沉默的刘教授，安抚道：“魏什么绝对可靠，她和蒙巴顿回中国的事，一定要好好策划，我们不可以低估胡肯和汤如意，一旦被他们发现，以汤如意的狠毒，一定会加害魏什么和蒙巴顿。”

梁达然说：“在历史上，发生过好几起科学家、芯片专家、外交专家被谋害事件，全部被认为是意外事件。自杀、汽车事故、飞机事故、抢劫事件。在网上，广泛流传着一种说法，马航飞机失踪事件之所以成为未解之谜，并不是因为飞机发生了事故，而是因为飞机上坐着四个顶级芯片专家……当然这种事情，只是单纯的推理，没有证据，也不可能有证据。再比如，2012 年，在中日韩进行自贸区谈判的时候，日方谈判代表松一忠洋因婚外恋自杀，要知道，当时这个老爷子已经 74 岁。仅仅过了六天，又一名谈判代表西宫伸一突然昏迷，而后死亡，导致谈判中断。现在，只要派出一架苍蝇式无痕杀人机，更是神不知鬼不觉。”

诸葛又亮说：“对，这个组织比起过去某些国家的政客，有过之而无不及。为了避开危险，我们可以学一学钱学森先生的策略，想当年，钱学森要回国，美国当然是不同意的。有一句著名的话，是当时的美国海军次长丹尼说的：‘钱学森无论走到哪里，都抵得上五个师的兵力，我宁愿把这家伙给枪毙了，也不能让他回到中国！’在中美谈判桌上，美国人说，钱学森并不想回到中国，我们要尊重他的意见。同时，他们派特工把钱学森严密监视起来。钱学森想了一个办法，给外交部写了一封信，假装写给欧洲的亲戚，这封信辗转欧洲，才送到了中国。今天，蒙巴顿和魏什么的回国路线，也一定是曲线的，不能直接从 A 国飞到中国。”

怀特伸出胳膊比画了几下：“又是中国人的太极拳？”

梁达然轻轻按下怀特的胳膊：“你只知道太极拳，就不知道我们军队的智慧，没听说过声东击西、金蝉脱壳、瞒天过海？”

怀特一扬眉：“我只听说过美人计。”然后，他意识到了什么，马上对刘教授说，“对不起，刘教授。”

梁达然摇摇头：“看来你也没听说过哪壶不开提哪壶。”

梁达然每次通知魏什么，都倒了时差，时间差不多就在魏什么入睡时分。

这次魏什么接到电话的时候，正在看一档经典英剧，魏什么也精通英语，但她其实很不喜欢英语，她不明白，国内的学术成果，为什么要以英语论文来衡量？

魏什么想，英语的强势，与本身语言的品质无关，而与枪炮有关。最初占领美洲的是西班牙人和葡萄牙人，因为枪炮的关系，拉丁美洲到现在还是讲这两种语言。同样是因为枪炮的关系，后来占领北美和澳大利亚的是英国人，所以北美和澳大利亚就是讲英语。

魏什么进而想到，照这种逻辑，那么，所谓的哪种文化多么牛多么厉害，是不是也与文化本身牛不牛没有关系，而是与枪炮有关系？如果是这样的话，就能解释通好多问题了，也更能明白文化的本质了：在过去几百年里，文化的影响力和波及面，与先进与否无关，也只与枪炮有关。

想到这的时候，备用电话响了起来，魏什么一看是梁达然，稍有失落，懒洋洋地问道：“喂，有什么要紧事？”

“回国，一周内。”

魏什么一下子从床上跳了起来：“终于盼到这一天了。”

梁达然说："先别急，我替先生告诉你十二个字：曲线回国，一出好戏，全靠演技。"

魏什么马上明白了什么意思，心想，这还不简单。第二天，魏什么挽着蒙巴顿的胳膊到了公司，引起工程师们的一片轰动。魏什么到了风格公司，一改公司只有男工程师的状态，导致在工程师部的脸部造型发生了结构性变化，以前是皱着眉头工作，现在是流着口水工作，整个办公室的激素水平也得到了调整。魏什么因聪明而高傲，被尊为女神。

女神突然挎上了蒙巴顿的胳膊，得知这个消息，连一向阴冷的汤如意都送来祝福。在汤如意看来，蒙巴顿和魏什么谈恋爱，就能拴住魏什么的心，让她好好留在风格公司，省去许多担心。两人就这样，在办公室天天秀恩爱，足足表演了六天。

在第七天，两人一起找到汤如意，说要休年假，去欧洲度假。汤如意二话没说，马上就答应了。如果是魏什么一个人走，汤如意还真不放心，说不定还会和胡肯商量一下，或者问问宗主。有蒙巴顿一起去，又加上两人的情侣关系，基本上没什么好担心的。

两人第二天就飞到维也纳。刚下飞机，两人的隐密手机就同时收到信息："速通电话，梁达然。"

两人在机场附近的酒店入住，马上给梁达然回了电话，梁达然给出的建议是，蒙巴顿不能到中国，魏什么回来就可以。在上次圆顶会议室会议之后，梁达然多了个心眼，他对诸葛又亮的安排提出了一点调整建议：蒙巴顿和魏什么不能同时回到中国，原因是，如果蒙巴顿和魏什么都回到中国，在风格公司将没有眼线，没有了

“地下党”，对大道的整体计划，坏处大于好处。再者，他们俩一起回到中国，相当于告诉汤如意，你的十万杀人机计划，我们已经知晓，汤如意就有可能改变计划，提出更可怕的设想，而大道还一无所知，这很不利于大道。

蒙巴顿不回中国，还有一个很大的好处：魏什么甩他而去，在汤如意和胡肯看来，等于是戏耍了蒙巴顿，蒙巴顿当然会仇视魏什么，仇视大道公司。由此，汤如意就会更加信任蒙巴顿，有利于蒙巴顿提供更多情报。

梁达然的这个建议，得到了大家的认可。为了做得更像，梁达然给魏什么和蒙巴顿安排了一场戏。

魏什么和蒙巴顿入住酒店的时间是下午四点，梁达然另派了一对年轻情侣早早到达维也纳，提前在酒店大厅等候。魏什么假装到大厅咨询，背着一个白色的敞口包，戴着一顶白色阔边帽，一袭淡蓝色长裙，不再像刚毕业的学生。情侣中的男孩小孙和魏什么对了一下眼神，在大厅擦身而过，他悄悄往魏什么包里塞了一个信封。

魏什么回到酒店，看见蒙巴顿正在椅子上看旅游手册，好像真的要旅游一样。魏什么就问：“一个人旅游有意思吗？”

蒙巴顿抬头，眉毛一挑：“一个人？”

“是啊，你瞧瞧这信封里是什么？”

蒙巴顿接过信封，掏出里面的东西，是一张从维也纳出发的东方快车火车票，晚上九点的，另一张是凌晨从乌克兰基辅起飞的机票，还有一个小包，打开之后是两颗药。

蒙巴顿问道：“这两颗药是什么？”

魏什么不怀好意地一笑：“药是安眠药，演戏，就要演得像一点！你最好明天早上呢，去医疗机构化验一下血，留个证据。”

蒙巴顿看着药片，皱眉：“我真的要吃下这个药？”

魏什么说：“当然要吃，胡肯和汤如意一旦怀疑，你就没命了！”

“哦，”蒙巴顿说，“有道理，演戏就要演得真一点。”

“当然。”

蒙巴顿想了想：“你不会趁我被药倒，悄悄做点什么吧？”

“会，”魏什么给蒙巴顿倒了一杯水，“喝吧，我会悄悄在你脸上写上两个字：傻 ×，然后离开，回到大道公司。”

蒙巴顿很不情愿地端起水杯，把两颗药吃了下去。不一会儿，药劲上来了，蒙巴顿倒在了床上。

酒店外边，组织在欧洲分部的两个特工，密切地注视着酒店门口，观察着蒙巴顿居住的房间。

过了一会儿，魏什么从电梯里走了出来，还是戴着那顶阔边帽，一袭淡蓝色长裙，身边没有跟着蒙巴顿。奇怪的是，她还拖着一个小行李箱。她慢腾腾地出了酒店大门，走到一条街不远处的另外一家酒店。门口已经有人接她，一个个子不高的男人，东方面孔，神神秘秘的感觉。

这个男人接过魏什么的行李箱，直接上了电梯，看来这个人已经给魏什么订好了房间。这两个特工赶忙向组织欧洲分部汇报，欧洲分部回话，这个男人姓孙，是中国人，订的房间是515。两个特工商量了一下，决定耐心蹲守，他们觉得这是魏什么出逃前的伪装，假装和另外一个人约会，但这一定是假象，她一定会悄悄溜走。

但他们没想到的是，这是一个假扮的魏什么。

小孙和假魏什么一进房间，就紧紧地拥抱在了一起。小孙说："我们这次出差很刺激。"

假魏什么说："也非常浪漫，晚上我们可以去听音乐会。"

小孙摇摇头："不不，你出现的次数越多，他们发现你是伪装的可能性就越大。"

假魏什么说："那我们就在屋里待着？"

小孙说："对，直到魏什么成功回到大道。在此之前，我们就在屋里待着，让外面那两个特工高度紧张着。现在要紧的是，我要先撕下你的伪装。"

说着，小孙就要撕去假魏什么的人脸面具。假魏什么一下子躲开："先别撕，你难道不觉得魏什么比我好看？"

小孙上前两步，再次抱住假魏什么："我觉得你更好看，你比任何人都好看。感谢上天，国庆节之后，我们就是一家人了。"

假魏什么说："回去咱们就筹办婚礼。"

魏什么从酒店的窗户里，看到两个特工跟着假魏什么走了。

随后，她离开了酒店，到了车站，直到坐上火车，心中依然恍惚不已。在火车上，她先是警觉地看着四周，她很担心，汤如意会不会派人跟踪，会不会派出杀手，想着想着，夜已深，魏什么闭上了眼睛，进入半梦半醒之间。

许是深夏，或是初秋，妆容现慵懒，汉服有禅意，父亲的剪影，妈妈的暖语，可能微醺，可能品茶，前有曲径，侧有小门，可见琉璃，流水潺潺，浮灯闪闪，撑着伞的梦在晃动，溅出一路水花，梦萦魂绕的何止是故乡。

一梦醒来，火车已到基辅郊外。

然后她换乘了飞机，人在浮云之上，心却越来越踏实。在飞机上，她再也睡不着，当思归化为归途，她能感觉到，飞机已经飞到中国上空，正在飞过天山，飞过吐鲁番、飞过丝绸之路、飞过河西走廊、飞过长城西、飞过黄河湾、飞过大漠、飞过草原、飞过兵马俑、飞过黄土高原、飞过华北平原，飞到美轮美奂的机场。

刚提了行李，梁达然已经打过来电话，说为了安全，让她自己来停车场找他们的车。在离汽车还有几十米的地方，魏什么见从车上跳下来怀特，向自己奔跑过来。

怀特跑到魏什么面前，没有任何缓冲，直接把魏什么抱了起来，转了好几圈。魏什么猝不及防，箱子全部倒地。怀特放下魏什么，扶起箱子，边走边说："梁达然不让我下车，说是可能有危险，可我忍不住。"

"是……"魏什么调皮地说，"死了活该的意思吗？"

"差不多。"

"那我为什么要陪葬？"

怀特看了看四周："我觉得不会，因为爱能感化人心，他们舍不得杀我们。"

说话间，两个人已经上了车。梁达然马上启动引擎，一边开车，一边说："在后座上不要有任何亲密动作！"

魏什么问道："有亲密动作会引来杀手吗？"

梁达然忍着笑："不会，会让我心里不愉快。"

第二天醒来，蒙巴顿扛着发晕的脑袋，给胡肯发了一条信息：魏什么不在酒店，处于失联状态，我可能被下药了。发完信息，想起魏什么的话，又到最近的医院抽血化验。等到报告单出来后蒙巴顿拍了照，给胡肯发了过去。

胡肯把情况和汤如意说了，汤如意看了看化验单，马上打电话给欧洲分部，也不管对方是谁，怒吼道："你们那两个笨蛋不是监视着魏什么吗？魏什么为什么回到了大道？！"

"他们用了替身。"

"把替身干掉！"

"什么？您这是报复，于事无补，还可能惹出不必要的麻烦，不建议采用。"

汤如意的怒吼变成了尖叫："把替身干掉，否则我要你们的命！"

十分钟后，两个特工进入酒店，用解码器打开515房间，一推门，他们看到两个紧紧抱在一起的人。在小孙和假魏什么惊恐的眼神中，他们向他们俩各开了三枪。

血泊中，他们永远地在一起了。

二十三

梁达然开车往市区走，一路上，魏什么就不停地念叨，吃了几个月取名为汉堡的肉夹馍，喝了几个月取名为可乐的色素和碳酸，想家乡菜都快想疯了。

怀特本来想请魏什么吃饭，结果魏什么说，天底下只有我妈最熟悉我的胃，今天哪儿也不去，和什么人也不聚，一定要和爸妈在一起。

到了楼下，怀特坚持把魏什么送到家门口。怀特的理由是，魏什么把蒙巴顿药倒，丢在维也纳，自己一个人悄悄回到中国，蒙巴顿醒了之后，告诉组织自己被暗算了，吃了魏什么的药，一觉醒来，魏什么不知去向，按照组织的风格，有可能瞅准一切机会对魏什么狠下杀手，包括在电梯开门的一瞬间。

梁达然摇摇头："你别让伯父伯母把你当成杀手就好。"

等怀特把魏什么送进家门，回到车里，梁达然问："见着她父母了？"

怀特点点头："伯父伯母很热情，但我没有进门，客气几句就下来了。"

梁达然说："你做得非常正确，第一次确实不宜进门，太唐突了，而且，我得提醒你一件事，你刚才说要保护魏什么，有点吹牛了。你的体格虽然比魏什么壮实，不过遇到危险，有可能还得她保护你。"

"为什么？"

"因为，魏什么是形意拳高手，一个人打三个小伙子没有问题。"

"形意拳？什么是形意拳？"

梁达然说，"在中国，学形意拳的人并不是很多，但在全国各地都有形意拳协会。这个拳种攻击性比较强，杀伤力比较大。我就知道这些，其余的你得上网查。”

怀特充满想象的样子：“我可以跟着她学。”

放下怀特，梁达然一个人在车里待了一会儿，有些事情，还是理不清，他心中不解的是，汤如意提出十万杀人机计划，诸葛又亮照样说不可怕，可诸葛又亮以往说，如果真造出了十万杀人机，那就是大麻烦。带着这个疑惑，梁达然给诸葛又亮打电话，请诸葛又亮喝茶。诸葛又亮说：“我也正想出门呢，估摸着时间也差不多了。”

梁达然接了诸葛又亮，来到附近一家小茶室，要了几碟小凉菜，点了两碗烩菜面，服务员提了一壶绿茶过来，推拉门一关，中式窗棂外是冒着热气的厨房，两个厨师的聊天声近在耳边。

梁达然开始小声说话：“先生，这个所谓的雅间是不是吵了点？”

诸葛又亮：“这里甚好。我提两句古人的诗词吧，正好形容此刻。人间有味是清欢，听取蛙声一片。”

梁达然：“蛙声的话，先生还是嫌人家聒噪。”

诸葛又亮：“蛙叫，没有指挥，没有音律，定然是杂乱音而非雅乐，然而，却是美好的享受，绝不包含有聒噪的意思。这恰是中国文化中很重要的一面，天人合一，大自然与人类和谐相处的境界。而老庄所谓五音乱耳，五色乱目，要是搁到现在，正好是对灯红酒绿夜生活的讽刺。”

梁达然不好意思地笑笑：“蛙声的事以后我再慢慢请教。我现在不懂的是，关于汤如意的十万杀人机。您说过这是大麻烦，也说过不足为虑，因为她虽然学了些新启示和新思维，可惜学到的只是皮毛，为的是小集团的利益，没有利他主义，没有崇高信念，没有善意目标，成不了气候。”

“是，我大概是这么说的。”

梁达然问道：“那……那你为什么说十万杀人机计划不足为虑？”

诸葛又亮说：“这依然是新启示和新思维的智慧。当然，实力也不可以悬殊，差距不可以太大。枪杆子里面出政权，如果你拿着长矛大刀，面对的是飞机大炮，那你的理念再先进，也不是对手。所以，我说的十万杀人机不足为虑，不是说完全不考虑，事实上，汤如意窃去的那一点皮毛，真的构成了很大的威胁，值得我们认真对待，做好打胜仗的一切准备。于是，我把魏什么调回来，把蒙巴顿留在那里，这一里一外，就是要应对十万杀人机计划。说实话，如果应对不好……”

诸葛又亮说到这里，暂停了一下。梁达然急问：“应对不好，会怎么样？”

“应对不好，他们也不会胜利，原因还是，因为我们有信念。”诸葛又亮说，“但应对不好，我们在战胜他们的过程中，曲折就会较多，损失就会较大，也可能进行一番事业上的长征。我们正在做的事就是，尽量避免走弯路，把损失降低到最低程度。”

说话间，饭菜和茶都已上齐。梁达然一拍桌子：“先生，快坐下，吃饭喝茶，我听懂一多半了，剩下的一小部分，我自行消化。”

二十四

“小孙和小吴被害了！”

曹欣的这句话，让刘义彻底呆住了，文件整理到一半，手僵在半空，一动不动，仿佛被速冻。在所有人眼里，刘义从未有过这样的失态。刘义喜怒不形于色，是商界的冷面女神，而且相当神秘，许多本来应该由董事长出席的会议，一般都由曹欣代劳。媒体也一直鲜少有关刘义的任何报道，一直激发着人们的好奇心。

曹欣尽量平和地描述了一下事情的经过。

良久，刘义才慢慢放下自己的手，文件滑落，散在桌子上，齐整的文件，已被泪水濡湿，皱皱巴巴。刘义哭道：“多好的两个人啊！他们做得太绝，这些杀人犯！”刘义越想越痛心，叫道，“他们完全没有必要杀替身，毫无意义！”

曹欣说：“但他们杀了，只是出于仇恨。”

刘义说：“先生说过，这个世界之所以可怕，就是因为许多人，不问是非，只谈爱恨，被所谓的情感所左右。”

诸葛又亮说：“人类号称感情丰富的动物，成也情感，败也情感。”

曹欣的眼泪吧嗒吧嗒掉了下来：“有人故意搅乱是非，这个世界就剩下仇恨了。这帮混蛋，小孙和小吴是那么善良的人，他们快要结婚了，婚期都定了。”

刘义非常悔恨：“怪我，怪我，不该让他们去冒险！小孙是本地人，你去他家里看看他的父母。小吴是外地人，安排梁达然去看看她的父母。报案有用吗？”

曹欣说：“已经向当地警方报案，调取了监控，是两个黑衣人干的。他们的面目很像，估计用的是假面。”

刘义恨恨地说：“汤如意是个魔鬼！绝不能让她的十万杀人机计划得逞！”

曹欣说：“所幸先生早有布局。”

诸葛又亮问道：“布局可以实施了吗？”

曹欣说：“这两天的事，都在回来的路上。”

离开刘义办公室的时候，诸葛又亮的泪水突然涌出来：“这次，我也失算了。我应该拦着你们，不要让任何人冒险，但是我没有。罪过，罪过啊！”

说罢，他抹一把泪水，长叹而去。

被网住的苍蝇式杀人机，原封不动地被装进了一个黑匣子里，屏蔽所有信号，黑匣子朝上的一面是玻璃，看着那几个通体透明的家伙，怀特早就想到，杀人机的破解难度一定超乎想象，因为这不是一两门学科的科学家所能做到，在专业细分的时代，通才型科学家越来越少。而这个玩意儿，怀特凭经验分析，至少包括材料科学、声波科学、飞行科学、芯片科学、动力科学、计算机科学等六大学科，即使魏什么和蒙巴顿都回来，也只是在计算机科学和声波科学方面有一定优势，或可与之争锋，那其他方面呢？

怀特没有把杀人机从黑匣子里取出，而是伸进手去，把其中一个拆开。在大卸八块后，取出来放好。失去了一切攻击力的杀人机，安静地躺在一个小平台上，像一员得病的猛将，像一个准备做手术的病人。盯着这几个小透明，怀特一时无从下手，就像是骨科的医生，遇到了呼吸科的病人。他对魏什么说："我想到了一个词。"

魏什么说："我也想到了一个词。"

怀特说："那我们一起说？"

魏什么眨眨眼："好——来，一、二……"

两人同时喊出了"会诊"这个词，先是微笑着面对，然后拥抱在了一起。

拥抱一下，再分开，两人又同时皱起了眉："会诊的医生呢？"

两人都同时摇了摇头。

这时传来敲门声，曹欣应声而进，身后跟着四个人。曹欣看了一眼办公室，对怀特说："怀特，你们需要搬到更大一点的办公室了，大三四倍，而且需要购进更多仪器。"

怀特说："我和魏什么刚刚说到团队的事。"

曹欣说："我现在，给你们透露一件事，先生云游归来，几乎是在第一时间，也就是刚刚听魏什么说起五路奇兵的那天晚上，就把我和刘义悄悄叫过去，布局你说的团队问题了。"说着，曹欣指一下自己身后，"怀特，魏什么，你们认识这几位吗？"

怀特和魏什么都摇摇头。

曹欣说："好，那你们一定彼此颇有耳闻。"她指一指怀特，"这位是怀特，是大道的工程师部总监，网络上有一个外号叫潜行者。"

曹欣领进来的这四位都点了点头。

曹欣又指着一位满脸大胡子、有点像马克思的四十岁左右的人说，“这是世界顶级的材料科学家纳马斯先生，一半犹太血统，另一半是什么血统不得而知，据纳马斯先生说，他之所以学材料科学，就是想分析自己是什么材料的合体。到现在，他也没有分析出来。”

纳马斯先生会心一笑，握了握怀特的手：“我听说你知道自己是中国和A国的混血儿，你很幸福，我很羡慕你，而我从小是单亲家庭，母亲拒绝透露关于我爸爸的任何消息。”

曹欣指着另外一位戴着眼镜、清瘦的中年人说：“这位是出生于中亚的中国人。他有一半的中亚血统，他的名字大家都听说过，集智慧和帅气为一体的柯俊达先生，是我们的兄弟公司华兴高科的总工程师，他这次不是来入伙，而是过来支援我们的，属于援军。”

怀特马上主动握住柯俊达的手：“柯老师，您是空气动力学的顶尖大师，早就期望与您会面。”

柯俊达微微一笑：“在芯片技术方面，我们只是你们的助手。”

怀特说：“柯先生过谦了。”

曹欣再指一下一位戴圆眼镜的女士，皮肤微黑，看起来三十几岁，像一个女版哈利·波特。曹欣说：“这位是科学界罕见的女性杰出科学家，波丽女士，来自巴西，她是我们女性的骄傲。她研究出了反转基因的方法，终结了关于转基因不可逆的说法，让转基因食品慢慢回转，而且可以留种子，让世界许多种子生物公司恨之入骨。之后她突然转型，开始研究生物植入科学。以她的研究速度和研究方法，很快就会有突破。”

怀特和波丽握手：“看到你，让我想起居里夫人。”

波丽说：“我要是成为某个夫人，说不定会研究得快些。”

曹欣再往后一指，却指空了，她探出头去，叫了一声："林远森，你怎么躲那么远？"

一个怯生生的男孩子走了进来，向大家点头问好。曹欣说："林远森，中科院大学少年班学生，刚刚毕业，考入大学的时候只有十三岁，所以大学毕业时只有十七岁，在声波科学方面有独到的见解，已经确定硕士博士连读。我们和中科院约好，在十月份之前，林远森会在大道公司工作。"

怀特看了看这个清秀可爱的小男孩，拍拍他的肩膀。请大家落座后，魏什么附在曹欣耳朵边悄悄问道："你太牛了，这些人都是怎么找来的？"

曹欣说："我随后给你讲，我马上安排人布置办公室，魏什么整理一下资料。"

曹欣只给怀特一小时的时间用来收拾各种工具，工人师傅们已经在新办公室安装桌椅，还有更复杂的网线和保密线路，需要怀特过去，现场和师傅们一起安装。怀特喜欢这种速度，也喜欢这种安排，他有一句名言，叫作"每个工程师都应该是一个修理工"，那种突破后台程序，制造出实体东西的成就感，怀特亲自体验过，充满喜悦。

另外怀特在惊喜之余，特别想知道曹欣是如何做到的？怀特瞅了个空子，把曹欣拉到一边，急着问："你必须告诉我，你是怎么做到的？这些人，在我看来，都是眼睛长在天上的人。"

曹欣小脸一扬，打开手机，晃悠了几下。怀特跟着手机晃着头，没看清，一把抓住曹欣的细胳膊，定睛一看，手机屏幕上有一张图片，是天安门广场。

怀特问：“弄错了吧？这就是答案？旅游时候拍的吧？”

“没有弄错，”曹欣说，“这是先生发给我的照片。”

“什么时候？”

“前天。”

“我是问什么时候拍的。”

“先生云游三个月，在回大道之前，最后一站是北京。”

那一天，诸葛又亮拍的天安门广场，一共有好几张，最后一张是特写，只拍了一张标语：

世界人民大团结万岁

这张标语，定稿于1950年国庆节，以前见到这张标语，诸葛又亮也并没有什么想法，但在云游三个月之后再次见到这张标语，眼前竟产生了各种幻象，关于世界人民大团结的样子。想着想着，他突然从幻象中落到现实，落到人类历史上。他想到了《共产党宣言》。

在《共产党宣言》中，最后几句是：

无产者在这个革命中失去的只是锁链

他们获得的将是整个世界

全世界无产者，联合起来

无产者，是什么？已经很久很久没有人探究这个问题了。自从马克思创立阶级斗争理论以来，资本家出于种种考虑，提高工资、加大福利，在事实上，已经把这个概念模糊化、虚化，模糊化和虚化的结果，首先就是无法联合。

现在是智能时代，物质财富发展了几千年，资本来到人间几百年，无产有产已经无法简单的划分，有几亩良田，有几间住房，有几台机器，或者是一个浪流者、工厂打工者、保姆、园丁、司机……这些东西，并不能证明谁是资本家，谁是无产者。那么，到底该怎么划分呢？

诸葛又亮想，就如同卢梭的名言“人生而自由，但却处于无往不在的枷锁之中”，在智能时代，人们处于越来越多的枷锁之中，陷于有形的无形的网中，接受着（而不是遭受）各种各样的控制，所以简单点说就是，能挣脱枷锁的、能冲出明网暗网的、能摆脱控制的，就不是无产者，而那些处于枷锁中的、陷于明网暗网中的、接受着控制的，差不多就是无产者了。再细一点的标准是，无论这个人，有多少资产、有多令人羡慕的工作、有多好的家庭，他会不会突然被随时裁员？会不会被轻易割韭菜？会不会被任意剪羊毛？在命运的大盘中，他会不会被随意抛弃在时代之外？

诸葛又亮进而想到，一个好的社会制度，一个好的世界体系，当然不应该有这样的事情发生。这样的事情，连发生的可能性都不应该有。如果这样，那一定是一个好的社会制度，一个好的世界体系。在这种情况下，无产者才算“失去了锁链”，才算“获得了整个世界”，才能实现“全世界无产者，联合起来”，走向新生。

纵观世界，朝这个方向走得最努力也最能见到光明的，就是中国。

大道公司，作为中国最具代表性的良心企业，义不容辞，一定要做点什么，也一定能做点什么。

“世界人民大团结”，是时候了。诸葛又亮决心已下，坐上了去新区的列车，回到了大道公司。恰好，魏什么突然出现，抖出了风格公司的五路奇兵。五路奇兵的说法，让诸葛又亮下定决心，在当晚就秘密约见了曹欣和刘义，把自己的这个想法和她俩和盘托出。诸葛又亮给曹欣安排了一个神秘任务，这个任务，由诸葛又亮在五路奇兵的基础上，展开合理想象，并进行推演，必须由曹欣去完成。以曹欣的聪慧和口才，加上她精通多国语言，完全可以胜任。

接到任务后，曹欣反复思考，对诸葛又亮的判断和布局，深为敬服。后来，曹欣听诸葛又亮讲了那么多新启示新思维、那么多对敌斗争的智慧，才慢慢明白，这属于最高级别的策反和统战，必须深思熟虑，才能完成好任务。整个过程中，曹欣有一种玩游戏的感觉：布局、攻心、较量、悬疑、刺激，不知道会遇到什么人，不知道会发生什么事。

二十五

纳马斯并不是大道公司先看上的，在曹欣飞到那个南太平洋小岛之前，风格公司已经数度邀请，巨额年薪，纳马斯先生都报以微微一笑。他说，自己喜欢这个群岛，喜欢这里的居民，喜欢自己的实验室。这个群岛位于夏威夷以西，有关亚特兰蒂斯真实所在地的种种传说中，其中一种就是位于该地。主岛叫亚巴土喀拉，是当地土著语，也就是“灵魂”的意思。在这个灵魂小岛上，纳马斯日沐海风，夜观群星，同时思考着海洋里的塑料垃圾，研究用什么材料能取代塑料：入海久了，能化，埋土里了，能吸收，在地面飞，能风解……

纳马斯把风格公司的邀请视为骚扰，因为他实在不懂，一个做软件的公司要一个材料科学家做什么。

接到曹欣的电话时，纳马斯正在调试剂，他一看，是一个完全陌生的电话，然后来电人的名字是：“这是一个与人类命运有关的电话。”纳马斯摘掉手套，抓起电话，觉得有点搞笑，又觉得，能强行修改自己的通讯录，并备注名字，这本事也够大的。于是，他接起来，问道：“你们最好是有什么足够重要的事。”

“是的，”曹欣说，“很重要，这个事情，事关三十亿。”

纳马斯听见是个动听的女声，调皮地反问道：“A元？美元？欧元？人民币？”

“人民，没有币。”

“我可不缺钱，幸好不是钱。是……人民？”

“准确地说，是三十亿人民的生死。”

“生死？”

“对，您能救下这些生命，所以我想和你谈谈。”

“你在哪儿？”

“在你的实验室南边的海滩上，为了保密，我现在算一个游客。

在海滩上左数第三个遮阳伞下面，条形伞。”

二十分钟后，曹欣看到一个身形高大的大胡子男人朝自己走了过来，忙站起身迎接。曹欣穿着橙色背心，牛仔热裤，海风吹着长发，美丽的双眼笑意盈盈。

纳马斯说：“你们的消息真准确。”

曹欣说：“不止是我们，在许多国家和公司，只要他们想知道你在哪儿，你在忙什么，你的手机在忙什么，都可以知道。”

纳马斯说：“那我们的谈话，有人会知道吗？”

“不会。”

“为什么？”

曹欣从口袋里掏出一个金属棒一样的东西，三厘米长半厘米粗，色调灰暗。她晃了晃：“这个东西，能让三米之内，任何电子信号消失，包括卫星导航系统。我是中国大道公司总经理曹欣，纳马斯先生，非常高兴认识你。”

纳马斯问道：“曹女士，你刚才说的三十亿生命是什么？”

曹欣拿出手机，打开相册，调出苍蝇式无痕杀人机的图片：“这是一种声波杀人武器，来源不明，但可以悄无声息地杀死任何一个人，而且可以连续操作，只需要消耗一点点太阳能。”

纳马斯瞪大了眼睛：“这玩意简直可以让人类走向世界末日。”

“所以我们要破解它，消灭它，目前我们已经捕获了五只。”

“怎么捕获的？”

“利用陷阱。之前，它通过人脸识别来杀人，于是我们做了假的人脸。现在，我们有较为可靠的消息，它的主人正在升级改造，它将可以通过其他识别方法来杀人，而且他们正在研发远程杀人技术，按照某种计划，杀人数量会超过三十亿。”

纳马斯抓了一把自己的胡子：“它要杀死什么样的人？怎么制定标准？比如，杀死有胡子的人吗？这样做有什么意义？”

“纳马斯先生，您问得非常好。”

曹欣看看四周，都是悠闲自在的度假者，没有发现可疑分子。她悄声和纳马斯先生说了神秘组织的梦想：未来的世界，理想的世界，美好的世界，由三种人组成：管理精英、聪明的机器人、老实而幸福的奴仆。而什么样的人是精英、谁是精英，完全由组织的现有“精英”来决定，什么是老实而幸福的奴仆，也完全由“精英”们来决定，其他的人，都是多余的人。“精英”们现在正在为这种杀人武器做两种准备，一种是要制造十万个杀人武器，到时候所向无敌，另一种是如何识别多余的人，然后作为目标除掉。

纳马斯听完，摊开双手说：“这是一个笑话，但并不可笑。那么，”纳马斯指一下曹欣和自己，“你和我，算不算多余的人？”

“算。”

“为什么？你我这么聪明，应该算精英吧？”

“如果你不是他们那个体系的精英，你越聪明，就越多余，只能算是祸害。他们需要的是所有听话的伙伴，机器人和人类奴仆。”

纳马斯若有所思：“我怎么听着，和希特勒对付犹太人是一个套路，无论犹太人多么聪明，在希特勒眼中，都是敌人。”

曹欣点点头：“所以，纳马斯先生，您要么加入他们，成为他们眼中的精英，去杀掉多余的人，要么加入我们，拯救三十亿生命。”

纳马斯大笑："他们不会要我的。如果我没有猜错，这个神秘组织应该和风格公司有关系，而风格公司的邀请，我已经拒绝了三次。曹女士，我觉得你的建议不错，我会和你到中国去。"

曹欣赶忙伸出双手，和纳马斯那双毛茸茸的手握在了一起："欢迎欢迎！"

纳马斯说："对了，薪酬的问题，不用和我谈，给多少都行。"

"为什么？"

"因为我不缺钱，每当没钱的时候，只要我和我妈开口，就会有一笔很大数额的钱打到我的帐户上。"

"你真幸运，你妈妈真有钱。"

"不，我妈妈是时装模特和时装设计师，并没有那么多钱，打钱的是我爸爸。"

"哦，"曹欣心里害怕了一下，担心纳马斯的爸爸与神秘组织有关，便试探着问道，"那你爸爸一定很有有名，你爸爸是谁？"

纳马斯摇摇头："不知道。"

曹欣仿佛听到天外奇谈："怎么可能？"

纳马斯拍了一下自己的额头："这个事情，一下子和你说不清。你我马上就是同事了，到时候我和你慢慢说。现在说一下订机票的事吧。"

曹欣说："您可以先飞到北京，然后找一个旅游景点逛一下，到时候我派人开汽车去接您。这么做是麻烦了一点，但您突然来中国，这事很敏感。这样做比较安全。"

"对，我还要活着回这个小岛呢。"

曹欣暗喜，她没想到纳马斯这么快就能答应下来。看来，和聪明人沟通，是不需要太多废话的。

波丽是一个典型的巴西女性，黑、白、印第安混血，身体玲珑有致，科学研究之外，也爱跳舞。在实验室累了，音乐响起，就地跳舞，摇曳多姿，用来解乏正好。

作为一名生物学家，她对生物基因对人类的残害深恶痛绝。眼看着很多国家受基因之害，一步一步走入深渊，兽业畜牧业凋零。巴西近几年经济停滞不前，面对未知风险，也有可能防不胜防。在世界许多地方，还时不时地有疑似人造病毒流行，尸横遍野。这一桩一件的事情，冲击着波丽善良的心。波丽博士毕业后，以十年之功，在三十六岁的时候，破解了转基因作物的种子之谜。破解之后，她发表演讲，揭露某些跨国公司："通过科学，我已证明，转基因作物的种子问题，根本就不是问题。我相信，我花了十年时间研究的项目，他们本可以在一分钟之内提供解决方案，然而，为了自己的利益，这帮利欲熏心的没有提供！换句话说，农民无法留存可以发芽的转基因种子，完全就是人为制造的！我测算了一下，如此一来，他们的利润可以达到原利润的七倍以上，甚至可以借此来威胁一国政府！是他们，一手策划了这种肮脏的事情，并且和某些政客狼狈为奸，让粮食安全问题，成为一种可耻的权柄。"

此话一出，波丽马上成为某些国家和公司的眼中钉肉中刺。然而，就在波丽发表演讲之后，她在社交媒体和巴西最大的网站同时宣布，退出基因科学研究，过普通人的生活，结婚生子。无论是农产品基因还是人类基因，她均不涉足这一危险行业。她嘴里的危险，很明显具有双重语意。在发表声明之后，波丽果然捐出了实验室，开始在相亲网站上注册，并接受介绍男朋友，虽然一直没有什么实质性的进展，毕竟，能和她对话的人，实在太少了。直到半年多以后，网友们才发现，波丽终于找了一个男朋友，出双入对，但这个时候，波丽在媒体上的热度已减。

此举保证了波丽的安全。那些本计划对波丽下手的人，对她失去了兴趣。

一年之后，波丽开始投入生物植入技术研究，为肢体和智力缺陷者、身体羸弱的人，提供更好的解决方案。

对于波丽的这一系列操作，特别是研究生物植入，要说只是为了造福肢体和智力缺陷者，曹欣不这么认为，诸葛又亮也不这么认为。魏什么黑进了波丽的电子邮件系统，她发现，波丽刚刚确认参加一项活动。

根据行程表，波丽将在日本参加一个学术会议，会议名称挺绕口，叫作“基因疗法普及之后人类的极限寿命研讨会”。曹欣提前一天到了日本，住在会议酒店对面，这个酒店不如会议酒店大，但比会议酒店高，曹欣住在六层，一低头，就可以看到会场。拿手机一扫，自动翻译，曹欣扑哧一笑，这也什么好研讨的？没有了疾病，无非就是看器官的衰老期，转不动了就结束了，在实验室把人类各种器官测试一番，大概就能解决吧。转而一想，自己一个文科生，一个学工商管理的，怎么可能懂得生物工程？人们对自己不懂的领域，很容易将其简单化，然后显示自己的综合智慧多厉害，这样很容易闹笑话。

当天下午，魏什么发信息告诉曹欣，她黑进了酒店系统，得知波丽已经入住酒店，1617 号房，独立套间，左面右面都住着人，分别是 A 国科学家和法国科学家，还没有入住。读完信息，曹欣就想，怎么见波丽，什么时候见波丽，看来还需要花点心思。

波丽不像纳马斯，纳马斯和土著居住在海岛，远离繁华，离群索居，仇视权贵，而且正想干点惊天动地的事，他们一拍即合。波丽受到过死亡威胁，又正在谈恋爱，诸多理由让她可能回避这种邀请。同时，还不能给波丽打电话，从常识判断，受到神秘组织死亡威胁的人，电子设备几乎是透明的，一旦波丽的行为有什么异常，神秘组织随时会下杀手。曹欣想了想，不能等到会议结束，那样的话，时间太紧，可能无功而返。主意已定，曹欣下楼，到附近买了一个手机，又买了一个带包装盒的小蛋糕，她把蛋糕切掉一半，把手机放了进去。

进入酒店，正是报到的高峰期，人挺多，曹欣穿过人群，直接进了电梯，上了十六层，敲了波丽的门。波丽应声开门，疑惑地看着曹欣。曹欣手里托着蛋糕，用英语说："我是组委会的，波丽女士。这是一份小甜点，您旅途辛苦了，刚才您报到的时候，忘记给您了，现在给您拿上来。"

波丽接过蛋糕："谢谢。"

"不客气。"曹欣说完，马上离开。她担心波丽马上拆开蛋糕盒，大声发出疑问，从而被别人听到。事不宜迟，曹欣沿着消防楼梯下楼，马上打通了那部电话。

波丽刚把蛋糕盒放下，正继续收拾自己的随身衣服，一件一件挂在衣橱，突然听见电话响，却不是自己的铃声，大感诧异。她转身搜寻着，惊讶地发现，声音来自蛋糕盒。她疑惑不已，因为她听说过手机炸弹，但她马上反应过来，肯定不是手机炸弹，那些人要是想杀自己，早就杀了，不需要费这么大的劲。想到这里，她接通了手机：“您好。”

“您好，波丽女士。我是刚才给您送蛋糕的那个女孩，来自……”

波丽粗暴地打断了曹欣：“我不需要买什么保险，你不要再打电话了！”

曹欣被说得莫其妙，木在了消防楼梯里，怀疑自己打错电话了。再打过去，对方已关机。曹欣只好走出楼梯，大大方方地乘坐电梯。刚出酒店，她收到一条短信：“刚才不好意思，我怀疑这个酒店房间有什么设备。我想，你用这种办法找我，一定有什么重要的事情，请问你在什么地方，我明天会后去找你。”

曹欣喜出望外，马上回复：“您的谨慎让我安心，我在对面酒店606房间，确实有非常重要的事情和您商量。”

波丽没有再回复，曹欣想，一个搞科研的女性，感觉就和一个特工似的，这是遇到过多么可怕的敌人，才能训练出这种性格。庆幸的是，搞生物基因的这个公司虽然和风格公司同属一个组织，办事手段却不一样。如果对手是风格公司，波丽早就“意外”死亡了。

第二天，曹欣一直待在酒店，给诸葛又亮和刘义分别打了几通电话。晚饭后，波丽应约而来，门口传来轻柔的敲门声。曹欣从猫眼看一下，拉开门，把波丽迎了进来，请波丽坐在榻榻米上，开始做自我介绍。

波丽的反应出奇地快，马上惊叹道："大道公司很有名，敢和风格公司和A国叫板，没有想到它的CEO这么年轻漂亮。"

"您过奖了。"曹欣说，"大道公司从来不是孤军奋战。这次，我找您，是出于好几个原因，而每一个原因，都值得您加入到大道公司。"

"我很愿意听。"

"第一，与您结怨的是邪恶的神秘组织，这个组织有许多旁支，之前威胁过您的生物公司就属于组织里生物工程这一支，他们虽然没有暗杀您，但是也绝对不会放弃对您的监控。根据我们的心理专家团队分析，他们的最高负责人有典型的歇斯底症状，执拗而狂暴。这种人把您视为敌人，通常只有两种结果。第一，把您强行绑架到他们那里，以您的父母或者恋人为威胁，强迫您为他们做研究，第二，杀了您。但是如果您加入大道公司，我们可以全面保护您，从根本上解除威胁。"

波丽听完最后一句，马上扬起脸问："如何从根本上解除威胁？"

曹欣一听这话，知道自己说对了，她马上回答："我们已经制订了详细了计划，诱导那个组织出手，然后干掉那个组织的主要力量。干掉之后，大家也就安全了。"

"那第二个原因呢？"

"第二，您和大道公司的价值观是一致的，也可以这么说，您的观念就是我们的观念。我们所做的事，和您在巴西所做的事，都不是为了谁的个人利益，而是为了全人类，所以，我们是利他主义的，我们有着同样的目标，我们是真正的同道中人。我们都非常痛恨一种叫作资本的东西，掌握这个东西的人，以最高明的骗局和谎言，抛出一些所谓的人类法则，比如私有财产神圣不可侵犯，比如现代金融体系，通过这些法则来维护他们的利益。而事实上他们的策略是，把这些法则推行开来，成为世界法则，让更多的地区因为这些法则纷争四起，而他们从中渔利。在我们中国，有一句成语叫'鹬蚌相争，渔翁得利'，这个组织，就是那个狡猾的渔翁。渔翁巧妙地利用了资本法则，其实是建立了财富定律，通过剥夺其他千千万万人的财产，来增加自己的财产，保护自己的地位和利益。"

波丽听了，激动万分："没错，这些年，他们把我们的田地占了，把我们的工厂抢了，把我们的经济搞到倒退，他们煽动人们上街流行示威，反对现在政府，选来选去，选得一塌糊涂。人们都喜欢起哄，有的人甚至喜欢混乱，很少有人去想一想背后是谁在捣鬼，是谁在制造这一切！更没有人去思考，以前的那种好生活是被什么人给弄没了？你说得对啊，都是可恶的资本法则，都是掌握资本的人，他们都是吸血鬼！他们从来不会关心人民群众的死活，甚至他们希望，整个世界越穷越好，越乱越好，越穷越乱，他们就越好控制。"

曹欣听得真切，看来波丽一定是想起了什么，赶忙安慰道："看来您对于他们的恶行，深有体会。"

"是啊，"波丽说，"当我让转基因作物可以持续播种时，有人就曾找过我，说要高价购买我的专利。我说，你们快滚，我不要专利费，我已经把我的专利送给了全世界。他们为此仇恨我，差一点把我杀了。”

曹欣听后，笑了：“波丽女士，我非常喜欢您的性格。您的性格，就是大道公司的性格，也是中国的性格。我们要把全世界人民团结起来，不让那些资本欺负我们。”

“还得靠实力，否则我们团结起来，正好会被他们集中灭掉。”

“对，还得靠实力，靠科技，所以要请您加入大道公司。”曹欣点开自己的手机，“我请您看一下我们的绝对机密。您看看这个，您说对了，这就是他们能集中灭掉我们的武器，他们计划生产十万个！”

波丽只是扫了几眼，马上就知道怎么回事：“这东西，有一万个就可以灭掉我们。如果十万个，足以建立世界新秩序。”

曹欣说：“中国的哲学认为，任何强大的东西，都会有弱点。我们正在组建一个团队，团结世界上最优秀的工程师，研发反制武器，消灭这种东西，消灭这个组织。”

波丽说：“我们巴西也有一句名言，万事到尽头都会尽如人意，如未尽人意，则是还未到尽头。”

曹欣激动地拥抱了波丽：“欢迎来到大道，有您的加入，邪恶组织的坏事就到了尽头，我们的未来，就可以尽如人意。”

波丽在曹欣耳朵边说：“那我开完会就不回巴西了，直接去大道，能让我男朋友也去大道吗？我三十八岁才谈恋爱，他不是科学家，是一个电工，车开得特别好，他很喜欢中国菜和中国功夫，我很喜欢他，半年之后，我也喜欢上了中国菜。”

曹欣忍不住笑了：“当然可以，大道集团正好需要优秀的电工，而且，我们有一个年轻女科学家，中国功夫特别好，是很有中国特色的形意拳，可以教他。”

……

两人相谈甚欢，波丽赞美了曹欣优美的身姿，像中国古代美女一样婀娜，曹欣说时代变了，中国的男人也开始喜欢桑巴舞的激情四射。

二十六

工程师团队在全力破解杀人机的时候，诸葛又亮在关注一部电影。

看这部电影的时候，诸葛又亮说，他们很快就要开始了，我们的研发步伐还得加快。

由于人口规模，中国电影市场成为全球最重要的电影市场。许多走向国际的电影，都采用三种办法讨好中国市场，一是请某一个中国明星加入演员阵容，二是将故事背景放在中国，比如青藏高原的深山雪地，或者香港、上海，三是把电影剪辑成两个版本，其中一个版本，会在台词中多次出现“中国”字样。

这部电影也是奔着中国的档期而来，现在是中国电影市场最好的三个档期之一：国庆档。其余两个分别是春节档和暑期档，春节档一般被各种喜剧瞄上，暑期档则排满了动漫和科幻电影，国庆档最多的是英雄主义电影，也有一些灾难片，因为灾难出英雄，比如这部《末世新生》。

这是葛总蒙电影公司耗时两年拍摄的电影，号称年度灾难大片。在国际上，葛总蒙和派拉蒙齐名，拥有一流的拍摄团队和营销团队，每部电影和全球票房能达到五亿到十五亿欧元，让好莱坞的知名制片人也羡慕不已。

《末世新生》讲了这样一个故事，在未来世界，人工智能发展迅猛，工业机器人上可九天揽月，下可五洋捉鳖，生活机器人换尿布而不闻臭，费能量而不吃饭，卖力气而不知累。地球精英们不断开发着更新式的机器人，这些所谓的精英包括非外科医生（外科手术机器人做得更好)、心理咨询师、教师、律师、服装设计师、建筑设计师、艺术家……另外一些更纯朴的人，则做着理发师、园艺师、按摩师、厨师等温馨快乐的工作，在庞大的中间地带，有亿万人成为“多余的人”，为消化这些多余的人，世界各国想尽办法，但效果不佳——因为总的工作岗位减少了，这边多一个更好的服装设计师，那边就有一个相对较差的服装设计师变得多余，这边多一个高超的发型师，那边会有一个普通理发师变得多余。

人类似乎陷入了僵局，不少国家采取的办法是，让工业创造更多的利润，提高税收水平，加大社会福利，用来养活这些多余的人，他们啥也不干，就在村边晒晒太阳，在海边吹吹清风，然后等着领补助。然而过不了多久，人们发现，这些人啥也不干的状态，会影响那些快乐工作者的状态，既然可以晒晒太阳吹吹风就拿钱，我们为什么要伺候别人？于是，主动“失业”的人越来越多，整个社会渐渐运转失序，开始出现混乱局面，游行示威一天比一天多，人们互相埋怨，许多人情绪失控，患上了程度不同的心理疾病和精神疾病，暴力事件越来越多，人们开始仇视机器人，甚至以欺负机器人为乐，在大街上，到处都可以看到机器人残骸，角落里还有零散的机器人碎片。

电影在最后，居然展示了最恐怖的结果：混乱的人群失去理智，变得疯狂，相互攻击，人们无法在城市生存，只能拓展更多的生存空间，人们走进草原，走进雨林，走进深山老林，开始对大自然中的动物实施变态而残暴的攻击，终于导致大自然的疯狂报复，某种怪病开始流行，比欧洲的黑死病更严重，比 1918 年大流感更失控，四十多亿人因此失去性命，等地球重新平静下来的时候，人们惊讶地发现，因为机器人不怕病毒感染，是机器人在恢复地球秩序，处理尸体，整理家园……剩下的二十几亿人类，终于找到了人工智能时代的生存法则：人类、机器人、失业人数实现了某种科学的平衡。

在圆顶会议室，诸葛又亮说："果然是个灾难片。"

此前，诸葛又亮已经建议大家看了这部电影。诸葛又亮的这个建议，让大家颇为奇怪，一直以来，诸葛又亮都提倡大家看书，看中国典籍，看古代哲学，这是头一遭，诸葛又亮让大家看一部电影，而且不是经典电影，而是一部流行电影。

刘义问："果然？先生指的是？"

诸葛又亮说："将人类引入灾难的片子，是名副其实的灾难片。"

魏什么终于有资格参加圆顶会议，她先是好奇地瞅瞅花台，看看水幕，然后，盯着诸葛又亮带进来的一卷纸出神，她歪着脑袋看了看那个纸卷，看卷的厚度，展开之后应该至少有一米见方，于是她调皮地问："先生这是要学素描吗？"

诸葛又亮差点笑了，就拿起纸卷，在梁达然帮助下，在桌子上慢慢铺开。魏什么发现这不是素描，而是一个庞大建筑群的草图，就又问道："你还会画工程图纸？你学过土木工程？"

诸葛又亮说："这只是一种思路，也是一幅示意图，我把它取名为大道康养庄园。不一定是建筑群，也不一定是一样的功能布局，但有一点是肯定的，实践是检验真理的惟一标准，事实是阻击歪理邪说的最佳途径，大道康养庄园，主要就是为了解决人工智能时代的两个问题：人口老龄化和失业。这两大问题，就是那个邪恶组织用来说服民众的由头，而他们提供的解决方案，满足了一部分人的心理，具有很大的迷惑性，今天我们要建设的，是一个真正的实体，这个实体，能让我们找到人性的归宿，也让他们的歪理不攻自破。"

曹欣说："他们的电影已经上映一个月了，而且票房特别高，全球影响特别大。"

诸葛又亮说："所以我们要感谢他们，这部电影，给我们即将要做的事，做了非常好的铺垫，我们不花钱不费力，他们给我们打了知名度。其实早在云游四方的时候，关于大道康养庄园，我已经有了想法。但是在什么时候实施，我在等一个机会，实施得太早，时机未到，反而容易受到攻击。实施得太晚，他们已经得势，我们后发制人的力度就不够。现在，一方面我们的科学家团队马上就能研发出破解杀人机的方法，而且我们也提前做了一些布局，比如建设大道医院；另一方面他们还给我们拍了一部电影，现在实施，正正好。"

梁达然听得有些惊讶，他从来没有听说过什么庄园，诸葛又亮还有这样的计划？为什么自己一点也不知道，在他印象中，诸葛又亮有什么新的想法，自己总会提前多多少少知道一些。他盯着图纸看了半天，还是没看明白，便问道：“大道康养庄园是一个什么样的架构？”

诸葛又亮说：“简单来说吧，就是把空想社会主义填充上实在的内容，结合了天下为公的中国理想、社会主义社区治理模式、人工智能时代特点的综合产物。来，请你们仔细看这张图的右面，这是灵感来源，新启示和新思维属于人类面对未来的终级智慧，取之不尽，用之不竭。”

大家都看向那张纸的右面，上面密密麻麻写了不少字。扫一眼，发现有四个篇章，都写得短小精悍，所有标题，都非常熟悉，分别是：

星星之火，可以燎原——回答红旗到底打多久的问题，敢于面对质疑，和面对攻击时的坚定信念。

南泥湾——提供最佳样板的思路，解决大道之大与庄园之小的问题，吸纳更多同盟加入新型社会建设事业。

延安气质——让精神状态体现社会治理成就。

小岗村手印和民族区域自治、和平共处五项原则——相信并发挥群众的创意和能力，不用一个模板建设所有庄园，实现互学互鉴。

星星之火，可以燎原——

世界上有二百多个国家，绝大多数国家被少数资本家掌控，尽管他们也有自己的党派、议会和政府。关于资本，马克思说得真是太客气了，资本来到世间，一直流着血和肮脏的东西，这些东西，倒是其次，更关键的，是它们有着华丽的表面，如同一面漂亮的镜子，资本用洛克、卢梭和孟德斯鸠的词汇把这面镜子擦得很亮，但对于广大劳动人民来说，始终是被哄骗的孩子，看到的终究是镜花水月。

大道康养庄园，在这镜花水月之外，在资本左右夹击的空隙，将如何生存，又将如何实现影响力呢？《星星之火，可以燎原》给出了答案。1930年的红军，根据地被扰，被追兵围困，补给不足……于是有人提出了一个问题，红旗到底能够打多久？毛泽东果断地回答：对方虚张声势，似强而弱，革命的火种遍地都是，星星之火，可以燎原！

当今之世界，资本以其强大，无往不胜，无孔不入，凡是能挣钱的地方，它就要垄断，凡是可能控制的地方，它就要介入。实际上，阴谋已露，败势已显，回过味来的大众，醒悟过来的民族，争取平等的国家，越来越多。资本的那一套，只会让世界变得更糟糕。应对危机，找回人性，适应人工智能时代，解决方案的星星之火，就在大道！

南泥湾——

这里不是“湖广熟，天下足”，这里不是四川“天府之国”，这里不是江浙鱼米之乡、商业之地，这里不是两广之南洋口岸，这里不是京津要地、华北平原麦浪翻滚，可这里却成了天下闻名的南泥湾！

1940年，国民党军队向八路军抗日根据地发动大规模扫荡，并调集军队包围陕甘宁边区，同时进行经济封锁。边区地广人稀，土地贫瘠，仅有140万群众，要担负起几万干部、战士和学生的吃穿用，以当时的条件进行常规判断，是不可能完成的任务。毛泽东说："我们曾经弄到几乎没有衣穿，没有油吃、没有纸、没有菜、战士没有鞋袜，工作人员在冬天没有被子盖……我们的困难真是大极了。"毛泽东在延安发起了大生产运动，他自己在杨家岭的办公楼下开辟了一片荒地，种上辣椒、西红柿等蔬菜；朱德背着箩筐到处拾粪积肥；周恩来迅速成了纺线能手。朱德根据中共中央关于开展大生产运动的号召，赴南泥湾踏勘调查，决定在此屯垦自给。1941年春，八路军一二〇师三五九旅在旅长兼政委王震的率领下，奉命开进南泥湾，披荆斩棘，开荒种地，风餐露宿。1943年，原本荒无人烟的南泥湾变成了"平川稻谷香，肥鸭遍池塘。到处是庄稼，遍地是牛羊"的陕北好江南。

今天，我们坐拥世界最新科技，遍地富足之乡，别说建设一个南泥湾，建设一百个南泥湾也不在话下。大道康养庄园，就是新时代的南泥湾。

延安气质——

延安气质，必须是大道康养庄园的"庄园气质"，舍此之外，别无他途。

1938年，著名民主人士梁漱溟带着"对于中国共产党作一考察”的目的访问延安。梁漱溟访问之时正值严冬，举目所见，荒凉凄惨。人口之稀少，地方之穷苦，令人深为震惊。梁漱溟虽有心理准备，依然忍不住说：“延安确是苦！”

苦不足奇，奇的是，“在极苦的物质环境中，那里的气象确是活泼，精神确是发扬”。梁漱溟眼中的延安，所有人都是忙碌的，没有闲人。他说，满街满谷，除乡下人外，男男女女皆穿制服，稀见长袍与洋装。人们都很忙，无悠闲雅静之意。军队皆开赴前方，只有些保安队。

在梁漱溟眼中，延安的生活风气很好，人人好学。他说，一般看去，各项人等，生活水准都差不多；没有享受优厚的人，是一种好的风气。人人喜欢研究，喜欢学习，或者说人人都像学生。这又是一种好的风气。爱唱歌、爱开会，亦是他们的一种风气。天色微明，从被窝中坐起，便口中哼啊抑扬，此唱彼和，仿佛一切劳苦都由此而忘却！人与人之间情趣增加，精神上互为感召流通。

中国学者这样认为，那么，外国友人呢？最著名的外国友人，是斯诺。

关于延安，斯诺这样写道：

“毛泽东住在简陋的窑洞里，穿的是打了补丁的衣服，吃的是小米饭和辣椒土豆丝；周恩来睡在土炕上；彭德怀穿的背心是用缴获敌人的降落伞做的；林伯渠的耳朵上用线绳系着断了一只腿的眼镜……红军大学学员把敌人的传单翻过来当作课堂笔记本使用……他们坚忍卓绝，任劳任怨，是无法打败的。

“只有当你了解中国的历史在过去四分之一的世纪中所经过的那种突出的孕育过程的时候，这个问题才能得到答复。这一孕育的合法产儿显然就是现在这支红军。

“我所见到的，我所听到的，都在告诉我，这是一支中国历史上从未出现过的队伍。他们的存在，是世界的一个奇迹，他们的精神，是世界文明的一份财富。

“那种精神，那种力量，那种欲望，那种热情……是人类历史本身的丰富而灿烂的精华……闪耀着永恒的光芒，迸发出无穷的力量。”

小岗村红手印和民族区域自治、和平共处五项原则——

这貌似是三件互不不相干的事，然而，大道康养庄园，要生发大道，茁壮中国，走向世界，要学习的，就是这三者的结合。

1978 年 11 月 24 日晚，在安徽省凤阳县凤梨公社小岗村西头严立华家低矮残破的茅屋里，挤满了 18 位农民，关系全村命运的一次秘密会议此刻正在这里召开。这次会议的直接成果是诞生了一份不到百字的包干保证书。其中最主要的内容有三条：一是分田到户；二是不再伸手向国家要钱要粮；三是如果干部坐牢，社员保证把他们的小孩养活到 18 岁。

很显然，这是一份生死契约，最坏的结果是“不要命”。

没有不透风的墙，凤阳县、安徽省领导先后注意到了小岗。时任安徽省委书记的万里亲自到小岗村一看究竟，了解情况后，万里说："你是共产党员吗？……你们这样干，形势自然会大好，我就想这样干，就怕没人敢干。你们这样干了，我支持你们……现在有人批我们小岗开倒车……地委能批准你们干3年，我批准你们干5年。"汽车行至村头，万里仍不放心，再次招呼严俊昌过去，"如果有人查你，你就说我同意的，让你干5年。"几个月后，邓小平说了一席话："凤阳县绝大多数生产队搞了大包干，一年翻身，改变面貌。有的同志担心，这样搞会不会影响集体经济，我看这种担心是不必要的。"

民间的创举，充满智慧；高层的认可，同样充满智慧。

民族区域自治，不多说，就几句话：这是中华人民共和国建国后确立的民族政策，以少数民族聚居区为基础，建立相应的自治地方，设立自治机关，行使自治权。

和平共处五项原则，也不多说，也是几句话：1953年12月，中国政府同印度政府就两国在西藏地方的关系问题进行谈判，周恩来总理在会见印度代表团时第一次提出和平共处五项原则，即"互相尊重主权和领土完整，互不侵犯，互不干涉内政，平等互惠，和平共处"。

简而言之，大道康养庄园，不会只有一个样板，不会只是一种模式，在推而广之的过程中，各民族创意，各区域筛选，各国家自推，最终的结构，像一组庞大的蜂巢，有共同的完美的秩序，又各行其道，汇集成大道，造福每一个人。

接下来，诸葛又亮说了说稍微具体的想法。按照诸葛又亮的设想，大道康养庄园建设的首要任务是，要设立最精准的方向，基本上解决失业、人口老龄化、贫富分化等一系列问题，为天下为公的“大同社会”的到来，提供可以参考和推广的范本。

让大家惊讶的是，在神不知鬼不觉间，诸葛又亮的行动，已不仅仅是画一幅草图。诸葛又亮连地址都选好了。第一个庄园离大道总部不远，以前是一个国营大厂的核心车间，现在已经废弃。一年前，大道已经把这块地买了下来，原本计划将它改造为科研基地和特别生产车间。这个大厂的周边，除了留下来的民居，还散落着幼儿园、小学、中学、医院等废弃建筑，有的出租给了培训机构，有的成了仓库，有的甚至成了养鸡场。

这个前国营大厂有一座现成的楼，大道公司买下它之后，花了大半年时间对它进行改造和装修，现在它已经焕然一新。本计划将它改造为科研基地，现在可以合二为一了，这个主体部分，正好作为庄园的一部分，用诸葛又亮的话来说，庄园是生活，也是生产，庄园不是世外桃源，不是制造废物的天堂，而是和外界有着千丝万缕联系的舒服的梦想之地。

怀特提出自己的疑问：“先生，关于大道康养庄园，我不是很懂，还需要消化。我想问的问题是，如果风格公司搞破坏，怎么办？”

诸葛又亮看着图纸，微笑着：“我就是要让他们来搞破坏。这个地方，先是战场，然后才是庄园，解决了战场问题，才能解决庄园问题。”

刘义不说话，只是点头，大家猜想，刘义肯定知道诸葛又亮的计划。

梁达然知道不能多问，主动请命："需要我们做什么吗？"

诸葛又亮点头："要做的事情很多，梁达然，你负责把建设大道康养庄园的消息散播出去，这一次的特点是，故意不实事求是，因为是未来之事，可以适当吹牛，奉命吹牛不算你的人品问题。散播的范围越大越好，越远越好，设计的未来，越完美越好，越理想越好，努力让所有人相信，庄园将解决人类目前遇到的大多数问题，是人类最理想的未来生存模式。但是，同版本的视频，还是老办法，只在第五块巨石碑上播出。"

曹欣说："对第五块巨石碑，先生原来早有安排。"

梁达然不解地问："先生，咱们这么做，仅仅是为了宣传吗？如果是宣传，事实胜于雄辩，等建成之后，里面的生活模式、人际模式及人与机器人的模式，自然就会成为魅力点。这过早宣传的意义何在？"

诸葛又亮说："你问得很好。早宣传，绝对没有什么坏处，宣传这种事情，只要不是胡言乱语，不是阴谋欺骗，有胜于无，早胜于晚。更关键的是，我并不是为了宣传而宣传，而是设计了一个战场。"

梁达然大约能懂，便不再细问。

诸葛又亮又对刘义和曹欣说："科研基地，按照之前的设计，在科学家们搬进来之前，一定要进行至少三次应急演练，以确保每一个科学家都平安无事。"

刘义说："请先生放心，一切都是按照国际最高水平设计的，每一个设计都有三路电路，实体模拟镜像和虚拟镜像也都准备就绪。

还有安保系统，既做了伪装，也做了陷阱。应急逃生线路，也都已经测试好了。”

诸葛又亮对怀特和魏什么说：“你们俩要做的，将是一件很快乐的事。科研基地的功能布局，比起现在的大道公司工程师部，要牛很多。明天就可以搬家了，搬过去之后，咱们统一看一看演示效果，一切都要按照实战效果来演示。”

“哇，”魏什么轻轻叫了一声，盯着图纸问，“这里面还有实战实验室吗？在哪里？一定很好玩。”

诸葛又亮说：“所以说，你们俩要做的，是一件很快乐的事。对了，怀特，蒙巴顿那边有什么最新消息吗？”

怀特说：“十万杀人机，基本上已经装配好了，正在进行最后的联网调试和作战训练，还有最后一个环节，叫作智能组合，以确保它们有序推进，进行队列攻防。传感器会让它们实现智能互动，防止出现一窝乱蜂现象。”

“我们的间谍机呢？”

“已全部备好。”

诸葛又亮高兴地拍一把图纸：“这一场决战，正当其时！”

听了这一番话，大家都明白了：这一次，诸葛又亮并没有统一安排，而是分别布局，给每个人安排了不同的任务，连刘义都不知道全部细节。不过，明白也是半明白，到底是怎么回事，既然诸葛又亮没有说，那肯定是以不知道为佳。毕竟，风格公司不再由罗伯斯管理，而是换上了那个女魔头。女魔头的出棋套路，变化多端，没法提前预设。

二十七

风格公司有一个神秘的生产基地，地上三层，地下两层，地上三层是管理调度和生产的车间，地下一层是组装车间，地下二层是仓库，这个结构很奇怪。一般的公司，仓库会建在一层，出库的时候方便，风格公司显然是有意为之。

汤如意第一次去的时候，也被惊到了，听说是罗伯斯的设计时，反又觉得，罗伯斯也不含糊。这地下两层，每一层都与上面“全副武装”地隔离，穿甲弹也穿不过，尤其是地下二层，属于银行金库级别，不仅外物难摧，内部人进入，也是关卡重重，不厌其烦，足足花了五分钟，才进入了仓库的最后一道大门前。

这一次，在进入仓库的三道门时，汤如意的胸，挺得比任何一次都高。她依然穿着一身白色衣裤，在一堆黑衣人里面，鹤立鸡群。她从内心感觉，自己不是看产品，而是阅兵，就像许多国家元首那样，风度翩翩，器宇轩昂。她暗想，这雄兵十万，举世无敌，而指挥这支部队的人，在世界上的地位，能不能排到前十呢？

就在她带着这样的喜阅感时，仓库的最后一道大门缓缓打开了。

随汤如意进来的，一共有七个人，都发出了一阵惊呼声。

整个仓库，从地面到房顶，一共六米高。六米高的空间，被隔成了五十层蜂巢，都是真正的蜂巢模样，每一个小孔都是正六边形，只不过做成了不锈钢材质，在整个仓库排开，漫无边际，蔚为壮观。每一个小孔，都有编号，都已编程，胡肯告诉汤如意，所有的无人机，都将编入巨大的数学模型，一旦行动起来，将由具有超凡智慧的中枢系统指挥。目前，最高级别的程序员，正在日夜编辑这一系统，很快就会有成果。

汤如意满意地点点头，伏在胡肯的耳朵边悄声说道："亲爱的，做得真好，真想吻你。"

胡肯得意地笑了。

汤如意拿起手机，把眼前的盛况拍了下来。

当天，汤如意就向宗主汇报了十万无人机的进展情况，她本指望宗主会大加赞赏，没想到，宗主只是淡淡地表扬了几句，这让汤如意很是意外。直到宗主话锋一转，汤如意才明白，宗主为什么是宗主，冷毅非常。

宗主说："这些都是从来没有上过战场的士兵，十万无人机，不可以有任何闪失，在正式行动之前，需要小试牛刀。"

汤如意明白，表面上看，这是在上大战场之前，需要练兵。实际上，是罗伯斯造成的那块伤疤还在，看来，第一批五架无人机被"活捉"事件，像宗主这么强大的人，在他心中都成了绕不过去的坎。想到这里，汤如意暗暗高兴，罗伯斯越低，就越能衬托自己的高。

汤如意说："请宗主指示。"

宗主说："我听我的老朋友说，有个国家不听话，他们计划以特别的方式和那个国家进行谈判。我就提了个建议：我们有些新东西，可以作为先锋部队，试试效果，但要保密。他们同意了。"

汤如意问道："他们有没有看我们笑话的意思？无人机如果不起作用，他们还是按原定计划，海陆空一齐上？"

宗主说："他们确实表示怀疑，所以说先试试。"

汤如意说："那我保证刷新他们的认知。"

后来，汤如意得知，那个不听话的国家，叫作伟庄油国，简称伟国。伟国离 A 国二千五百公里，是个小国，也是个大国，国土面积不大，相当于 A 国的一个省，可是石油储量大，相当于小半个沙特阿拉伯。

一回到公司，汤如意立马把这事和胡肯说了。胡肯一脸坏笑，表情意味深长。汤如意不解。胡肯就说，你想想，如果有人拥有杀灭任何人、任何一支部队的权力，难道你不应该是这个世界上拥有最高地位的人吗？

汤如意被吓得一激灵，她知道，惹恼宗主的人，必然死无葬身之地。但是，她没有想到，一向只尊重技术的胡肯，会突然冒出这么一句话。

胡肯接着说："这五千架无人机的效果充分发挥后，你的想法就会变。"

汤如意突然冷冷一笑："我的想法已经变了。我相信你的推演，用这五千架无人机毁掉几十万军队，毫无障碍。"

胡肯说："那我们还等什么？"

汤如意给宗主打电话说，有五千架无人机已经装配完毕，调试完毕，正好可以一试。

宗主说："够用了，等我老朋友的统一行动吧。"

因为苍蝇式无痕杀人机的参与，作战部的作战计划制订了两种，并抱着试试看的心态，让无痕杀人机实施优先方案。以往，这种大型军事行动，总是两种部队先行：军事间谍，电子干扰仪。军事间谍投其所好，遍撒金银，古董器物，俊男美女，基本上可以拿下对方一半的抵抗力。电子干扰仪几秒覆盖，瞬间造成敌方的指挥系统大面积瘫痪，上下失联，敌军不打自乱，败相已显。尽管如此，在以往的军事行动中，总有不屈不挠者，也有一些不可预见的事件发生，军事行动总非一帆风顺，仍然有伤亡和意外发生。

这次行动，所有部队在凌晨一点集合，集合地点为距离伟国五百海里的航空母舰上。兵种以空降兵为主，一共配备了空降兵三百名、通讯兵三十名。所有人员乘坐二十架军用运输机，另有六架歼击机护航。

五千架无痕杀人机作为先锋部队出发，分工明确：两千架于沿途降落打击。第一批五百架落在伟国巡航驱逐舰上，十分钟后，驱逐舰成为死人之舰，那五百架杀人机并不离开驱逐舰，而是观察附近有无靠近敌方舰艇，保障海上通道。第二批五百架落在海岸线附近，摧毁了所有的海防部队，尤其是雷达部队，并用激光切碎了雷达。第三批五百架和第四批五百架攻击了沿途两个驻防部队，使其成为两座空营。

剩下的三千架直扑伟国首都，两千架解决了所有外围的首都卫队，一千只降落在总统府。准备就绪后，它们等待着后方消息。

军用侦察机见证了奇迹，沿途给作战部拍回的照片显示，这个方向上的伟国军营中，已经没一个活人。军用运输机按时起飞，一路畅通无阻，没有遇到一发防空炮弹，更不用说地对空导弹了，似乎在伟国部队的一片沉睡中，运输机已经到达了其首都上空。

在军用运输机到达伟国首都后，早就预伏在总统府的杀人机同时行动，一分钟之内全歼了一千二百名卫兵组成的总统府卫队，偌大的总统府，所有的内眷、秘书，已成为囊中之物件，待宰之羔羊。

空降兵呼啸而至，随着一阵蘑菇雨，三百名空降兵落在了总统府。他们未遇任何抵抗，拥着A国外交部部长助理希米，到达伟国总统睡榻之侧。

暴力的开门声惊醒了伟国总统。当他睁开双眼时，屋子里突然亮起刺眼的灯光，晃得他又闭上了双眼，安静了一会儿，再次睁开眼睛时，他看到一张陌生的脸。

希米说："总统先生，很高兴能在这里见到你。在如此舒适的氛围中，我们应该能进行一场舒适的谈判。"

"你是谁？"

"A国外交部部长助理希米。"

伟国总统感觉受到了侮辱，他并不知道自己的部队发生了什么，但他知道，他们已经被摧毁了。他大声质问道："你们不是最讲究人权的国家吗？我们的部队的人权呢？我们的卫队的人权呢？我这个总统的人权呢？"

"我觉得，总统先生不应该在这个时候谈人权，而应该谈权力。如果我们谈判成功，您可以继续坐在您的总统宝座上，今天晚上发生的一切，您不需要知道发生了什么，您的国民也不需要知道发生了什么，只当是一系列神秘死亡事件。"希米笑道，"啊，在茫茫大海上，在您的国土上，我们的最新科技，可以在你们毫无预警的情况下，杀掉了所有的人，一个不剩，这真是世间最美妙的事情。正是因为有这样美妙的事情，我才可以坐在您的床上，像一个老朋友一样，和您谈一些有利于两国友谊的事。”

伟国总统非常沮丧，强打精神问道：“什么事？”

“比如说，能源合作。”希米伸出手，等待着伟国总统的手。迟疑了一阵，伟国总统也伸出手，轻轻握了握希米的手。希米说，“祝贺您，您可以继续留在总统宝座上。请您放心，我所说的能源合作，一定是合作性质的，有利于两国，绝不会让您被本国人民唾弃。”

伟国总统突然盯着希米，不满意地问：“大致的方向是？”

希米指了指东方：“A 国觉得，某些国家是不可以信任的……”

三天后，伟国总统对 A 国进行了国事访问。新闻说，双方就共同感兴趣的话题进行了深入交流，并取得了广泛的共识。双方认为，维护传统友谊，保障地区稳定，实现互利互惠，是两国一直遵循的原则。双方签订了《关于进一步加强能源领域合作的框架协议》和一份《谅解备忘录》。

自从汤如意负责风格公司以来，除了高薪，组织还给了汤如意一套房子和一辆最新款法拉利跑车。汤如意自然感恩戴德。

罗伯斯还在组织的决策层，只不过很少露面，他是见过世面的人，他觉得，汤如意终究是个孩子，给块糖就开心，房子也好，车子也好，只不过是安排华尔街那边按几下键盘的事。就这点好处，汤如意见到宗主，就和太子找见父王一样，跪拜不起的感觉，怪不得她比自己要好用多了，然而行内也有说法，好用的东西死得快，那咱们就拭目以待吧。

暗网、个人推特、小道消息和知名网站的国际新闻频道上，同时出现了两种消息：伟国军人神秘死亡事件、A 国与伟国的能源合作协议。梁达然觉得事有蹊跷，又理不出个所以然，于是去找诸葛又亮，办公室里没有，打了电话，诸葛又亮说是在后院。梁达然去了后院，绕过假山，在假山的另一面，诸葛又亮正在那儿蹲着，手拿火腿肠，正在喂一只流浪猫。

梁达然说："先生，我们都知道，A 国一直对伟国的能源求之不得，而伟国一直很巧妙地周旋在大国之间，并没有给 A 国特别的待遇。可是刚刚我看到一个新闻，昨天，这两国一下子就达成协议了，A 国几乎垄断了伟国的能源贸易。"

"我也看到了。"

"我还在小网站还看到另外一些新闻，网友们称之为伟国军人神秘死亡事件。我总觉得，这两件事情有关联，但不能确定。"

猫吃完了火腿肠，意犹未尽，一边伸着舌头舔着嘴巴周围，一边盯着诸葛又亮看。诸葛又亮对猫摆摆手，说道："没有了，一次吃多了不好。"

诸葛又亮对梁达然说："如果这不是一只猫，而是一只老虎，会怎么样？"

"它就不是要吃火腿肠，而是要吃你。"

"假如它是一只聪明的老虎呢？"

"嗯，"梁达然想了一下，"通过威胁你的生命，让你给它提供各种肉食，把你作为它的长期饭票。”

诸葛又亮感叹一声：“A 国就是这样做的，它威胁了伟国的生命。”

“可是并没有发生任何一场战役。”

诸葛又亮看了看天空：“我想，他们一定启用了苍蝇式无痕杀人机，这就是我之前说的，一旦启用，就是非常恐怖的事情。它们能在悄无声息间，征服一个国家。在世界历史上，还从来没有出现过这种情况。看来，我们马上就要面对了。”

梁达然说：“我也想到了，但没敢往下想，有点超乎想象。”

诸葛又亮说：“你就得往下想，把他们想成是老虎，至于是真老虎还是纸老虎，或者说，哪些是真老虎，哪些是纸老虎，我们得搞清楚，这样我们才能知道如何伏虎。”

二十八

这几天，梁达然极尽自己的文采，在各大媒体放风，大道公司将以全新创举，在不同城市，先期建设三个“大道康养庄园”样板，第一个就在大道公司附近。在文章中，配备了简单的三维说明，形象地说明，为什么大道康养庄园的建成，可以一揽子解决失业、人口老龄化、贫富分化、人际障碍、垃圾围城、地表和海洋环境污染等问题，一劳永逸，让人类回归到物质和心灵的本源，找到自我，拒绝当可恶的资本的玩偶。

同版本视频，在第五块巨石碑上播出。

“又是一篇网络热文！”

说这句话时，汤如意正在胡肯的怀里。

汤如意边起身边说：“我们的计划需要提前半个月实施了。”

“嗯？发生什么事了？”

汤如意把手机递给胡肯：“你自己看。”

胡肯拿过手机，快速浏览完，说道：“如意，大道公司的人诡计多端，你小心上当啊。我有两个疑问，你也考虑一下，第一个是，那么多问题，建设一个庄园就可以解决？难道是为了激起人们的好奇心？第二个是，他们为什么要提前公开？提前公开有什么好处？”

汤如意不以为然：“这两个问题，我给你一块回答了吧！这样做的目的，哪怕是吹牛，也是为了造势。造势，你知道吧？这是诸葛又亮最喜欢干的事情。”

胡肯也坐了起来，点点头：“这倒没错。”

汤如意说：“大道公司对未来的设想，已经不仅是模型，而是要建实体，这不是吹牛，我知道有一种东西叫作中国速度。如果等他们建设起来，我们再出动无人机，纯粹靠武力征服，后患太多，现在毕竟不是大航海时代。问题是，我们的未来在哪儿呢？还停留在理论层面！”

“因为他们的理论，不需要减少人口。”

“但他们在逼我们减少他们，现在就减少，先把大道公司的人口减少了！”

“别冲动。”

汤如意催促道：“快走，我们需要和工程师们谈谈。”

在汤如意新组建的技术部，蒙巴顿并不是核心成员，有些内容，他可以探知，有些内容，他无论如何也无法染指，只能从闲聊中得到小道消息。

蒙巴顿传给大道的消息是，汤如意一大早来到技术部，急匆匆地把核心工程师召集起来，肯定是安排什么重要任务，看那样子，也许是要提前实施攻击计划。蒙巴顿特别提到，汤如意改组了杀人机机群，如同组建兵团，在攻击机之外，增加了两个兵种。一种是侦察机，他们吸取了教训，在真正的攻击杀人之前，由侦察机先佯装攻击，其实只是诱饵，在没有危险的情况下，攻击机才实施攻击。另外一种是工程机，因为有些技术障碍还没有攻破，比如隔空杀人，比如远距离攻击，所以他们发明了工程机。工程机配备微型激光武器或者头发丝射入器，激光武器可以为攻击机扫平障碍物，比如切割玻璃，切割金属物体，让攻击机来去无阻。头发丝射入器可以捕捉受害者，一秒即可植入，让敌人变成奴仆。

蒙巴顿的消息还说，这三种机型，从外形上看，长得一模一样，无法分辨。

诸葛又亮说："正合我意，就是希望他们一模一样。"

蒙巴顿被这句话说得很蒙。

用诸葛又亮的话来说，建设大道康养庄园，是一件亦真亦假的事，真就真在，一切都在真真切切地进行着，每一间房子的装修布置，每一条走道的设计，每一个回廊的感觉，没有一丝马虎。而假就假在，这一切都被夸大了，故意显山露水，过于张扬，把土木工程搞得和举办婚礼似的，到处充满着喜庆色彩。

大道的工程师们正在搬往科研基地，小伙子们身强力壮，各自搬着最珍视的东西，其他东西也都装进了箱子，大道酒店的员工也帮忙搬。他们穿着统一的酒店制服，远远看去，远看像部队，近看像失业大军，几乎每一个人都抱着一个纸箱子。

通过卫星传来的工程施工情况和科研基地的投入使用场景，一次次刺激着汤如意的神经。她如同一只馋猫看见了最喜欢吃的鱼，兴奋异常。她把科研基地看成是最好的练兵场，只要把大道这帮人一网打尽，未来的计划，几乎无人能阻挡。

从搬家这天起，每天早上，诸葛又亮、刘义、曹欣等人，就大摇大摆地进入科研基地，开始在那儿办公。这些身影，万里之外的汤如意，看得一清二楚。

不几日，蒙巴顿又传来消息，因为攻击时间提前，所以杀人机群的生产数量，不会等到生产到十万架，不过现在即使没有十万，也有七八万，但他们的技术已经成熟，这一点从杀人机攻击伟国就可以看出来，毫无疑问。至于飘洋过海的方法，蒙巴顿判断，应该不是自行飞去，那样会黑压压一片，目标太大，很容易被暗算。关于这一点，汤如意听取了胡肯的意见，他们也害怕，摸不清大道公司究竟掌握了什么技术，不知大道公司的底细，因此建议预防为主，不要那么张扬，毕竟不是拍影视剧，不图好看，只图效果。遗憾的是，蒙巴顿不知道具体的运输方法，便请大道公司判断一下，刘义说："也不会有别的办法，除了空运就是海运。"

曹欣说："你提醒了我，我们需要注意路线图，布防的方向不能太单一。"

诸葛又亮说："也提醒了我，目前我们已经无法在海岸一线布防，海岸线太长了。1840 年，英国人就是开着军舰，沿着海岸线前进，遇到薄弱点就打，遇到强硬的就跑。对于英国人的这种进攻方法，清军根本来不及调防。清军还在半路上，英国人已经绕过了一多半的海岸线，把该打的地方都打了，把能打的胜仗也都打了。"

刘义问："那我们怎么办？"

诸葛又亮说："鉴于杀人机群的飞行速度和数量，我们在新区周边布防就可以，他们的第一目标，一定是想要悄无气息地攻击科技大楼，我们设好天罗地网，让它们有去无回。"

曹欣马上问道："难道不是有去有回吗？"

诸葛又亮一愣，马上说："对对对，有去有回。"

曹欣欢快地说："难得先生也有口误。"

他们继续商量了一番，做了更精准的布防推演，也得出了结论。这次袭击，肯定不是晚上，因为不是暗杀，而是大规模攻击，敌方无所忌惮，就是要展示威风和武力。原因还有，以汤如意的狠毒，就是想把大道的管理层和工程师一网打尽，要达到这个目标，也会选择白天。而杀人机群的疯狂攻击，那种场面传到网上，造成的恐慌倒是其次，重要的是可以让人屈服，让所有潜在的敌人屈服，让他们或达成协议，或任人宰割，汤如意更大的如意算盘，恐怕正在于此。

所谓的天罗地网，所使用的还是"诱敌深入"和"包围埋伏"

等最经典的战术，人类的战争史告诉人们，无论这种战术使用多少次，在下一次使用的时候，还是有人会上当。

这是入驻科研基地之后的第三天下午三点半，纳马斯团队突然传来消息，新区三个方向的布防雷达，发现了杀人机群。纳马斯的布防雷达，专门针对杀人机材料进行研发，熬了三天三夜，对五个小杀人机进行拆解，融合，粉碎，过滤，用了五十多种试剂……纳马斯终于弄懂了杀人机材料的秘密，组装了新型雷达模型，三百个工人加班加点，做出了专用车载雷达。车载雷达装在大卡车上，上面写着大大的四个字：电视直播。

纳马斯说，这些家伙太聪明了，一路飞得很高，无论是行进在海洋上空还是山峦间，都可以让任何人看不到它们密密麻麻的身影，它们的材料特殊，不怕风雨雷电，耐低温，在两万米高空，机体不结霜，耐高温，路过火山喷发的地方，照飞不误。它们的策略是，回避低空掠过城市的危险，在飞临大道科研基地之后，垂直下降，就像伞兵一样，突然出现在大楼周围，发动突袭，完成任务之后，再招摇过市，从城市上面低空撤退，留下狂妄的影像资料。这种打法，才符合汤如意的个性。

在大道科研基地，管理层和工程师们早早地走进大门，佯装上班，然后集中在一个秘密房间里。他们面对着十六块屏幕，密切观察着。而在管理层办公室和科学家实验室里，预装好的 3D 影像假扮着每一个工作人员，惟妙惟肖，无论是人的裸眼还是侦察机，从室外根本识别不出真伪。这批 3D 影像，正诱引杀人机群发起攻击。

“它们来了……”

随着波丽的激动的叫声，屏幕上出现了杀人机群，像精灵在舞蹈。虽然是白天，但整个大楼安保级别极高，安保措施也很到位。如此庞大的杀人机群，无法像单兵作战，可以从进门的人们的腿底下钻过去，但这些家伙自有办法——十几个侦察机出现了，它们分别扑向十几个安保人员，在他们身上停留了一下，迅速飞开，几秒之后，这些安保人员就被“鬼上身”了，轻松愉悦地用卡刷开了大门，并把大门保持在开放状态，脸上还挂着微笑，仿佛自己干了一件多么伟大和幸福的事。

波丽惊叫道：“天哪！这是他们把头发丝工程和杀人机工程结合使用了，让杀人机中的侦察机对敌方进行人体植入，远程控制，非常恶毒。”

诸葛又亮也说：“没想到有如此变数！”

梁达然读懂了诸葛又亮的言外之意：一时想不到应对之策，全看天意。

说话间，大批的杀人机涌进了科技大楼，人们纷纷躲闭，在一片惊叫声和慌乱中，全都返回了自己的办公室，楼道里瞬间空无一人。杀人机群并不理会那些惊慌奔跑的人，它们有自己的预定目标，对于管理层和科学家的办公室，它们一清二楚。它们得到的指令是，先解决了重要目标，再开始滥杀。它们很快涌到了各自的目标办公室门前。目标办公室都在这座楼的最高层，即九楼。杀人机群从楼梯冲上九楼，一左一右，兵分两路。目标办公室分列于楼道两侧，没有窗户，只有一道道防盗门。

在每一道门前，数十架工程机迅速上前，它们配合有序，射出耀眼的激光，每个工程机切割一小段，三十秒不到，防盗门已经被切割出一个圆形的孔，直径半米，就和圆规画出来的一样，令人惊叹。

连柯俊达都说道："数十架工程机完美配合，是如何做到的？他们的编程水平和空气动力学研究，果然是世界一流。"

关键的时刻到了，众人屏住呼吸，手里捏着一把汗，紧张地盯着屏幕。梁达然偷眼看向诸葛又亮，面容沉静，但眼神中已显慌乱。

在兵棋推演中，这场战斗应该是这样的：

攻击机穿洞而进，瞄准3D影像发起攻击。奇怪的是，被攻击者纹丝不动。攻击机不明所以，越聚越多，开展蜂群式攻击。万里之外，汤如意盯着大屏幕，双眉紧锁，先是张大嘴巴，难以相信看到的一切，然后猛拍桌子，大叫一声："又上当了！他们居然发明了真正的可触式3D影像！"

胡肯马上传达命令："让无人机离开那里，离开那个鬼地方。快！"

这时，每一个房间里都有数百架杀人机，它们接到指令，刚要返回，房间突然轻轻震动，在房门和窗户上方，突然落下厚厚的卷帘，就如同大坝水闸一般，整个房间再无一处出口。同时，卷帘释放出强大的电磁干扰，所有的杀人机都失去了指挥，自身的智能系统也紊乱了，声波杀人系统也被熄灭，变成了一群真正的无头苍蝇，在空中乱舞，只能束手就擒。

林远森露出童稚般的笑容："它们的声波杀人系统失效了！"

然而，杀人机并没有钻进洞中。洞中就是所谓的天罗地网，杀人机都群聚在楼道里。众人不解，不知道杀人机发现了什么。正在疑惑间，被远程控制的十几名保安跑了进来，有的直接钻进了孔洞里，有的通过孔洞把门打开了。

十几名保安进了室内，对 3D 影像发起攻击。拳头和利器穿过 3D 影像，但 3D 影像纹丝不动。在保安的身体穿过影像身体的时候，万里之外的胡肯和汤如意长出了一口气。汤如意向胡肯使了一个眼色。

汤如意得意地说："我们不会第二次踏入同一条河流。"

胡肯微笑着说："开始虐杀吗？"

汤如意点了点头。

诱敌深入失败，地下室陷入冰窖般的冷凝状态，仿佛每一个人的呼吸都已凝固。监控屏幕上，杀人机似乎已经接到新的指令，它们抛下在室内乱舞的保安，调头而去。

诸葛又亮说："它们居然学会了利用无辜的人！它们能够让自己避免身涉险地。"他长叹一声接着说，"我们的 B 计划呢？可惜 B 计划只是善后计划，瓮中捉鳖捉不成了！"

刘义说："B 计划的准备工作已经完成了。"

B 计划包含两个子计划，一个是苍鹰计划，另一个是壁虎计划。B 计划的方案是，大道公司提前制造了几千台这两种动物形状的机械，每一台机械，其实就是一台功能强大的信号屏蔽仪，可以屏蔽方圆一百米以内的所有智能信号。机械的大小和大型犬一样大，腹内是空的，呈饥饿状态。

刘义按下了 B 计划的按钮。

楼底下巨大的地下仓库里，通往院内的暗道徐徐打开，从院子里看，墙根处三米见方的两块石板突然下沉，然后向两侧平移。从这个黑洞洞的大口子里，三百只机械苍鹰腾空而起。它们的速度很快，一只跟着一只，直直地穿空而去，就像火力强大的火炮在发射炮弹，不同的是，它的尾部并没有喷火，而是靠冷凝核聚变推动。

机械苍鹰全部升空之后，两百只机械壁虎倾巢而出，它们像受惊了的科摩多龙，速度奇快，在人们还没有看清楚它们的时候，已经全部跑到了大街上，在地上和墙上疾速爬行。

苍鹰和壁虎相互配合，以最快的速度向城市外围飞奔，目的是形成一个智能屏蔽网。这是一张有“漏洞”的网，大量的杀人机穿过未屏蔽区域，逃出新区，在其他地方集合，像散兵游勇，也像逃窜作案的惯犯，杀出了一条不见血的血路。

它们联接成前后十米宽达一百米的矩形长阵，以不间断的方式朝下发出杀人声波，在炽热的阳光下，凡阴影覆盖处，无一人生还，甚至人们怀中的宠物，枝间的鸟儿，也纷纷中招，各种生物的尸体散落地面，一切都陷入死一般的沉寂。

在苍鹰和壁虎的屏蔽所及之处，失去中枢指挥系统的杀人机都变成自由落体状态，从天空、从建筑物外墙、从室内……纷纷下坠。

在下坠的过程中，机械苍鹰和电子壁虎张开大口，像真正的飞鸟捕食飞虫，像真正的壁虎捕食蚊蝇，吞食着落下来的每一架杀人机。

曹欣示意怀特："放我们的间谍机。"

怀特轻轻地敲了一下键盘，一百架间谍机随即从一楼的一个洞口飞出，它们和杀人机长得一模一样，但装着特制的反屏蔽仪。它们混杂在杀人机中，飞向高空，趁着杀人机的纷纷坠落当口，飞向不知名的远方，和那些逃出去的杀人机会合。

科研基地复归一片安宁。

曹欣说道："也不知道有多少无人机逃窜了。"

诸葛又亮说："唉……从五架无人机的杀伤力来判断，哪怕它们真的在逃窜，这一路上都可能造成最暴虐的残杀。"

怀特充满忧虑地说："我们的苍鹰和壁虎，续航能力还不理想。杀人机太灵巧了，可以到达任何一个它们想去的地方。"

诸葛又亮问："间谍机没问题吧？"

刘义说："它们需要飞两天，按照计划，我们将继续我们真正的事业，可以放心建设大道康养庄园了。"

二十九

隔天晚上，月明星稀，没有乌鹊南飞，没有鸟叫，魏什么就自己叫，她抑制不住兴奋，给自己同学吴桐雨打电话："大道康养庄园基本上建好了，我和你说的那事呢？"

"什么事？"

"拜托，能上点心吗？这是我的终身大事。"

"终身大事？"吴桐雨笑道，"我怎么不记得你给我介绍过对象。"

魏什么继续叫道："谁告诉你找对象是终身大事？事业才是。"

"工作不是会换吗？"

魏什么哈哈哈地笑道："我和你说工作了吗？我和你说的是事业！事业！"

吴桐雨妥协了："好吧，好吧。要说事业，还真是终身大事。"

魏什么得意地说："对啊，谈恋爱算什么终身大事！说正事，我给你看过入住规则的，你漂在新区搞平面设计，房租就是最大的开支，这里最适合你过来。"

"哦，我肯定会去的。"吴桐雨呵呵一乐，"我没理由不去，免费居住，吃食堂，还有大家庭的感觉。"

所谓入住规则，是大道康养庄园的基本规定，是所有的人应该遵守的第一法则。像吴桐雨这种刚从学校毕业的创业青年，可以选择居住在庄园的宿舍里。宿舍分为多种，从单人间到四人间，单人间、双人间和三人间的租金都比社会上同类型的便宜70%以上。四人间，干脆就是免费的。吃饭也非常省钱，庄园有食堂，有菜地，自采自做。他们可以住在这里搞科研、搞创意、搞设计，维持生计，实现梦想。由于没有现金交易，他们的每一笔收入都相当透明，根据规则，他们的任何收入的20%都要上交庄园，有收入且愿意住下来的，可以一直居住。但是假如没有实现任何收入，庄园最多允许免费吃住一年。一年之后，可以选择去别的地方学习或打工，庄园继续欢迎有梦想有创意的年轻人入住，实现双向扶助，各得其美。对免费入住者，入住时会进行多种资格审查，避免混吃混喝的人出现。

庄园里有大量老人入住，庄园对老人进行精准分类，其分类标准包括是否独居、个人及家庭收入、身体状况，以此确定不同的收费标准，以及是否免费。

庄园各项功能齐备，食、宿、游、玩、文艺活动，根据“劳动成为需要”的自愿原则，可以选择绿色劳动，比如种养一小片菜地，或者维护一片花园。庄园并没有把每一块空地都种上花花草草，而是见缝插针，到处都能看到各种各样的菜地。

中青年人的岗位种类繁多，包括保健医生、护士、厨师、保洁、园丁、保安、司机、康体教练，还吸引了大量的义工报名。除了从事以上职业的人，还有许多人报名，要给庄园当声乐老师、美术老师、书法老师……让老年人老有所乐，以提高整个庄园的文化氛围。

庄园还没有全部开放，就已经吸引了大批的作家、书法家、画家、歌唱家报名。他们愿意花大价钱居住在庄园里，只为了有一个好心情，有一个好环境，这种类似于“共产主义”实践的庄园，他们梦寐以求，求之不得。对这些信奉理想主义的人来说，庄园的定位，犹如世外桃源，对他们形成了无法抗拒的吸引力。

在诸葛又亮的设想中，庄园将极其具有开放性和示范性，无论是城市小区，还是乡下村组，都可以推广普及，但前提是，庄园在运行过程中，需要剔除弊端，形成一套管理模式和运营模式。

庄园最最最重要的一个特点是，以年为单位，一年下来，如果赢利的话，全部捐给社会福利机构；如果亏本的话，全部由大道公司承担。这一招，将赢利模式和资本运作，一拳打了个稀巴烂。

庄园开放这天，魏什么早早地迎接了吴桐雨。吴桐雨家里的经济条件并不紧张，她选择了一个两人间，环境安全没有问题，有个伴儿，还不闷。她计划，平时就窝在家里做设计，工作累了，就找投缘的人，或者聊个天，或者打个乒乓球，或者一起给爷爷奶奶们做点事。反正这里面就和村落一样，处久了都是熟人，谁也不敢太糟糕、太自私，太糟糕太自私的人，在这里面待不久，或者被转化，或者被淘汰。

后来的实践证明，几乎没有人被撵出去，人性本善，大家都被善良同化，全都留在了庄园里，一起享受着不孤独的生活。

吴桐雨惊讶地发现，庄园里面有许多机器人。人形软体机器人很少，最多的是机械式硬体机器人。吴桐雨就问："么么，不错啊，实现了机器人和人类共生存，这些机器人都在做什么？"

"你自己看呗。"魏什么说，"这是我们和艾玛机器人公司早就达成的战略协议，在庄园里面，最主要的工作是处理垃圾，你看你看……"

顺着魏什么指着的地方看去，吴桐雨看见，一个软体人形机器人刚刚从一户人家出来，手里面拎着一袋垃圾，放到小区的垃圾车里。那个垃圾车一动不动，但仔细看，也是一个机器人。如果垃圾装满了，它就会自动把垃圾运输到垃圾中转站。

吴桐雨看到垃圾车的时候，正好垃圾车装满了，它开始缓缓移动。吴桐雨特别好奇，她拉着魏什么的手，跟在垃圾车后面："我们去看看，这好有趣。"

魏什么说："有趣个啥，我都看过了。你是我见过的第一个追垃圾的人。”

吴桐雨说：“怎么没见过？上学的时候，我们的许多同学，不是都追着垃圾男、渣男跑，怎么劝也劝不住？”

魏什么说：“来庄园就不会了，既没有垃圾人，也没有追垃圾人的人。”

魏什么和吴桐雨跟在垃圾车后面，不需要跑，因为垃圾车机器人走得很慢，和人的步行速度差不多，不用担心撞上人。路过的人，手里如果有吃剩下的果核什么的，还可以顺手扔进去。等垃圾车到了垃圾中转站，车身一翻，便把垃圾倾倒在垃圾池了。垃圾池周边，已经守候着五个履带式机器人，一齐扑向垃圾。

吴桐雨说：“啊，你看，几个大蜈蚣。”

魏什么解释道：“瞧你起这名字吧，这个叫作垃圾分类机器人。”

吴桐雨善心大发：“多恶心啊，你们就欺负机器人没有鼻子。”

“废话，所以它们不会觉得恶心，而且它们还被植入了开心程序，每一次把垃圾成功分类，它们都很开心。”

吴桐雨笑了：“人类就是骗子嘛！这就叫卖了人家，人家还给你们数钱。”

魏什么说：“什么呀，你这是同情心泛滥，泛滥的还是假同情心。我和你说，艾玛公司现在是全球最好的机器人公司，和大道一样，不上资本的当，不以追求利润为第一需要，而是以构建人类社会美好未来为第一需要。因此，他们公司生产的机器人，第一位就是垃圾清理类机器人，最牛的是海洋垃圾清理和高山垃圾清理机器人，用你的说法就是，欺负它们没有鼻子，不会缺氧和窒息。”

“这种高级别的机器人，我还没有听说过，只知道海里面的垃圾害死了不少动物。”

“回头我给你看一段视频，看看机器人在海里怎么清理垃圾，解救那些被塑料和各种绳索残害的动物。非常震憾。”

五个垃圾清理类机器人同时行动，从五个方向冲向垃圾池。它们确实呈蜈蚣状，肚底下是履带，两侧各有一排机器手臂，一排十只，展开有一米有余，每条机器手臂都安装着电子眼和垃圾识别仪，能够准确区别各类垃圾，并投放在尾部的分类箱中。只见这五条蜈蚣，伸开二十只手臂，就和中医似的，对着垃圾望闻问切，机器手臂翻动如飞，各色垃圾纷纷找到了自己的归宿，令人眼花缭乱。

吴桐雨看得发呆：“太神奇了。不过，我还是喜欢看见人形机器人，他们都在哪儿？要是和它们谈恋爱，是什么感觉呢？”

“关于这个，在我们的一段石碑录像里，也有完整的解释，看来你没有注意。我个人感觉，你会超级后悔的。”

“为什么？”

魏什么指一指不远处的文艺活动中心：“我带你去见一位爷爷，你就明白了。这位爷爷姓马，人们给他起个外号叫马王爷。在庄园还没有建好的时候，他就进来体验了。”

穿过草地，绕过花坛，走过回廊，魏什么带着吴桐雨来到文体中心，其实就是把原来的大礼堂装修改造了一番，加了隔断，添了隔层，一楼是体育场所，主要就是乒乓球、篮球和羽毛球，二楼是文娱设备，扑克、麻将、象棋、跳棋、军棋、围棋、五子棋，应有尽有，还有一部分是做文艺培训，书画歌舞，要啥有啥。

她们在二楼找到了马王爷。马王爷正在那儿不高兴呢，迟来了五分钟，没有打上麻将。魏什么小跑过去，问：“马爷爷，今天没轮上啊？”

马王爷说：“中午多睡了一会儿，让这帮有心眼的人给抢了。”

旁边一个老太太笑道：“我说马王爷，你自己睡懒觉，怎么能说别人有心眼呢？”

魏什么于是逗马王爷：“你们这里不是还有三个人吗？叫上一个机器人过来，凑一桌也能玩。”

“嗐！”马王爷一拍大腿，“快别提那什么机器人了，我这辈子也不和它们玩了，能气死个人。打个麻将，把我的牌算得死死的，我手里有啥牌，它们都知道，把把都是它们和，没意思。下个棋，把我下辈子的路数也算出来了，真想一巴掌抽死它们，可咱又打不过。法律还规定不能欺负机器人。”

一番话，说得大家哄堂大笑，连正在打麻将的四个的都停了下来，一个花白头发的肤黑大爷转身说：“马王爷终于碰上对手了。”

马王爷接着说：“从那以后，机器人就干点家务，谁也不和它们玩了。”

魏什么给吴桐雨使了个眼色：“哦，原来是这么回事啊。”

马王爷看着她俩，突然说：“你们这两个小丫头，谁会玩麻将？陪我们玩一玩吧。”

魏什么摇了摇头，看一眼吴桐雨，比自己摇得还快。

老太太对马王爷说：“人家都是玩电脑的，玩什么麻将。”

魏什么和吴桐雨笑嘻嘻地离开了文体中心，到了院子里，吴桐雨问："大家在这里面倒是挺高兴的。环境好，精神状态也好。"

魏什么说："那当然。精神快乐是非常重要的快乐，差不多是第一级的快乐吧。下一步，还要吸引孤儿院和福利院，住进来一部分孩子。这和单纯的养老院、创业园、孤儿院不同的地方是，这里更像一个居民区、一个社区、一个大家庭，不那么单一，大家热热闹闹的，取长补短，有咱们中国古代的那种乡民传统，还有共同劳动共同生活的理想社会的那些愿景，自然会越办越好。"

吴桐雨点点头："这个很有道理。要不然，什么老年孤独症、儿童自闭症、青年人的不婚主义，一大堆麻烦事，都会变得越来越厉害。哎，对了，这里面的机器人，除了做垃圾分类，还在做什么？你带我去看看。"

"行，那我就带你转一圈，音乐餐厅正在施工，应该有机器人在那里。"魏什么在空中划拉了一下，"不过，我建议，你不要猎奇，不要着急，在庄园里面，过几天，会有许多人出现，比如保健医生和心理医生，比如文艺培训老师。另外，你可别小看那些爷爷奶奶，他们不是没人要的老人，他们是来这里享受生活的，他们的孙子、孙女中也有不少优秀的。"

吴桐雨假装黯然神伤："我哪敢小看爷爷奶奶们，我只敢小看我自己。对了，么么，大道庄园有这么多老人，男女老少在一起，确实挺高兴的。不过，老人孩子容易生病，病了怎么办？"

"有医务室，还不是普通的医务室。"魏什么说，"大道公司早就入股了好几家医院。听诸葛先生说，这样做的目的，就是解决大道康养庄园的医疗问题。所以呢，大道康养庄园的医务室，每一天都有大道医院的专家坐诊，每天都侧重一个不同的门诊科室。大家随时可以去医务室咨询、观察、检查。”

“嗯，不错，不错，想得真周到。”

魏什么带着吴桐雨，慢吞吞地朝正在后期施工的音乐餐厅走。她们走到庄园中间地带，远远地望见有一个在阳光下闪闪发光的建筑。吴桐雨兴奋起来，不由得朝那个方向走去，边走边说：“么么，那是什么？”

魏什么顺着吴桐雨指的方向看去，阳光刺眼，她微微皱着眉头，摇了摇头：“不知道哎，前两天还没看见这个东西。”

两人继续往前走，走近了才看清那是一个全透明的玻璃房子，有两间房子那么大，四壁和房顶、房门，全部都是玻璃的，里面什么设施也没有。看样子，是刚刚建好，还没来得及往里面放家具或者什么东西。

吴桐雨上看下看，赞叹道：“好漂亮好奇怪的房子。么么，这是干什么用的？院子里为什么会有这么一个玻璃房子？”

魏什么也疑惑不已：“我还真不知道，回头我问问，咱们先去看音乐餐厅。”

大约三百米外就是音乐餐厅，餐厅有四五百平米，房顶正在装灯具和吊装在屋顶的音箱，都由机器人在上面操作，它们不用爬梯子，手脚都自带吸盘，其中一个没几下就爬到房顶，腰里别着各种工具，另外一个机器人也爬上去，递过去灯具，帮忙固定。底下站着一个人，负责把灯具安装图无线上传到机器人系统。房顶上面的那两个机器人伸出手臂，开始安装，不用测量，不用划线，目光胜过任何一把游标卡尺，每一步都无比精确，连拧螺丝的圈数，只要看一眼螺丝，就能全部算好。

人类大约需要干一小时的活，机器人五分钟搞定。

吴桐雨问：“下边还需要一个人？”

魏什么说：“对啊，布局和美感，机器人还没有学会。”

吴桐雨突然想起了什么，作优越感状：“是啊，这还是有形的美感，如果是无形的美感创意，机器人更学不会了，比如我的平面设计。”

她们说着，又转回大门口。大门口对面，是刚刚建设起来的一面照壁。照壁做成仿古书的样子，呈打开状。里面是一段话，左面是原文，右面是译文：

大道之行也，天下为公。选贤与能，讲信修睦，故人不独亲其亲，不独子其子，使老有所终，壮有所用，幼有所长，矜、寡、孤、独、废疾者皆有所养，男有分，女有归。货恶其弃于地也，不必藏于己；力恶其不出于身也，不必为己。是故谋闭而不兴，盗窃乱贼而不作，故外户而不闭，是谓大同。

在大道施行的时候，天下是人们所共有的。把品德高尚的人、能干的人选拔出来，恪守诚信，睦邻友好，亲如一家，不只顾着奉养自己的父母，不只顾着抚育自己的子女，要使老年人能终其天年，中年人能为社会效力，让年幼的孩子有可以健康成长的地方，让老而无妻的人、老而无夫的人、幼而无父的人、老而无子的人、残疾人都能得到社会的供养，男子有事务，女子有价值。对于财物，人们憎恨把它扔到地上浪费，却不一定要自己私藏；人们都愿意为公众之事竭尽全力，而不是谋一己之私。奸邪的心思不再产生，盗窃、造反和害人的事情不发生，所以大门都不用关上了，这叫作大同理想社会。

看着这个照壁，魏什么说了一句："诸葛又亮先生说，大道康养庄园，就是大同社会的微缩版，是未来世界的细胞，星星之火，可以燎原。"

在吴桐雨来到大道康养庄园的第二天，庄园管理处发起了一个活动，正是这个活动，让吴桐雨铁了心留了下来，也让更多的人从四面八方来到大道康养庄园。

这一天，每一个入住庄园的人的手机上，在庄园布告栏里，在大门口的宣传栏里，同时出现了一则启事：

寻找最美困难人

大道康养庄园，承传统文化，秉天下为公，现开展为期半年的寻找最美困难人活动。我们认为，人无高低贵贱之分，人犹物，乐器可演奏，但不可以翻地，铁锹可翻地，但不可以骑行，自行车可骑行……同理使然。故，困与否，难与否，与优劣无关，与高下无关。自古，困无下顿饭，难无出头日，不舍其美。为此，我们开展这项活动，寻找这样的美，使其不困不难，融入大道的美。如此，则大道方为大道，大同才是大同。

短短一个通知，小小一个启事，大道康养庄园，不花一分钱广告费，当天晚上，人们在网上便已吵成一团。这个启事，也是诸葛又亮的创意，他说，就是要逆思维而动。中国人自古好面子，家家户户都要往脸上贴金，又有“家丑不可外扬”的说法，这个“最美困难人”中的“最”，修饰的是“美”，实则是寻找最困难的人，说白了就是关爱弱势群体，只不过回避了弱势这个词，一个“弱”字，让人看着不舒服，就换了个词。普天之下，谁都有遇到困难的时候，但这么说，不会让人生自卑感。困难，是谁都会遇到的一种状态，无关优秀不优秀。

另一个关键词是“寻找”，颇有意味。就像许多记者的镜头，曾经深入山区，寻找最美山村教师，满大街抓拍交警，寻找最美交警，总不能让教师和警察说：“我最美，我最美。”寻找，是一种激发爱心的行为。如果让有困难的人跪在地上，立块牌子，上面写着父亲遭遇矿难，母亲生病，个人尊严倒是其次，最主要的是打了大道的脸，也有愧于门口照壁上的文字，因此要发动大家一起找，找到遇到各种各样困难的人，扶危解困，方为大道。直到某一天，有困难的人越来越少，进而没有，其乐融融，方为大同。

网民们形形色色，想法不一，不一定能想到这么多。摆在面前的事实是，这是一个新闻热点。一位西方网民说，如果在纽约寻找最苦的流浪汉，在巴黎寻找最穷的贫民窟，纽约和巴黎才能够成为伟大的城市。另一个网民说，我们不要光鲜的华尔街，我们也不要评价天下的《A 国时报》，我们不需要那么多的时事政治新闻，我们就想知道，那些困难到活不下去的人，到底为什么活不下去？除了施舍粥饭和救济金，他们到底还需要什么？生活中，他们到底缺少什么？

一晚上，这则启事已转发到世界各地，网上跟帖铺天盖地。

诸葛又亮给梁达然发了一条信息："你看看最热的跟帖，给我们提供多少有用的思路。更厉害的是，这样一来，我们这个事情，就非做好不可了。这是我们传统文化里的内容，一时半会儿，其他地方还无法复制，只能看着我们把样板做好，然后过来学习。我想，这才是最优质的文化输出。"

在一间密闭的房间里，罗伯斯接到了宗主的电话。

"宗主，您讲。"

"汤如意太冒失了，损兵折将，还是你来管理吧。"

"谢谢宗主信任！"

"我注意到，他们正在搞一个活动——寻找最美困难人。"

"我也注意到了。我认为，这才是最可怕的事情，如果他们只是寻找最美警察、最美乡村教师、最美环卫工人、最美公交售票员……都不怕，一旦他们寻找最美困难人，寻找最需要帮助的人，真的实施起来，杀伤力堪比更多当量的核武器，会从根本上动摇我们的理念。到那个时候，我们就非常被动了。"

"你说的没错。"宗主的声音稳如泰山，"不过，这世上的事，一向是说归说，做归做，在操作的过程中，自然就会有乱象，也会给我们留下攻击的空当。”

“明白！”

“不要让我最担心的事情发生。”

罗伯斯一愣：“您最担心的事情是什么？”

“根据我的了解，他们喜欢搞试点，星星之火，可以燎原，万万不可以让大道庄园成为一种成功经验，一定要让他们失败。似乎是，这个诸葛又亮发现了新启示和新思维的核心，一旦推广，那就真的要横扫天下了。你想，如果在更大范围内寻找最美困难人，寻找最需要帮助的人，他们就会成为一个真正的大家庭，而且他们还会告诉更多的人，整个世界都可以加入这个大家庭。到那个时候，我们苦心经营了几百年的事业，就都垮塌了。”

“应该不会发生，中国人不是最讲究面子吗？中国人不是最不想自揭家丑吗？”

宗主沉思了一下：“这是一个简单却艰难的道理——自揭家丑可以让家更美好。用中国话来讲，我就担心他们念通了这本经。”

罗伯斯表现得不以为然：“说到和做到是两回事。这些年，在世界各地，我们听了多少漂亮话啊。”

宗主说：“他们的问题就是我们的机会。这个世界有太多问题了！罗伯斯，我记得你和诸葛又亮曾经有过一次对话？”

“是的。”

“适当的时候，我也和他用特殊方式对一次话，我倒想看看，除了解决人工智能、失业率、老龄化问题，他怎么解决贫富不均、地区差异、信息公开等一堆矛盾。”

“如果他事实上无法解决呢？”

“那我们必胜。”

三十

苍蝇式无痕杀人机返程的时候，没有选择绕行，而是以最快速度沿最直路线，在海面上空飞行。它们并没有溃逃的惨状，依然有条不紊，匀速飞行。大道公司的100架间谍机，也混杂在队伍里面，从外形上看，与杀人机没有任何区别。但是，它的内部结构及具备的功能，已经大变样。它的复眼部位是八部全景摄像头，可以进行360度无死角摄像，并带有同步录音功能。它装有北斗导航系统，每到一处，都有清晰的路线图，与大道总部直接联机。它还具有材料分析功能，每到一处，都能对周边环境及材料进行解析判断，并将数据传回大道总部。

杀人机只设攻防，无谓荣辱，它们只是一次优哉游哉的返航，汤如意却视它们为残兵败将。在风格公司，汤如意眼睁睁看着大量杀人机陷入圈套，被困在大道，数据显示达三万多架。她没有想到，自己的十万杀人机计划，竟然比罗伯斯输得更惨。她面无血色，盯着屏幕，看着飞回来的杀人机群，一闭眼，流下了两行清泪。

按计划，杀人机都要回到秘密基地，它们会像蜜蜂回巢一样，钻到属于自己的一个箱体，完成归队任务。大道间谍机意识到那是敌方基地，与自己的任务不符合。在飞临基地上空时，大部分间谍机都悄悄滑到一边，在基地周围埋伏下来，等待总部发出新的指令。

少部分间谍机进入基地内部，对基地内部进行了拍摄，然后又溜到外面和“队友”集合。

大道总部给出的指令是，要拍摄到杀人机的基地所在位置和内景，要拍摄到风格公司的内外场景，最圆满的任务是，能够探知敌方组织的总部在哪里。怀特提前给间谍机预装了胡肯和汤如意的脸部特征，以便于间谍机能跟踪胡肯和汤如意。

凌晨三四点，在夜幕的掩护下，一百架间谍机飞往风格公司总部。它们从缝隙间飞了进去，在远红外摄像头下，风格公司内部一览无余。间谍机一边拍摄，一边进行着同步传输。

怀特指挥着工程师，将三十架间谍机导引到汤如意的办公室周围，将另外三十架导引到小会议室周围，其余四十架分别放在风格公司总部外面，拍摄全景和来往车辆。这时，A国已经是凌晨四点五十分，天蒙蒙亮。

果不其然，八点五十分，胡肯、汤如意和其他四个人，已经集合到小会议室。

在大道总部，监控视频前，所有的人都顾不上吃晚饭。诸葛又亮看着画面说：“这是一个意外的收获，如果是汤如意主持会议，她不会早早等候。这说明该组织的上司要过来，而且这个人，一定是该组织的核心人物之一。”

怀特和魏什么手拉着手，等待着最关键的画面。

八点五十五分，总部大楼前停下来一辆黑色的加长版汽车，服务生开了车门，走下来一个光头，五十岁左右，满脸油光，身形硕大，像战争年代的某位将军。光头男步伐很大，进入电梯，很快便到达了小会议室。

光头男进了会议室，并不落座，桌子拍得啪啪响，一开口就是重火力："损失惨重，大败而归。汤如意，你在中国待了那么久，号称中国通，你不知道他们诡计多端吗？你怎么解释？怎么解释？"

汤如意低着头，一言不发。

等了一会儿，胡肯说："我们损失了大约三万架无人机。我保证，不会再发生落入圈套的事了。"

光头男正在气头上，马上把枪口对准了胡肯："你保证？你他妈的怎么保证？你学过《孙子兵法》？你学过《三十六计》？你就是《孙子兵法》和《三十六计》记录的那个失败者，自己的好东西，给别人送货上门，蠢货！"

胡肯不敢说话了，空气一度凝固。

光头男又张牙舞爪地叫骂了半天，最后说："宗主非常生气，给你们一个月时间，就一个月。如果不能挽回败局，你们知道是什么结果！"

汤如意和胡肯没有吭气。光头男又大叫一声："听见没有？"

汤如意和胡肯这才一齐回答："请宗主放心！"

光头男负气而去，临走还狠狠地说："我这就见宗主去，看看他老人家是否放心。"

停在外面的那四十架间谍机，留守二十架，十架已经粘到光头男汽车的底盘下边，五架已经粘到前排车灯边缘，五架已经粘到后排车灯边缘。汽车一启动，它们便完美地记录了路线和街景。

汽车穿行四条街，拐了两个弯，进入一片半山别墅区。接着，汽车停在了一个暗红红的大门口前，大门徐徐打开，汽车开了进去。光头男下车，穿过开满鲜花的庭院，又穿过一道白色的大门，再穿过一个金黄色的大门。从金黄色大门进去后，是一个过厅，也是候客厅，候客厅一侧，是一个银白色的大门。大门开启后，他进入了一个巨大的客厅。这三道门，开合都很快，间谍机担心暴露自己，最终没有跟进去。

那二十架间谍机无奈，只能绕到房子外面，找到两处窗户，趴在上面，朝里面拍摄。遗憾的是，从这两处窗户的角度，都无法拍摄到全景。客厅中间，是一个两米高的雕像，雕像是一个站立在海边的老人，他的脚下是来往嬉戏的人群，小的雕像有三十厘米高。雕像旁边四五米远的地方，是一个大大的桌子，桌子上是一排仪器，清一色的银白色。客厅边缘是一长排沙发。一个花白头发的老人，稳稳地坐在大桌子旁。间谍机拍摄到的，都是这个老人的侧后位。老人穿着深灰色睡衣。光头男和老人的对话也听不清楚。

视频显示，光头男在客厅里待了十五分钟零六秒，鞠了一躬后离开。

诸葛又亮问怀特："按照A国的法律，这些证据，我们能报案吗？"

怀特说："完全可以报案，这甚至可以说是恐怖组织。"

曹欣说："我们可以把视频上报国家有关部门，由他们来协调国际刑警组织，一举把他们灭掉。"

刘义说："为避免夜长梦多，现在就下载上报。"

三天后，国际刑警组织反馈回消息，已经把风格公司全面查封，逮捕了汤如意和胡肯，但视频所拍摄的那个别墅，他们扑了个空，并没有住着什么花白头发的老人。别墅的主人，也不是男性，而是一个继承了亿万资产的花白头发老太太，她的先生于十年前因车祸去世，留下了两亿多元的股票和现金和两栋别墅，这个便是其中一栋。那天间谍机拍摄到的背影，并不是什么老先生，就是这个老太太。国际刑警进入别墅时，老太太正在客厅练习老年瑜伽。得知是一场误会后，老太太还给他们冲了一壶咖啡。桌子上的那一排仪器还在，也是银白色的，都是老太太练习瑜伽时用来拍摄影像的。至于光头男和老太太的关系，国际刑警组织也查清楚了，他是老太太的侄子。老太太无儿无女，有可能这个侄子早就惦记上了老太太的财产，经常过来看望老太太。案发后，光头男不知所踪，老太太说，自己的侄子在保险公司工作，不可能干违法的事。

诸葛又亮听到这个消息时，说道："三天之内便摆平了所有的事情，这根本不是一个组织那么简单！"

说这话的时候，诸葛又亮和曹欣正在刘义的办公室谈事，规划庄园的好多细节。大道康养庄园要想顺利运行，一定要有健全的制度和体系，否则就会成为混乱之地。这个时候，刘义的座机响了，刘义看了一下，一边拿起听筒，一边说："怎么没有来电显示？"

刘义按了免提："你好。"

对方是一个标准的女声，用中文说着："刘董您好，关于别墅的事，关于大道康养庄园的事，二十分钟后，请你和诸葛又亮，还有你们的朋友，去大道的秘密监控室……"

“你是哪位？”

“亦敌亦友的老朋友。”

曹欣马上反应过来：“这是自动翻译器加变音器，无法追踪。”

诸葛又亮说：“叫上他们几个，我们听听对方怎么说。”

十五分钟后，诸葛又亮、刘义、曹欣、梁达然、刘教授、怀特、魏什么已赶到监控室。监控室一共有二十多块屏幕，大小不一，功能不一。他们几个人来到监控室后，最大的那个主屏幕仿佛有了感应，突然闪动，而后画面切换，出现一个金发碧眼的美女，五官极其端正。她先抬手和大家打了声招呼，然后用中文说：“嘿，大道公司的朋友们。”

魏什么说：“她其实是一个机器人，看她那个鬼样。”

诸葛又亮说：“但她说的是人话。”

“美女”接着说：“我知道你们的100架间谍机毫发无损，正在返程，正飞行在茫茫大海上。”

众人一听这话，心里暗惊，看来间谍机在完成使命后，已被发现，并被追踪。

“美女”说：“间谍机的事情，一会儿要给你们一个特大惊喜。现在，我计划先说一说大道康养庄园的事。”

诸葛又亮说：“乐意倾听。”

“美女”说：“我们并不是不能阻止你们建设庄园，而是我们决定采取更好的办法，进行观察和决断。就两种文化而言，公平客观地说，我们认为，我们夸大了人性的恶，你们高估了人性的善，最终的结果，都不是什么好的结果。夸大了人性的恶，好处是，我们制定了越来越完备的法律系统和权力制衡机制；坏处是，在这种默认的人性之恶下，做恶事，反而成为天经地义的事，人不为己，天诛地灭，在这一点上，我们的经典著作《社会契约论》《论法的精神》和《自私的基因》可以作为佐证。高估了善的结果，好处是，有那么多的榜样可以学习，有那么多违反一般人自私心理的事迹可以传播，正如你们说的，新启示和新思维的核心是利他主义，由此产生的智慧、热血和牺牲，的确是非常伟大和不同凡响的。然而，你们中国有些古话说得好，沧海桑田，物换星移，岂能同日而语？如今的人心，还是那时的人心吗？”

“问得好！”诸葛又亮轻轻地拍着掌，“那我来回答你，大道康养庄园，不仅仅是一种生活方式，也不仅仅是一种社区管理模式，你有所不知，在长远规划中，庄园是一种人心唤回模式，是一种人性复苏模式，我们不相信什么自私的基因。我们认为，今天的一部分的人心险恶，就是由资本泛滥的恶造成的，所以我们要反其道而行之。你知道，我们最传统的中国人，骨子里的梦想是什么吗？”

“是什么？”

“这是一百年以前的事了。1932 年，《东方杂志》向社会各界征集中国梦，当时的中国人的梦想，已经足以让你羞愧。邹韬奋说，要平等，不许不劳而获，不许一部分人榨取另一部分人的劳动成果。要共享，人人在物质方面及精神方面，有平等的享受机会。叶圣陶说，个个人有饭吃，个个人有工作做，凡所吃的饭，绝不是什么人的膏血，凡所做的工作绝不是为了充塞一个两个人的大肚皮，所谓高等华人要绝迹。郁达夫说，我只想中国人个个都不要钱，而只把他们的全部精力都用到发明、生产、互助，可以没有阶级，没有争夺。郑振铎说，未来的中国，将是一个伟大的快乐的国土，个人为了群众而生存，群众也为了个人而生存。谢冰莹说，我梦见一个没有国界、没有民族、没有阶级区别的大同世界。没有侵略、没有剥削。柳亚子说，梦想中的未来世界，是一个社会主义的大同世界，没有金钱，没有铁血。在更早的时候，1924 年 8 月，孙中山在演讲中说，民生主义就是社会主义，又名共产主义，即是大同主义。你听一听，这和你们的梦想，能一样吗？”

“美女”接着说：“呵呵，梦想是梦想，现实是现实。按你们的说法，资本来到世间之后，发生了多少多少罪恶。那么，在资本来到世间之前，漫长的人类历史上，发生过多少人吃人的事情？”

诸葛又亮微微一笑：“我必须给你纠正的是，资本来到世间，并非在蒸汽机和纺纱机出现之后，资本这个幽灵，几乎伴随着整个人类历史，一直在制造着罪恶。蒸汽机和纺纱机出现之后，第一次工业革命行进之时，资本得以获得更大的能量横行肆虐，可利用的工具越来越多：金融操纵、汇率管控、技术垄断、贸易壁垒，于是，资本的罪恶成千上万倍扩大了。这就是我要说的历史的真相！”

“美女”说：“你无法否认，这一切都由智慧产生。”

诸葛又亮冷笑一声：“我现在要笑话的，是基于资本的所谓商业智慧，在绝大多数时候，所谓商业智慧，其实是一种投机，甚至是一种欺诈。我举一个最简单的例子，有的牙膏厂为了扩大牙膏的销量，会用一个阴招：把牙膏口变大几圈，让利用消费者不小心多挤出一些牙膏，从而促使销量上升，这是一种带有欺诈性质的行为，却被列为商业经典案例。类似的所谓商业智慧，还有无穷多，比如在产品更新换代时，上一代产品马上变得很不好用。这种种做法，最终只有一个目的：从别人口袋里掏到更多钱。1840年以后，许多所谓的专家和学者开始叨叨，中国之所以落后，就是因为重农抑商。其实，这是一种成王败寇的思维，欺骗了许多人。这种单一的、只瞄着钱的思维和行为，实质上是人类的耻辱。而我们中国，自古以来，突出的都是一个'道'字，比如'君子爱财，取之有道'，'盗亦有道'。听见没有，连盗贼都有道。道，体现在我们生活的方方面面，因此我们的公司取名为大道，寓义便是，大道之行，天下为公。"

"美女"也拍起了掌："我们可以不对大道康养庄园搞破坏，我们要静观其变。"

"观什么变？"

"对于庄园如何消解人性之恶，化解人工智能时代的危机，建立科学管理方法，没有人搞特权，没有人猜忌别人，没有人自私，对于如何做到没有阶层，没有尊卑，没有差别，我充满了好奇心，也充满了期待。"

"我相信你们手眼遍天下，已经看到了庄园的其乐融融。"

"先生一定知道，中国有句古话，叫作'靡不有初，鲜克有终。'来自著名的《诗经》。意思是，凡事都能善始，但很少善终。你们的庄园，刚刚开了个头，用你的话说，现在还是星星之火，我们没什么好观察的。等你们真正走上大道、四处燎原的时候，我们再看你们的道行。不说空话，比如，大道庄园要进行超大规模基建，负责基建的那个人，你怎么防止他的私心贪私欲？大道庄园进行大宗采购的那个人，生活物资桌椅床铺，你怎么防止他的私心贪私欲？再比如，比这两个级别更高的总负责人，位高权重，如何防止他独断霸道，一人专权？这些问题如果不解决，你们的大道，最终将变成一个烂摊子，到那时候，就别怪我们来收拾残局了。”

诸葛又亮指了指刘义和曹欣：“关于这个，我们有多年的管理经验，这两位女士早有考虑。你说了那么多，其实就是一件事、四个字：决策机制。我也用四个字来回答你：公开透明。因为大道庄园不是公司，不生产产品，不存在竞争，没有国防，没有外交，也就没有商业机密和国家机密。说到底，大道庄园全是内部事务，大道庄园的管理层，就是一个服务协调机构，因此我们的法宝就是公开透明，说得通俗且高端一点，就是群众路线。我们的具体做法是，每个大道庄园，举行居民选举，根据庄园规模，产生五到十五名议事员。你可能已经发现，在每个庄园内，我们都建设了一间玻璃房子，那间玻璃房子，就是我们的议事大厅，也是一个大型直播间。有关大道庄园的一切事务，居民小组满五十人提议，都可以提请审议，审议过程全程直播，包括你刚才说的基建工程、采购工程，都属于直播的范围。在议事直播的过程中，群众可以实名留言，提出问题、建议和意见，推荐工程队，包含工程细节和报价，留言会即时显示在大屏幕上，每一个议事员都可以看见。在这种情况下，工程队或供应商讨好任何一个负责人或者议事员，都没有任何意义，也不会带来任何好处，也不会发生你说的那种情况。请问，我们的大道，怎么会变成一个烂摊子？”

“美女”说：“我很欣赏诸葛又亮先生的智慧和乐观，但我对怎么执行，还是充满疑问。既然这样，那我们立个誓约吧。”

“什么誓约？”

“美女”说：“此前，你们一直对我们有所误会，一直认为，我们有多么残暴，多么反人类，认为我们非要通过减少人口来达到地球的生态平衡。其实不然！如果，你们大道公司，你们中国，能提供一种解决问题的方案，并且没有太大的弊端，等于是帮助我们解决了世界性难题，我们举双手表示欢迎！所以，我们的誓约是，如果你们成功了，我们共享成果，我们有着强大的组织能力，为了共同的目标，可以为你们推广。但是，如果你们不成功，我们一定会重启我们的计划。”

诸葛又亮说：“这个誓约不错，但我们必须补充一条，如果你们依然用的是反人性的方法来重启计划，即使我们不那么成功，我们也依然要阻止你们。”

“美女”忍不住笑了一下：“你们能不能阻止，咱们拭目以待。其实，这一次，你们只是用计谋侥幸取胜。不信，我给你们说两件事：第一件，伟国的突然转向，都是我们的无人机的功劳，堂堂一国总统，我们想让他成为阶下囚，只不过是半个小时的事。他后来公开发表的合作内容，是深夜在他的卧室谈好的，我相信你们能明白我的意思。第二件，就是刚才提到的间谍机的事，十分钟后，请仔细看大屏幕，放心，我们其实也是一个人道主义组织，不会干斩尽杀绝的事。”

屏幕一闪，“美女”消失不见了，监控室恢复了原来的样子。在各个大小屏幕上，可以看到同样的画面：一百架间谍机在海面上飞行，它们如巨大的鸟群，朝着一个方向疾速前进。它们受智能中枢的控制，互相配合，不会发生丝毫擦碰。

诸葛又亮看了一眼屏幕上的时间，缓缓说道："这个虚拟美女，不是宗主就是罗伯斯，不管是谁吧，倒是给我们提了个非常严肃的问题。"

曹欣问："什么问题？"

"特权。"诸葛又亮说，"大道庄园的基本理念是平等互融，共享共治，根基就是群众，一旦出现了特权，将从根基上动摇甚至摧毁大道的理念。人与人之间的不友爱、不温暖、不信任、不善良，往往是从人际关系的不平等开始的，而不平等的源头，就是特权，因此人们对特权深恶痛绝。我举个例子，假如你是个开公司的，你有三个邻居，一个是善良温和的修自行车的，一个是蛮横虚伪的税务局局长，还有一个博学多才幽默的大学教授。正常来说，修自行车的人敦厚踏实，热情帮助你，你应该报以热情和温暖，大学教授有趣而善良，你应该不由得更多接近他，至于税务局长那副德行，你应该远离或者唾弃他，并联合庄园里的其他人一起改造提升他，但你没有，相反，你最尊敬的人是税务局长，过年也只给税务局长送礼。瞧，这就是特权对人性无与伦比的戕害，对正常人际关系的严重扭曲，让这个税务局局长活在虚假的人际泡沫中，还误以为自己多么有魅力。"

这一次，刘义的反应是最快的："先生，这是顽疾，应该如何改变？"

“特权，”诸葛又亮说，“消灭特权，这是惟一的办法！简单说就是，哪怕你当面批评了税务局长，税务局长也不能把你的公司怎么样，这才是人间大道。当税务局长，或者这个长那个长，只是一种职务，而不是一种权力，这样的话，整个社会就会回归到本来的正常的人际关系，人与人之间就会朝着友爱、温暖、信任、善良的方向走。这也是我们建玻璃房子的目的，把权力关在玻璃房子里，人们就不会恨权力，反而会觉得权力很亲切，因为人们都能亲眼看见权力在为自己服务，以及如何服务。”

梁达然大声说道：“明白了，在那年的新型冠状病毒疫情中，人们不仅尊敬和感恩驰援武汉的医护人员，而且也怀有同样的情感对社区干部。社区干部忙到崩溃，累到失去知觉，他们的忙和累都是全天候公开透明的，就像在玻璃房子里工作一样。”

诸葛又亮点头：“就是这么个道理，做起来有难度，但只要下定决心做，难度系数并不大。”

十分钟马上就到了，大家都盯着大屏幕。突然，平稳飞行的间谍机群感受到了一阵冲击，如同快速游动的鱼遇到凌空而下的水鸟，有一部分间谍机瞬间停止飞行，掉落海中，如纷纷落英，如片片雪花，消失在漆黑的海面上。

面对不属于大自然的异物，在不远处巡游的爱玛海洋垃圾机器人马上感知到了，提示器显示，这是一种复合材料，对海洋的污染指数为7.8，对海洋生物的危害指数为8.3。海洋垃圾机器人迅速游了过来，将五十个间谍机悉数收集，又向其他有垃圾的地方游去。

海洋垃圾机器人的样子古怪，有点像游戏中的贪吃蛇，和传统的双头蛇相反，它是双身蛇，一张大嘴，拖着两条身体，身体乍看是蛇体，细看是蜈蚣，有七八对细腿，第一对细腿呈手的形状，其余细腿都是吸盘。机器人在海洋中摆动着身躯，寻找着不属于大自然的异类。发现任何海洋垃圾，瞬间扫描，一口吞下，将它们分为塑料和其他类，装入不同的身体。当身体快装满的时候，它们会主动寻找过往船只，标记过往船只的样貌和名称，发回总部，同时向船只发出信号，以几种语言要求船只回收垃圾。和船只对上信号后，海洋垃圾机器人利用吸盘功能，沿着船体外围，攀登上船，在船员的引导下，将垃圾倒到指定地点，在向船员致谢之后，再顺着船体下去，继续去吞食垃圾。在巡游过程中，如果发现被塑料勒住的海龟、被细绳缠住的海豹，海洋垃圾机器人会帮助它们解除束缚，还其自由。

不知道爱玛机器人有没有想过，它本身也是不属于大自然的异类。

洪波涌起，撕扯着疼痛的洋流，占据地球表面 70.8% 的海洋剧烈地思考了一下。它挺怀念以前的生活，吱呀响着的双桨，慢慢摇动的长橹，顺流漂泊的竹阀，人类像海鸟和海兽一样，寻找可口的食物，钢叉是尖嘴，渔网是利爪，循环往复，始于自然，归于生态。

那个时候，没有遍布海洋的垃圾，没有中东海域巨大的油轮泄漏，没有疯狂的无限制潜水艇战，没有充满硝烟味的珍珠港和中途岛，没有南北极的巨大冰川融化，也就没有全球气温升高，没有厄尔尼诺现象，没有频繁的火山喷发和地震，没有深海和冰川病毒释放，没有蝙蝠和蚊蚋乱飞，病毒也不会到人类这里串门。

人类有没有想过，来自大自然的自己，是不是正慢慢变成不属于大自然的异类？

可能吗？

为什么不可能呢？